묵향 37
부활의 장

사막의 이변

묵향 37
부활의 장

초판 1쇄 인쇄일 · 2022년 11월 25일
초판 1쇄 발행일 · 2022년 11월 30일

지은이 · 전동조
펴낸이 · 유용열
기　획 · 김병준
편　집 · 김은희, 유지원, 최승현
펴낸곳 · 도서출판 스카이미디어

주소 · 서울시 동대문구 용두동 234-35번지 대명빌딩 201호
전화 · (02)922-7466
팩스 · (02)924-4633
E-mail · skymedia62@hanmail.net
출판등록 · 제6-711호

Copyright ⓒ 전동조 2022

값 9,000원

ISBN · 979-11-312-7050-9 04810
ISBN · 978-89-92133-00-5 (세트)

DARK STORY SERIES IV

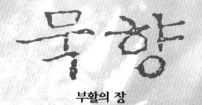

부활의 장

전동조 장편 판타지 소설

37

사막의 이변

스카이
BOOK

차례
사막의 이변

유일한 실전 경험이 블루 드래곤? ················ 7

미네르바의 오랜 칩거 ···························· 27

사막의 참극 ································· 47

노마법사의 절망 ······························· 63

황실과 원로원의 암투 ·························· 81

제가 삼류마법사다 보니 ······················ 99

그렇게 나대지 말라고 했거늘 ················ 115

어린놈이 변태인가? ···························· 133

차례
사막의 이변

.

.

.

언데드들의 기습 공격 ························· 151

샌드 웜 뱃속의 타이탄 ························· 169

탈출은 항문으로 ························· 191

마왕 강림? ························· 209

허접한 놈들이 만든 타이탄 ························· 227

전장의 향방을 바꿀 힘 ························· 255

데스 나이트 미네르바 ························· 273

유알한 실전 경험이 블루 드래곤?

37

사막의 이변

월터나 다이아나 두 사람 중 한 명이 앞서가며 언데드 무리의 동태를 살피고, 나머지는 1Km쯤 뚝 떨어져서 그 뒤를 따라갔다. 다이아나나 월터의 경우 무슨 일이 벌어진다고 해도 상관이 없었지만, 라디아나 파벨 같은 마법사들의 경우 불시의 상황에 대처가 늦을 수 있기 때문이다. 따라서 그 정도 거리면 월터나 다이아나가 전속력으로 달려가도 1분이면 후위와 합류할 수 있었기에 전혀 부담이 없다고 봐야 했다.

언데드들의 뒤를 쫓은 지 어언 일주일. 느릿한 언데드들의 이동 속도로 봤을 때, 처음부터 장기전이 될 거라는 걸 월터 일행은 미리 예측하고 행동했다. 다이아나와 월터는 마법사들, 특히 그중에서도 체력이 약한 파벨이 충분히 휴식을 취할 수 있도록 배려했다. 그 덕분에 일주일 밤낮으로 추적했음에도 불구하고 모두의 건강 상태는 양호한 편이었다.

"언제까지 이 냄새나는 놈들의 뒤를 쫓아야 할까?"

다이아나의 시큰둥한 질문에 라디아는 파벨의 눈치를 힐끗 살펴본 다음 조심스럽게 반말로 대답했다. 아마 파벨이 멀리 떨어져 있었다면 공손한 어조로 대답했으리라.

"그리 오래 걸리지는 않을 거 같아. 너무 느리게 이동하기에 나도 처음에는 얼마나 이 짓을 해야 하나 걱정 많이 했었는데, 뜻밖에 이동 속도가 그리 느린 건 아니야. 쉬지도 않고, 잠조차 자지 않고 이동하고 있으니까."

"그래도 일주일이나 계속 이렇게 놈들의 꽁무니만 쫓아가려니 짜증이 나. 몸은 괜찮아?"

"온몸이 쑤셔! 녀석들이 빨리 목적지에 도착했으면 좋겠어. 낙타 위에서 자는 것도 하루 이틀이지……."

여기까지 말하던 라디아의 두 눈이 일순 휘둥그레졌다. 그녀는 다급한 손짓으로 앞쪽을 가리키며 소리쳤다.

"저것 봐! 저게……."

라디아가 가리키는 손을 따라 그쪽으로 고개를 획 돌리는 다이아나. 그곳에는 엄청난 모래 구름이 솟구치는 게 보였다. 곧이어 모래 구름을 뚫고 모습을 드러내는 거대한 금속성의 물체! 얼핏 원기둥처럼 보였지만, 흐릿하게 앞쪽이 입이라는 것쯤은 알 수 있었다. 거대 웜(Worm)이었다.

다이아나는 웜을 직접 본 적은 없었지만, 서책을 통해 몇 번 접한 적이 있었다. 사막에서 만났으니 샌드 웜(Sand Worm)일 것이다. 웜 종류 중에서 샌드 웜이 가장 크다고 들었지만, 저렇게까지 클 줄은 몰랐다. 저 정도로 입이 커다랗다면 사람 서너 명 정도는 한입에 삼킬 수 있을 듯 보였다.

"월터는?"

샌드 웜이 솟구칠 때 뿜어낸 모래 먼지 때문에 앞서가던 월터의 모습이 제대로 보이지 않는다. 더군다나 서로 간의 거리가 너무 멀다. 낙타와 함께 놈의 입속으로 빨려 들어갔을지도 모른다는 걱정이 되기 시작할 때, 샌드 웜의 머리 위쪽에서 검을 빼든 월터의 모습이 보였다. 샌드 웜이 땅속에서 솟구치는 그 순간 위로 뛰어오른 모양이다.

오랜 세월을 살아온 몬스터의 기습에서는 살기를 느낄 수가 없다. 놈들도 성장하는 과정에서 살기를 흘리면 사냥에 실패하게 된다는 것을 경험으로 습득했기 때문이다. 그럼에도 저런 불시의 공격에서 용케 빠져나간 걸 보면 과연 코린트의 근위기사라는 감탄사가 절로 나온다.

한껏 솟아올랐던 샌드 웜은 어느 순간 멈추더니 중력에 의해 아래로 떨어졌다. 그리고 아래쪽으로 수직낙하를 시작하던 월터가 무슨 짓을 했는지 몰라도 살짝 방향을 틀더니 샌드 웜의 입가 쪽으로 떨어져, 그쪽을 박차고 옆쪽으로 점프했다.

목표물이 자신의 입속으로 들어오지 않고 옆으로 도망쳤다는 걸 눈치챈 샌드 웜이 아래로 푹 내려가는 듯싶더니, 곧이어 맹렬한 기세로 월터를 뒤쫓기 시작했다. 엄청난 덩치를 생각한다면, 믿어지지 않을 정도로 빠른 속도였다.

이리저리 방향을 꺾으며 회피기동을 한다면 샌드 웜을 떨쳐내는 건 그리 어렵지 않을 테지만, 가만히 보고 있을 다이아나가 아니었다.

"도로니아, 나와!"

순간, 공간이 열리며 청색 바탕에 붉은색으로 멋을 낸 거대한 타이탄이 모습을 드러냈다. 원래는 가슴 부위에 크라레스 제국 국가문장, 치레아 기사단 문장, 치레아 공작가 문장이 그려져 있어야 했지만, 지금은 위장을 위해 문장들을 모두 붉은색으로 덧칠해 말끔하게 지워버린 상태였다.

"머리를 열어!"

다이아나는 타이탄 위로 뛰어오르며 라디아를 향해 외쳤다.

"둘은 여기에 있어. 내가 가볼게."

조정석에 앉자마자 도로니아와 일체가 되는 듯한 감각이 느껴지며 눈앞으로 광대한 사막이 펼쳐진다. 탑승 전에 비해 눈높이가 월등하게 높다. 마치 자신이 거인이 된 듯한 느낌과 함께 누구든 이길 수 있을 것 같다는 고양감까지. 다이아나는 자신도 모르게 힘차게 소리쳤다.

"너, 사람 잘못 건드렸어!"

도로니아의 거체가 월터를 향해 먼지구름을 일으키며 전력질주를 시작했다. 다이아나가 홀로 달릴 때와 비슷한 시속 70Km라는 놀라운 속도로 질주하는 도로니아.

쿵쿵쿵쿵!!

도로니아는 달리기 시작하는 순간, 허리에 차고 있던 검집을 잡아 왼손에 들었다. 그리고 오른손으로 검을 뽑아 들었다. 일반적인 타이탄들과 달리 도로니아는 검집을 가지고 있었다. 그런 쓸모없는 걸 왜 만들었냐며 사람들은 의아해했지만, 다이아나는 도로니아를 조종해 본 후에야 검집의 용도를 이해할 수 있었다.

타이탄의 기본무장은 검과 방패다. 양쪽의 무게가 똑같다면 모르겠지만 형태도, 무게도, 사용법도 완전히 다르다는 게 문제였다. 방패는 대략 7톤 내외, 검은 1톤 내외다. 좌우 무게 차가 6톤 이상 난다. 너무 심하게 좌우 무게 차가 나면 격렬한 동작을 감행할 때 균형을 잡기가 힘들다. 그 때문에 좌·우측의 몸통 쪽 장갑판 일부의 두께를 가감해 균형을 유지하고 있긴 했지만, 그래도 완전히 똑같이 무게를 보정하는 건 불가능했다. 때문에 전투가 벌어지는 격전 중에 타이탄의 균형을 유지하는 건 온전히 기사 개개인의 실력이었다.

그에 비해 도로니아는 오른손에 든 검의 무게 1톤, 왼손에 든 검집의 무게도 1톤이었다. 그리고 둘의 길이도 엇비슷하다. 그로 인해 도로니아는 타이탄의 고질적인 문제점인 좌우 밸런스에서 자유로울 수 있었다.

한 손에는 검집, 다른 한 손에는 검을 들고 양팔을 휘두르며 맹렬한 속도로 내달린다. 마치 쌍검을 든 사람처럼…….

일행이 있는 곳과 반대 방향으로 샌드 웜을 유인해 가던 월터는 뒤를 쫓아오는 타이탄의 모습을 보자마자 그쪽으로 방향을 틀었다. 생전 처음 보는 형태의 타이탄이긴 했지만, 그 주인이 누군지는 쉽게 짐작할 수 있었다. 다이아나가 소유한 타이탄이리라.

월터는 적기사와 유사한 형태의 무장을 채택한 타이탄은 단장이 소유한 헬 프로네뿐인 줄 알았다. 그런 걸 보면 절정에 도달한 검객들이 생각하는 건 다 똑같은 모양이다. 물론 약간씩

차이는 있다. 헬 프로네는 검 한 자루가 기본무장이었고, 적기사는 쌍검이다. 그리고 저 타이탄은 검과 봉(혹은 철퇴?)을 든 것처럼 보였다.

일반적으로 타이탄이 달릴 때는 앞쪽에 방패를 고정시킨 채, 오른손도 거의 안 움직인다. 그에 비해 저 타이탄은 양손을 크게 휘저으며 움직이고 있었기에 손에 든 무장이 어떤 것인지 언뜻 알아보지 못했던 것이다. 하지만 서로 간의 거리가 가까워진 순간, 한쪽 손에 든 게 검집이라는 걸 알아본 월터는 인상을 찡그릴 수밖에 없었다. 타이탄 무장으로 장난치는 것도 아니고…….

마주 달려온 월터가 도로니아를 건너뛰어 뒤로 달려간 순간, 도로니아의 코앞에 커다란 동굴 같은 게 모래 먼지를 뿜어 올리며 불쑥 솟아올랐다. 샌드 웜의 입이었다. 입안에는 수백, 수천 개도 더 되어 보이는 금속성의 이빨들이 빽빽이 솟아있었다. 무엇이든 저 안에 들어가기만 해도 잘게 분쇄되어 갈려버리리라.

보통은 저 살벌한 분쇄 지옥 안으로 들어가지 않기 위해 용을 쓰겠지만, 도로니아는 달랐다. 순간의 머뭇거림도 없이 곧장 샌드 웜의 입속으로 뛰어 들어갔다. 모래 속을 고속 이동하는 샌드 웜을 공격하려면 이 방법이 최선이라고 다이아나가 판단했기 때문이다.

끼기기긱!!

놈에게 삼켜지는 순간, 주위는 일순 짙은 암흑으로 변했다. 단 한 점의 빛도 없긴 했지만, 타이탄의 눈으로 보고 있었기에 수많은 이빨들이 눈앞에서 춤을 추고 있는 게 어렴풋이 보인다.

귀를 찢는 듯한 굉음이 사방에서 들려오기 시작한다. 샌드 웜의 이빨들이 타이탄의 장갑판을 긁는 소리이리라.

"도로니아, 견딜만해?"

『외피가 긁히고 있을 뿐, 깊은 손상은 없다. 천재로서 방어하는 데 아무런 문제가 없다』

눈으로 확인이 불가능하다 보니 약간 불안했던 게 사실이지만, 도로니아의 대답을 들어보니 그럭저럭 견딜만한 모양이다. 하지만 이대로 당하고만 있을 수는 없었다. 샌드 웜의 이빨에 손상되고 있는 도로니아 장갑판의 상처 수복에도 상당한 마나가 필요한 게 사실이었으니까. 다이아나는 검과 검집을 쥔 손에 힘을 줬다. 검집도 엄연한 무기다. 1톤짜리 쇳덩이니까.

검과 검집을 동시에 휘두르자 샌드 웜의 뼈들과 충돌하며 요란한 굉음과 함께 불꽃이 튀었다.

콰콰콰쾅!!

몇 번 휘두르지 않았는데도 샌드 웜의 측면 표면을 감싸고 있던 가장 굵고 튼튼했던 장갑판이 내압을 견디지 못하고 벌어지며 환한 빛이 안으로 새어 들어왔다. 그제서야 다이아나는 샌드 웜의 몸체가 뭔가 이상하다는 것을 깨달았다. 피가 흐르는 생명체일 거라 생각했었는데, 그게 아니었다. 도로니아의 주위를 감싸고 있는 건 모두 뼈뿐이었다. 웜은 살아있는 게 아니라 언데드였던 것이다.

"웜까지도 언데드였다니……."

검과 검집이 부딪치는 충격에 밀려났던 뼈들이 곧이어 스르

륵 제자리로 돌아가며 원상복구 되어 버린다. 황당하기 짝이 없다. 이게 만약 살아있는 샌드 웜이었다면, 이 일격에 생명이 왔다 갔다 했을 텐데…….

이런 죽지도 않는 괴물을 어떻게 죽이지?

"언데드의 약점 같은 거 아는 거 없어?"

다이아나의 물음에 간단한 대답이 돌아온다.

『모른다. 싸워본 적이 없다.』

도로니아의 첫 번째 주인은 초대 치레아 대공이었다. 카프로니아급 2기는 첫 주인을 너무 대단한 사람을 만난 탓에 성능에 비해 콧대만 높아져서, 그 이후 줄곧 용상(龍床) 뒤편에 세워져 장식품으로 쓰여 왔을 뿐이다. 생산가를 줄이기 위해 미스릴 코팅을 하지 않았던 탓이다.

초대 치레아 대공이 타이탄 운전 연습하는데 도로니아를 잠시 썼었다는 얘기는 익히 들었다. 그리고 그 뒤로도 지금껏 도로니아를 운용했다는 소리는 단 한 번도 듣지 못했었다는 생각이 문득 떠올랐다. 어쩌면 도로니아는 실전경험이 전무한 타이탄이 아닐까? 다이아나는 일순 등 뒤로 식은땀이 흐르는 듯했다.

물론 다이아나가 도로니아를 몰고 다른 기사들의 타이탄과 연습전은 많이 했었다. 하지만 그녀가 실제로 총력을 다해 목숨을 건 일전을 나눈 적은 단 한 번도 없었다. 마나를 있는 대로 끌어올려 고급검술을 구사했다가는 아무리 튼튼한 타이탄에 탑승하고 있다고 해도 상대의 목숨이 위험할 수가 있기 때문이다.

자신도 실전경험이 없는데, 타이탄까지 그렇다니. 사람도 경험이 필요하듯, 타이탄도 마찬가지다. 공장에서 갓 출하된 타이탄은 문제가 많다. 제대로 싸울 줄을 모르기 때문이다. 그러다가 사람처럼 수많은 경험을 쌓으며 주인과 함께 성장해 나가는 것이다. 타이탄이 단순히 명령한 대로만 움직이는 기계 덩어리였다면 상관이 없지만, 자신의 자아를 가지고 있는 마법생명체였기에 이런 문제가 벌어지게 되는 것이다.

실전경험이 전혀 없는 타이탄으로 이런 무지막지한 괴물을 상대해야 한다니……, 생각만 해도 절망적이었다.

'아냐. 그건 아닐 거야.'

다이아나는 마음을 다잡고 다시 질문을 던졌다.

"대련 말고 실전경험은 없어?"

『있다』

도로니아의 까칠한 대답에 다이아나는 자신도 모르게 안도의 한숨을 내뱉었다.

"다행이다. 타이탄전을 해보긴 했구나."

『아니다. 내 유일한 실전경험은 블루 드래곤과였다』

과연 전설적인 영웅!

이런 타이탄으로 블루 드래곤과도 싸웠다니……. 하지만 그분이 드래곤 슬레이어라는 말은 들어본 적이 없는데?

원래 물어봐야 하는 건 고급검술을 구사해서 전투를 해본 경험이 있느냐 하는 거였지만, 드래곤이라는 말이 나오자 다이아나의 관심은 급격히 그쪽으로 쏠려갔다.

"어떻게 운 좋게 도망치신 모양이지? 하기야 실력이 있으시니까."

『도망친 게 아니다. 전 주인은 도중에 싸움을 멈췄다』

도로니아의 말을 다이아나는 도저히 이해할 수가 없었다. 아무리 그분이 강하다고 해도 드래곤과 싸웠다고? 다이아나가 믿지 못하는 건 당연했다. 그만큼 드래곤은 절대적인 강자였으니까.

"멈췄다고? 드래곤이 그만둔 게 아니라?"

『처음에는 드래곤이 압도했었다. 웜급 드래곤의 브래스를 세 번이나 맞았으니 당연했다』

세상에, 갓 출가한 어린 드래곤도 아니고 웜급 드래곤이라니. 거짓을 말하지 못하는 타이탄의 말이 아니었다면 말도 안 되는 허풍이라고 생각했으리라. 마법방어 주문이 빽빽이 새겨진 성벽으로 둘러싸인 거대한 도시조차 한순간에 가루로 만들어 버린다는 그 브래스를 세 번이나 맞았다고……?

"그 말이 정말이야? 피한 게 아니라 맞았다고?"

『그렇다. 두 번째 맞았을 때 나는 소멸을 각오했다. 하지만 그 악조건에서도 전 주인은 끝까지 포기하지 않고 약점을 찾았고, 마침내는 해결책을 찾아냈다』

"그 해결책이라는 게 뭐지?"

『뭐라 설명하기 힘들다. 내가 알 수 있었던 건 전 주인의 능력이 상상하기 힘들 정도로 엄청났다는 것뿐』

도로니아의 말에 다이아나는 입술을 꽉 깨물며 독하게 마음을 먹었다.

"끝까지 포기하지 않고 약점을 찾아냈다고? 좋아! 나도 이놈의 약점을 찾아볼게! 드래곤에게도 약점이 있는데, 웜 따위에 약점이 없겠어?"

이번에는 그냥 휘두르지 않고 마나를 잔뜩 끌어모아 검술을 전개하기 시작했다. 강철로 만들어진 타이탄이 강철 검에 잘려 나가는 이유가 바로 이것이다. 마나의 힘! 마나는 마나가 아니면 막지 못한다.

고급검술이 전개되기 위한 마나의 흐름을 경험하지 못한 타이탄의 경우에는 제대로 동작시키는 게 어렵지만, 다이아나는 처음부터 손쉽게 도로니아를 다룰 수가 있었다. 이미 다크가 도로니아에게 경험을 시켜놓았기 때문이다. 그 덕분에 연습전을 할 때 아주 편했었는데, 이번에도 그 덕을 톡톡히 볼 수가 있었다.

콰콰콰쾅!!!

과연 상승의 검법을 전개하기 시작하자 샌드 웜의 금속성 뼈대들이 조각조각 잘려나가며 방금 전과 비슷한 상처가 만들어졌다. 웜의 몸체가 거의 절반쯤 잘려나갈 정도로 커다란 상처. 하지만 기대와 달리 그런 상처조차도 곧 수복되어 버렸다.

더 이상 어떻게 할 방법이 없었기에 절망하려던 찰나, 그녀는 볼 수 있었다. 박살난 뼈의 접합부가 매끄럽지 않고 엉성하게 연결되어 있다는 것을. 고급검술을 전개하기 전과 달리 관절 접합 정도로 복구된 게 아니라 파괴되어 생명력을 잃은 뼈는 떨어져 나가고 주위에 있는 다른 뼈들이 움직여 그 자리를 메우는 식으로 수복되었기에 그런 흔적이 남게 된 것이다.

"도로니아! 할 수 있어! 아무리 언데드 웜이라지만 없애버릴 수 있어!"

입으로는 그렇게 소리치며 스스로를 고양시키고 있었지만, 그게 과연 가능할까 하는 일말의 걱정이 없는 건 아니다. 우려와 달리 샌드 웜이 불사신이 아닌 건 다행이었지만, 뼈 하나하나가 개별적인 생명을 가진 집합체인 것 같았다. 그렇다면 이 모든 뼈를 다 산산조각내야 한다는 얘기가 되는데, 그동안 자신의 마나가 과연 버텨줄까?

하지만 이때 미처 생각지 못했던 구원의 손길이 찾아왔다.

콰콰쾅!!

요란한 굉음과 함께 샌드 웜의 옆면이 터져나가며 커다란 구멍이 뚫린 것이다. 물론 그 구멍 또한 약간의 시간이 흐르자 사라져 버렸지만, 붉은색의 뭔가가 얼핏 보였다. 월터일 것이다. 코린트의 제2근위대가 적기사라는 붉은색의 타이탄을 쓴다고 들었던 기억이 있다. 그리고 적기사는 대제국의 근위타이탄인 만큼, 대륙에서도 손가락에 꼽힐 정도로 막강한 성능을 자랑한다고 들었다.

월터가 밖에서 협공해주고 있다는 것을 안 다이아나는 용기백배하여 더욱 맹렬하게 검을 휘두르기 시작했다. 언데드 웜을 없애버릴 수 있다는 희망이 보였기 때문이다.

샌드 웜을 안팎에서 협공할 수 있게 된 것은 다이아나의 순간적인 기지 덕분이다. 샌드 웜의 목구멍 부근에 자리 잡은 도로니아가 목이 반쯤 잘려나갈 정도로 강력한 공격을 지속적으로 퍼붓자, 샌드 웜은 본능적으로 온몸을 맹렬한 기세로 꿈틀거려

적을 배제하려 했다. 살아서는 물론이고, 되살아난 후에도 이런 엄청난 타격은 당해본 적이 없었던 탓이다. 더군다나 땅을 파헤치는 기관이 집중되어 있는 샌드 웜의 입과 목 부분이 계속 파괴되고 복구되기를 반복하고 있다 보니 제대로 모래 속으로 파고들지도 못하고 있었다.

샌드 웜이 모래 속으로 도망치지만 못하게 막는다면 없앨 수 있다. 다이아나는 샌드 웜의 몸 안에서, 월터는 몸 밖에서 강렬한 공격을 계속 퍼부었다. 샌드 웜은 처절하게 반항했지만, 몸 안과 밖에서 가해지는 공격에 서서히 분해될 수밖에 없었다.

칼질을 언제까지 계속해야 할지 모르겠다고 다이아나가 생각하고 있을 때, 어떻게 된 일인지 모르겠지만 샌드 웜의 몸체가 한순간에 우르르 무너지며 거대한 뼈 무더기로 바뀌어 버렸다. 언데드로서의 생명이 끝난 것이다.

철커덩! 타이탄의 목이 뒤로 꺾이고 다이아나가 모습을 드러냈다. 그녀는 월터가 타고 있는 적기사를 향해 들뜬 목소리로 소리쳤다.

"월터, 당신과 동료가 된 건 정말 최고의 선택이었어."

적기사의 목이 위로 들리며 월터가 모습을 드러냈다. 그 또한 적기사의 조정석에 앉은 채로 말했다. 환한 미소와 함께.

"나도 그렇게 생각해, 셀리나."

"그거 적기사지? 정말 엄청나게 강해 보이네."

다이아나의 칭찬에 월터의 얼굴에는 환한 웃음과 함께 자신의 타이탄에 대한 자부심이 떠오른다.

"내 건 만들어진 지 벌써 반세기가 넘었지만, 아직도 최강급에 들어가는 타이탄이야. 하지만 의외네. 셀리나 같은 강자가 그런 타이탄을 사용하고 있을 거라고는……. 그거 카프록시아급의 변형이지?"

"응."

월터는 고개를 갸웃하다 다시 물었다.

"출력이 더 높은 론다이크급을 생산하기 시작한 지 꽤 된 거로 알고 있는데, 치레아에는 아직 공급되지 않은 건가?"

월터가 궁금하게 생각할 수밖에 없었다. 크라레스는 크루마의 제도(帝都) (신)엘프리안이 브로마네스에게 파괴된 직후, 크루마에 압력을 가해 에프리온급(1.7)에 사용된 엑스시온의 설계도를 넘겨받는 데 성공했다. 크루마는 크라레스 뒤에 아르티어스라는 막강한 골드 드래곤이 있다는 걸 뻔히 알고 있다 보니 제대로 반항도 못 하고 설계도를 강탈당해야만 했다. 이미 (구)엘프리안을 가루로 만든 전적이 있는 아르티어스다 보니 크루마 황실이 공포에 떨 수밖에 없었던 것이다.

그 후, 크라레스는 그 설계도를 이용하여 론다이크 시리즈를 생산하여, 카프록시아 시리즈를 대체해가는 중이었다. 론다이크급의 원형인 론다이크는 근위대에 20기 납품하는 것으로 생산을 종료했다. 그 후, 루빈스키 공작의 요청에 맞춰 제작한 론다이크II 20기가 스바시에 기사단에 납품되었고, 그다음부터는 대량생산에 적합하게 외형을 간략화시킨 론다이크III를 양산하기 시작하여 전량 중앙기사단에 공급하고 있는 중이었다. 월터가 말한 건 바로 대량생산되어 공급되고 있는 론다이크III였다.

하지만 다이아나는 애정이 담뿍 담긴 눈빛으로 도로니아를 바라보며 대답했다.

"엑스시온의 출력 따위로 도로니아를 평가하면 안 돼. 도로니아는 초대 치레아 대공께서 형태를 직접 주문하셨고, 사용하셨던 최고의 명품이야. 전체적인 밸런스에 있어서 이것보다 뛰어난 타이탄은 지금까지 본 적이……."

여기까지 말하던 다이아나는 갑자기 입을 다물었다. 가만히 보니 월터의 적기사 쪽이 밸런스가 더 뛰어난 것 같았기 때문이다. 검과 검집보다는 쌍검 쪽이 더욱 완벽한 좌우 대칭을 이룰 테니까.

"호오, 이게 초대 치레아 대공께서 사용하셨던 타이탄이었나? 이상하네. 그분께선 청기사를 사용하신 거로 알고 있었는데……."

다크가 청기사를 끌고 제도 코린티아까지 쳐들어와 제2근위대와 발렌시아드 기사단을 박살냈던 건 코린트에서도 전설로 전해지는 얘기였다.

"아빠가 이어받은 안드로메다를 사용하시기 전에는 이 도로니아를 쓰셨다고 해."

현 치레아 대공과 그 부인이 둘 다 청기사를 소유하고 있다는 건 모르는 사람이 없다. 그렇기에 월터에게 스스럼없이 말해주고 있는 것이다.

"도로니아라······? 무장이 참 독특하네. 지금까지 검집을 가진 타이탄은 처음 봤어."

지금은 전투가 끝난 상황이라 검을 검집 속에 넣어 왼쪽 허리에 매달아 놓았다. 월터는 검집을 가지고 있는 타이탄은 처음 봤다. 물론, 타이탄에 검집 비슷한 게 없는 건 아니다. 하지만 그건 허리에 검을 꼽아둘 수 있는 구조물일 뿐이다. 부무장으로 창이나 도끼 따위를 쓰는 경우를 위해서 필요하기 때문이다. 하지만 저렇게 무거운 검집을 굳이 만들 필요가 있을까? 적기사처럼 쌍검으로 하는 게 훨씬 효율이 좋을 건데?

의아해하는 월터의 생각을 대충 짐작하겠다는 듯 다이아나가 피식 미소 지으며 말했다.

"복잡하게 생각할 거 없어. 나는 이걸 초대 치레아 대공께서 사용하셨다는 것만으로도 충분히 만족하며 쓰고 있는 중이니까. 아빠가 치레아 기사단의 타이탄을 계속 드라쿤으로 고집하고 계신 것도 같은 이유지."

드라쿤은 초대 치레아 대공의 주문에 따라 그의 개인기사단을 위해 제작된 카프록시아의 변형 모델이다. 골드 드래곤의 머리 모양과 비슷하게 제작된, 긴 뿔이 두 개 붙은 두상을 지닌 황금색의 타이탄이었는데, 카프록시아 시리즈 중에서 가장 아름다운 모델이었다.

"하기야, 초대 치레아 대공과 인연을 맺었다는 골드 드래곤이 뒤를 봐주는 한, 뭘 해도 상관없긴 하지."

신형 타이탄 20기를 새로 받는 것보다는 골드 드래곤과의 인연을 강조하는 편이 월등하게 유리할지도 모른다. 하지만 다이아나는 그렇게 생각하지 않았다. 평소 아빠의 언행으로 봤을 때, 골드 드래곤에게 아부하려는 것 같지는 않아 보였으니까.

"글쎄…, 아빠가 드라쿤을 고집하시는 게 치레아 공국의 수호룡인 골드 드래곤에게 잘 보이기 위해서라고는 생각하지 않아. 어쩌면 초대 대공님과의 추억 때문이 아닐까? 아빠가 처음 지급받으셨던 타이탄이 드라쿤이었다고 들었고……."

"그럴지도 모르겠네. 아니, 치레아에 대한 건 네가 나보다 훨씬 더 잘 알겠지. 방금 전에 출력 어쩌구 하며 한 내 말은 실수였으니까 잊어줘."

"알았어. 사실 별 신경도 안 써."

그 말과 함께 다이아나는 활짝 웃었다.

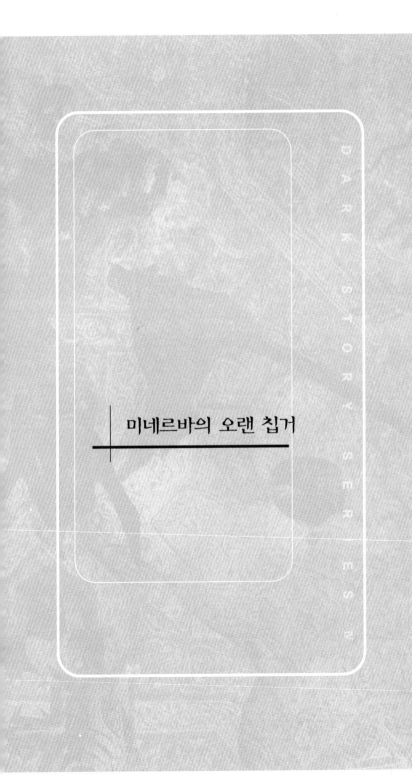

미네르바의 오랜 칩거

37

사막의 이변

샌드 웜과의 격전이 끝난 후, 두 사람은 타이탄을 공간 속으로 되돌리는 대신 그대로 탑승한 채 이동하기로 했다. 이번에는 운 좋게 피해 없이 넘어갈 수 있었지만, 다음 공격도 이렇게 운이 좋을 거라고 생각할 수는 없었으니까.

왜냐하면 타이탄을 꺼내 탑승하는 데는 시간이 필요하다. 그리고 타이탄에게 가장 위험할 때가 기사가 탑승하지 않았을 때였다. 마나 공급원이 없기에 느릿하게 움직일 수밖에 없었고, 공격은 물론이고 방어조차 불가능하다. 공간을 열고 나오는 타이탄을 노리고 적이 공격을 퍼붓는다면, 최악의 상황을 맞이하게 될 수도 있었다.

그런 위험을 뻔히 알고 있는 이상, 타이탄에 탑승한 채로 이동하는 게 낫다. 대마법주문으로 보호되는 타이탄은 움직이는 요새처럼 안전했으니까.

이번에도 진형은 똑같았다. 1킬로미터쯤 앞에서 월터가 적기사를 타고 걸어가고, 그 뒤에서 다이아나와 두 마법사가 따라간다. 앞에서 천천히 걸어가고 있는 거대한 붉은 타이탄을 보며 라디아가 중얼거렸다.

"과연 코린트의 근위기사네. 정말 대단하지 않아?"

곧이어 다이아나의 떨떠름한 목소리가 들려왔다.

"타이탄이 좋아서 그런 거야. 들리는 소문으로는 2.0은 확실히 상회하는 엑스시온이 장착되어 있다고 하더라."

그러자 도로니아가 다이아나의 말을 정정해준다.

『저 타이탄의 엑스시온은 2.3이다』

"도로니아가 그러는데, 2.3이래."

2.3이라는 말에 라디아는 혀를 내둘렀다. 청기사를 제외하고 그녀가 알고 있는 한 최고 출력의 엑스시온이었으니까.

"2.3이라고? 과연 코린트 제국. 세계 최강이란 찬사를 받는 이유가 다 있었네."

"그런 코린트를 상대로 우리나라는 승리를 얻어낸 거라고. 정말 자랑스런 조국이지."

사실, 1차 제국전쟁에서라면 몰라도 2차 제국전쟁에서 크라레스 제국은 패했다. 하지만 연이어 전개된 마도대전으로 인해 2차 제국전쟁에 대한 각국의 해석이 조금씩 달라졌다. 각자 자기 나라에 유리하도록 살짝살짝 역사를 왜곡해 놓은 것이다.

특히 크라레스의 경우 모든 안 좋았던 부분은 다 마왕 탓으로 돌리고, 자신들은 피해자인 것처럼 포장하며 행동하고 있었다. 그렇지 않았다면 2차 제국전쟁을 일으켰고, 또 치욕스러운 패배까지 당했기에 각국에 배상해야 할 상상을 초월할 정도의 전쟁 배상금에 제국이 붕괴되었을 가능성까지 있었다. 아마 다크라는 존재가 없었다면 크라레스의 역사는 그때 끝났으리라.

다이아나의 말이 자신이 알고 있는 것과 많은 차이가 있었기에 파벨은 한 마디 참견하고 싶었지만, 상대방의 신분을 생각해 그냥 꿀꺽 삼켰다. 신분 차를 떠나서 소심한 파벨이 상대의 잘못을 지적한다는 것도 힘들었지만 말이다.

　하지만 옆에서 파벨의 찡그려진 얼굴을 본 라디아가 급히 화제를 바꿨다. 전쟁 당사자였던 코린트인을 옆에 두고 떠들 얘기는 아니었으니까.

　"이토록 거대한 샌드 웜까지 언데드로 만든 걸 보면 어쩌면 아티펙트가 사용된 게 아니라, 마왕이 강림한 게 아닐까? 하는 생각이 들어."

　"마왕?"

　"응. 언데드 쪽으로 특화된 마왕이 강림한 것일 수도 있지. 언데드가 나타난 위치도 딱 그렇잖아. 동쪽 대륙은 마도대전 이후, 흑마법사들을 완전히 박멸시켜 버렸어. 간신히 목숨을 건진 흑마법사들은 서쪽 대륙으로 도망치거나 사막에 숨어들었을 거고, 그 와중에 마왕이 강림한 거라고 한다면 앞뒤가 대충 맞아떨어지잖아?"

　라디아는 파벨에게로 슬쩍 시선을 돌려 물었다.

　"파벨은 그렇게 생각하지 않아?"

　"타당한 추리라고 생각해. 나도 아티펙트 따위로는 저런 거대한 존재까지 언데드로 만든다는 건 불가능하다고 생각하니까."

　자신의 의견에 동조해 주는 파벨의 말에 라디아는 흡족한 미소를 지으며 다시 입을 열었다.

"내 걱정은 샌드 웜이 과연 저것 하나뿐일 거냐 하는 거야."

"하나가 아니라면?"

"좀 전의 샌드 웜의 크기를 생각해 봐. 나는 샌드 웜이 그렇게까지 크게 자란다는 얘긴 들은 적이 없어."

라디아의 말에 파벨도 고개를 끄덕이며 수긍했다.

"맞아. 엄청나게 컸지. 이 커다란 타이탄을 한입에 꿀꺽 삼켜버렸을 정도로……."

"흠, 만약에 말이야. 그게 늙어서 죽은 샌드 웜이라면?"

비도 거의 오지 않는 사막의 특성상 금속성인 웜의 뼈가 산화되어 사라지기까지 얼마나 오랜 세월이 흘러야 할지 알 수가 없다. 더군다나 그들은 땅 위가 아니라 모래 속 깊은 곳에서 죽었을 테니, 산화되는 건 더욱 어려울 것이다. 그렇게 생각한다면 샌드 웜이 그리 흔한 몬스터는 아니지만 늙어 죽은 개체의 뼈가 사막의 모래 속에 생각보다 훨씬 많이 남아있을지도 모른다는 결론에 다다른다.

거기까지 생각이 미친 파벨은 온몸이 두려움에 떨려오는 걸 주체할 수가 없었다. 그녀는 떨리는 목소리로 라디아에게 물었다.

"무슨 소리를 하고 싶은 거야?"

"표정 보니 너도 같은 생각을 한 거 같은데, 왜 묻고 그래?"

"설마……?"

"이게 만약 마왕이 강림한 거라면 그렇게 생각하는 게 당연하지 않을까? 내 생각에는 우리끼리 계속 사막 안으로 들어가는 건 자살행위야. 코린트의 오너가 사막에서 행방불명됐다는 게 월터가 우리를 겁주기 위한 과장된 말이 아니라는 거지. 이번에는 운이 좋아서 샌드 웜이 모래 속으로 파고들기 전에 죽일 수 있었지만, 만약 타이탄을 삼킨 채 모래 속 깊이 들어가 버리면 샌드 웜을 죽이는 데 성공했다고 해도 살아서 나올 수가 없어. 공기도 없는 모래 속 깊은 곳에서 빠져나올 방법이 없거든."

도로니아의 운전석에 앉은 채 둘의 대화를 말없이 듣고 있던 다이아나가 심각한 목소리로 물었다.

"설마, 나 겁주려고 하는 말은 아니지?"

라디아는 세차게 고개를 흔들며 대답했다.

"당연히 아니지. 잘 생각해 봐. 샌드 웜 뱃속에 들어가서 직접 싸운 경험을 토대로 말이야."

잠시 생각해보던 다이아나가 침중한 얼굴로 중얼거렸다.

"아무래도 월터와 상의해 봐야 할 거 같네."

앞서가던 월터를 불러들여 상의한 끝에 그들은 작금의 상황을 각자 상부에 보고한 후, 명령을 기다리기로 했다. 상부에서 자신들의 보고를 토대로 추후 명령이 내려오기까지 며칠 걸릴 테니, 그동안 지금처럼 언데드 무리를 따라가다 보면 새로운 정보를 얻게 될지도 모른다. 마왕이든 뭐든 결론은 그 후에 내려도 늦지 않으리라.

라디아와의 통신을 통해 보고를 듣던 치레아 기사단의 마법사는 경악해서 소리쳤다.

「자, 잠시만 기다려주십시오. 마침 필리페 각하께서 당직이시니 바로 연결해 드리겠습니다」

곧이어 날카로운 인상의 중년 마법사가 수정구에 모습을 드러냈다. 치레아 기사단의 수석마법사 필리페였다.

「초대형의 언데드 샌드 웜과 조우했다고?」

"예. 레이디께서 코린트 제국의 페레즈 백작과 함께 파괴했습니다."

「즉시 전하께 보고 올리겠다. 그동안 귀관은 레이디를 잘 구슬려 그 자리에서 대기하고 있도록. 알겠나?」

"하지만 레이디께서 제 말을 들으실지……?"

「그건 귀관이 알아서 적절히 행동하라. 다시 한번 반복한다. 그 자리에서 대기하도록. 새로운 지시는 다음 정기 연락 시간에 내리겠다. 그럼 이만 끊겠다」

라디아는 수정구를 잘 닦아 보관함에 넣으며 다이아나에게 물었다.

"어떻게 할 거야?"

다이아나는 월터에게로 힐끗 시선을 돌렸다. 월터는 이미 파벨을 통해 상부에 보고를 올렸고, 그쪽의 지시를 기다리는 중이었다. 월터는 다이아나처럼 직통 채널로 연결하는 게 아니라, 알카사스 쪽 정보원을 통해서 보고를 올릴 수밖에 없었다. 저 멀리 코린트 쪽의 초장거리 통신망 채널을 열기에는 파벨의 능력이 미치지 못했기 때문이다.

월터는 어깨를 으쓱하며 다이아나에게 대답했다.

"결정은 네가 해. 다음 행동에 대한 지시가 내려오려면 한 며칠 걸릴 거야."

다이아나는 주변을 살펴보며 풍속을 가늠해본다. 바람이 약간 불고 있긴 했지만, 이 정도로는 모래에 찍혀있는 발자국이 사라지는 일은 없을 것이다.

"일단……, 기다리자."

"다음 정기 연락 시간쯤에는 결론이 나올까?"

"흔적이 언제 없어질지 알 수가 없는데 태평하게 마냥 기다리고만 있을 수는 없지. 오늘 해 질 녘에 접속해서 물어볼 거야. 그때까지 결론이 나와 있지 않다면 움직이자. 만약, 바람이 조금이라도 강해지면 그 전에 출발할 수도 있어. 그리고 월터는 지금처럼 우리보다 앞서 나가서 언데드 무리부터 찾도록 해."

"알았어."

다이아나가 바람에 민감한 건, 언데드들이 남긴 발자국이 바람에 쓸려 사라질 수 있기 때문이었다.

＊　　＊　　＊

크루마 제국의 제도 (구)엘프리안이 골드 드래곤 아르티어스의 브래스에 박살 나버린 후, 미네르바 켄타로아 공작은 전력을 다해 (신)엘프리안을 건설했다. 하지만 (신)엘프리안 마저도 레드 드래곤 브로마네스에게 가루가 되어버리자 사람들은 엘프리안의 터가 재수 없는 거라고 생각하게 되어, 새로운 자리에 제도를 건설하게 되었다. 그렇게 해서 선택된 곳이 플로레스였는데, 코린트 군이 플로레스로 진격해 들어오려면 먼저 브로마네스의 영토를 지나야 한다는 것도 그곳이 제도로 선택된 이유들 중 하나였다.

플로레스 또한 건설하는데 30여 년에 가까운 세월이 걸렸다. (신)엘프리안 때의 경험에 미루어 지하궁전의 건설에 더욱 공을 들였기 때문이다. 엘프리안이 막강한 윕급 드래곤의 브래스를 두 번이나 덮어썼음에도 불구하고, 지하궁전 쪽의 피해가 그리 크지 않다는 점에 그들은 주목했다. 그래서 플로레스의 지하궁전은 더욱 깊게, 더욱 튼튼하게 만들었다. 그리고 유사시에 황족과 제국 수뇌부가 최대한 빨리 지하궁전으로 대피할 수 있도록 이동마법진을 갖추는 데 공을 들였다.

플로레스가 준공된 후, 황제는 제국 전체에 신제도 완공을 축하하는 대규모 축제를 선포하고 새로운 궁전에서 7일 밤낮에 걸쳐 연회를 열어 축하했다. 대륙의 수많은 국가에서 축하 사절을 파견해 온 것은 물론이고, 국내의 조금이라도 이름이 있는 귀족이라면 연회에 참석해 인맥을 넓히기 위해 뛰어다녔다.

미네르바는 (신)엘프리안이 파괴되던 날, 자신으로 인해 두 번씩이나 제도가 파괴되었음을 사죄하며 두 번째 은거에 들어갔다. 물론 그녀가 은거했다고 해서 그걸 곧이곧대로 받아들이는 사람은 없었다. 군부의 절대적인 지지와 충성을 얻고 있는 교활하기 짝이 없는 그녀가 이번에는 또 무슨 술수를 부릴지 알 수가 없었기 때문이다. (구)엘프리안이 골드 드래곤에게 파괴되었을 때도 자신의 잘못이라며 사죄하고 은거에 들어갔지만 얼마 지나지 않아 다시금 권력의 전면에 등장하지 않았던가.

사람들은 이번에도 그런 일이 반복될 것임을 믿어 의심치 않았다. 그리고 잠시 은거했을 때 멋도 모르고 국정을 장악하려고 했던 고위귀족들은, 그녀가 다시금 권력을 잡던 그날 싸그리 숙청당해 버렸던 전례가 있다 보니 이번에는 몸을 사릴 수밖에 없었던 것이다.

그리고 그렇게 생각하는 건 크루마 주변국들도 마찬가지였다. 크루마가 위기에 몰리게 되면 그녀가 결국 밖으로 뛰쳐나올 것임을 모두 믿어 의심치 않고 있었다. 왜냐하면 지금 크루마에 남아있는 마스터는 그녀 혼자뿐이었기 때문이다. 전쟁이 벌어지면 싫어도 은거를 깨고 밖으로 나와 전군을 이끌 수밖에 없는 것이다. 그렇기에 주변국들은 그녀가 밖으로 나올 핑곗거리를 제공하지 않기 위해서라도 아예 시비를 걸지 않고 있었다. 그녀가 아무리 막강한 권력을 쥐고 있다고 해도, 지금처럼 은거한 형태로는 제대로 자신의 능력을 발휘할 수 없기 때문이다.

하지만 미네르바의 은거는 세인들의 예상을 깨고 아주 오랫동안 지속되고 있었다. 다른 나라의 마스터들이 100세가 넘는 나이에도 불구하고 젊은 외모를 자랑하며 정력적으로 활동하고 있는 걸 보면, 그녀가 벌써 노쇠했을 리는 없다. 그런데 왜 아직까지도 가만히 칩거하고 있는 것일까? 모두들 궁금하게 여기며 몸을 사리는 가운데 하루하루 세월만 흘러가고 있었다.

세인들은 플로레스가 완공되었을 때, 미네르바가 슬그머니 권력의 전면으로 뛰쳐나올 줄 알았다. 복귀 명분으로 삼기에 최

고의 이벤트였으니까. 하지만 그게 아니었다. 7일 밤낮 동안 성
대한 연회가 개최되었지만, 그녀의 모습은 그 어디에서도 찾아
볼 수가 없었다.

그런 미네르바의 오랜 칩거에 크게 실망한 사람들 중 하나가
근위대장인 샤트란 페르였다. 제국전쟁을 치르며 마스터급의
부족을 실감한 미네르바는 후진 양성에 전력을 기울였다. 미
네르바에게서 무공의 진수를 아낌없이 전수받았던 그녀였기에
미네르바에 대한 충성심과 애정은 남다른 것이었다.

"사령관님, 근위대장님께서 오셨습니다."

"드시라고 해라."

부관의 안내를 받으며 사령관실로 들어간 샤트란은 크루마
전군 총사령관 마리아 지오그네에게 인사를 건넸다.

"안녕하셨습니까, 사령관님."

"어서 와. 자, 이쪽으로……."

오랜 세월 친분을 쌓아온 사이다. 더군다나 그린 드래곤 사냥
이라는 위험하기 짝이 없는 임무에 투입된 동지이기도 했다. 잠
시 그동안의 밀린 안부를 묻느라 시간을 보낸 샤트란은 마리아
의 눈치를 살피며 용건을 꺼냈다.

"이렇게 갑작스럽게 찾아뵌 건 사령관님께 부탁드릴 게 있어
서예요."

"뭐지? 너무 어려운 일이 아니면 좋겠는데……."

"미네르바 전하를 뵙게 해주세요."

순간 마리아의 눈빛이 살짝 흔들렸지만, 곧이어 그녀는 평정

심을 되찾았다.

"은퇴하신 후 제법 세월이 흘렀다고는 하지만……, 아직까지도 그분을 견제하는 놈들이 너무나도 많아. 귀관은 근위대장일세. 어설프게 움직이다 자칫 놈들이 의혹의 눈으로 보게 되면 상당히 피곤해져."

지금까지는 자신의 이런 행동으로 인해 미네르바 전하가 혹시 곤란을 겪게 될까 두려워 그냥 침묵했지만 이번에는 절대로 물러설 수 없었다. 샤트란은 입술을 거칠게 깨물며 단호하게 말했다.

"정적의 이목. 예, 그 말씀 때문에 지금까지 참고 있었죠. 하지만 이제 더는 참을 수가 없어요. 미네르바 전하를 뵙고 꼭 말씀드리고 싶은 게 있어요."

"……."

"아무리 정적의 눈치를 봐야 한다고는 하지만, 사제지간에 만나서 얘기 정도는 할 수 있잖아요? 30년 가까운 세월을 기다렸어요. 제발, 이번에는 거절하지는 말아주세요."

애절한 목소리로 부탁하는 샤트란의 말에 한참을 고민하던 마리아 지오그네는 이윽고 결단을 내린 모양이다. 자리에서 벌떡 일어서며 침중한 음성으로 말했다.

"좋아, 따라와. 대신, 마음 단단히 먹고."

"정말 감사합니다."

빛이 번쩍하며 두 사람이 마법진 위에 모습을 드러냈다. 마리아 지오그네와 샤트란 페르였다. 공간이동으로 인한 빛이 서서히 사라지자 곧이어 한 치 앞도 보이지 않을 정도의 짙은 암흑이 주위를 집어삼켰다.

"라이트!"

순간 빛의 구가 허공으로 둥실 떠오르며 주위를 환히 밝혔다.

"여긴……, 어디죠?"

"지하궁전이야. 엘프리안 지하에 있는……."

"엘프리안의 지하궁전이라고요? 그런데 왜 이곳에……."

"아무것도 묻지 말고, 일단 조용히 따라와."

플로레스의 지하궁전은 언제든지 황제와 그 측근들을 맞이할 수 있도록 상당수의 하인과 하녀들이 배치되어 만반의 준비태세를 유지하고 있었다. 하지만 이곳은 완전히 죽어버린 공간이었다. 사람은 물론이고 쥐새끼 한 마리 보이지 않는다. 왜 이런 곳으로 자신을 데려온 것인지 의문이 생겼지만, 샤트란은 잠자코 마리아의 뒤를 따라갔다. 설혹 마리아가 자신을 함정에 빠뜨린 것이라 해도, 마스터인 그녀는 충분히 위험에서 빠져나올 자신이 있었기 때문이다.

입을 꾹 다문 채 조금도 망설이지 않고 성큼성큼 앞장서서 걸어가는 마리아. 그런 그녀를 바라보는 샤트란의 표정이 뭘 생각했는지 점차 싸늘하게 굳기 시작했다.

"설마……, 전하께서 이곳에 유폐(幽閉)되어 계신 겁니까?"

"괜한 생각하지 마. 여기에 전하께서 계신 건 아니니까."

마리아의 대답에 샤트란은 고개를 갸웃하지 않을 수 없었다.

"그럼 여기에는 왜……?"

"자네에게 만나게 해주고 싶은 게 있어서."

만나게 해주고 싶은 게……? 사람이 아니라 '게'라고 했다. 그렇다면 물건이라는 소린데, 물건은 만나게 해주고 싶다는 식으로 표현하지 않는다. 보여주고 싶은 게 있다고 해야 맞다. 무엇보다 미네르바 전하를 만나게 해준다고 해놓고 뜬금없이 물건을 만나게 해준다라……? 샤트란의 미간이 점점 더 깊은 의문으로 찡그러지고 있을 때, 마리아가 문득 발걸음을 멈췄다.

"다 왔네. 여기야."

마리아가 안내해 들어간 작은 공동 중앙에는 거대한 강철 구조물이 서 있었다. 타이탄……. 샤트란은 눈앞의 이 타이탄을 잘 알고 있었다. 아니, 샤트란뿐만이 아니라, 크루마 제국의 거의 모든 기사들이 이 타이탄을 알고 있으리라. 그만큼 크루마 제국의 자긍심과 같은 유명한 타이탄이었으니까.

"어, 어째서 이게 여기에……?"

칠흑과도 같은 어둠에 잠긴 지하공동의 중앙에 홀로 외로이 서 있는 타이탄은 헬 프로네였다. 최강의 기사만을 주인으로 선택한다는 고귀한 타이탄. 샤트란은 이 녀석의 주인이 누구인지 잘 알고 있었다. 헬 프로네의 흉갑 중앙에는 쌍두의 그린 드래곤 문장이 그려져 있었다. 크루마의 국가문장이다. 그리고 그 어떤 숫자도 그려져 있지 않은 순백의 유니콘 문장. 이게 그려진 타이탄은 황제 전용기와 총사령관용, 단 2기뿐이다. 그리고 견갑에는 미네르바를 상징하는 문장이 그려져 있었다.

샤트란은 자신도 모르게 검 손잡이에 손을 올리며 마리아에게 싸늘하게 외쳤다.

"전하께선 어떻게 되신 거죠?"

마리아는 우울한 표정으로 헬 프로네를 올려다보며 말했다.

"돌아가셨어. 엘프리안이 파괴될 때……."

이미 오래전에 미네르바가 죽어버린 후라는 말에 샤트란은 충격을 감추지 못했다.

"그, 그럴 수가……."

샤트란은 몸을 가누지 못하고 지하공동 바닥에 털썩 주저앉을 수밖에 없었다.

'이미 돌아가셨습니까……? 스승님께 받은 은혜를 아직 단 하나도 보답하지 못했는데…….'

도저히 믿기 힘들다는 듯 망연한 표정으로 주저앉아있는 샤트란의 어깨를 토닥이며 마리아는 침중한 어조로 말했다.

"내가 급하게 엘프리안에 도착했을 때, 운 좋게도 헬 프로네가 아직 떠나지 않고 있었어. 갑자기 주인과의 소통이 끊어져버린 탓에 이 녀석도 정신을 못 차리고 있었던 거겠지. 깊이 생각할 시간이 없었기에 일단 포획해서 아무도 모르게 이곳에 숨겨둔 거야. 당시 그 주위를 샅샅이 수색했지만, 제대로 된 시체는커녕 뼛조각 하나조차 찾을 수가 없었어. 브로마네스의 강맹한 브래스는 모든 걸 잿더미로 만들어버렸거든. 전하의 시신은 찾지 못했지만, 헬 프로네와의 맹약이 깨진 것으로 봐서 돌아가신 건 틀림없어."

마리아는 헬 프로네 밑에 그려져 있는 커다란 마법진을 손짓으로 가리키며 말을 이었다.

"저 마법진이 없었다면 오래전에 공간을 열고 도망쳐 버렸겠지. 하지만 언제까지 이렇게 붙잡아 둘 수만은 없어. 헬 프로네는 새로운 주인을 원하니까."

헬 프로네는 그 시야를 가리기 위한 미스릴 코팅을 하지 않은 탓에 주인을 정하는 기준이 아주 높았다. 더구나 역대 주인들의 실력이 대단했던 만큼, 웬만한 실력으로는 명함도 내밀지 못한다고 봐야 할 것이다.

마리아는 샤트란에게 시선을 맞추며 강한 어조로 말했다.

"내 생각은 자네가 이 헬 프로네의 새로운 주인이 되어줬으면 해. 당분간은 전하의 대역을 부탁할 수밖에 없겠지만, 언젠가 우리 제국이 반석 위로 올라서게 된다면 그때는 전하께서 돌아가셨다는 것을 발표할 수 있게 되겠지. 그때까지 우리 최선을 다하도록 하자. 폐하를 위해서, 그리고 전하를 위해서……."

'브로마네스, 이 썩을 도마뱀 새끼!'

샤트란은 이빨을 뿌드득 갈았다. 그 망할 레드 드래곤이 자신의 우상과도 같은 미네르바 전하를 죽였을 거라고는 지금까지 상상조차 하지 않고 지내왔었다. 그저 그 전과 같이 제도가 파괴된 것에 대한 책임을 지고 조용히 은거해 있을 거라고만 생각했었다. 모두들 그렇게 생각하며 묵묵히 일을 수행했기에, 크루마 제국은 그 어떤 혼란도 없이 위기를 넘길 수 있었다. 만약 주위 강대국들이 미네르바의 죽음을 포착했다면 그렇게 쉽게 넘어갈 수는 없었으리라.

새삼 미네르바 전하가 크루마 제국에 얼마나 큰 그림자를 드리우고 있었는지를 깨닫게 되었다. 그리고 그녀와 조국에게서 받은 은혜까지도.

"알겠습니다. 감히 전하의 대역을 맡기에는 미천한 능력의 저이지만 조국을 위해, 존경하는 전하를 위해 제 이 한목숨을 바쳐서라도 최선을 다하도록 하겠습니다."

"그렇게 말해줘서 고마워."

"하지만…, 언젠가 기회를 잡을 수만 있다면……."

샤트란이 채 말을 꺼내기도 전에 마리아는 고개를 끄덕이며 말했다.

"무슨 말을 하려는 건지 알아. 브로마네스에게 복수를 하고 싶다는 말이겠지?"

물론 불가능할 거라는 건 잘 안다. 상대는 월급의 막강한 드래곤이었으니까. 하지만 이대로 그냥 포기하고 살아갈 생각을 하니 미쳐버릴 것만 같았다. 호시탐탐 복수의 기회를 노리고 있어야 혹시라도 실낱같은 빈틈이나마 찾아낼 수 있을 게 아닌가. 그런 끈기가 있었기에 샤트란이 마스터라는 지고한 경지에까지 오를 수 있었던 것이고.

"제 살아생전에 가능할지 알 수는 없지만, 놈의 둥지가 가까이 있는 만큼 가능성이라도 엿보고 싶어요. 물론, 섣불리 손을 쓸 생각은 없어요. 플로레스마저 잿더미가 되는 걸 원하지는 않으니까요."

“만약 그런 상황이 생긴다면, 나 역시 목숨을 걸고 적극 도와줄게.”

샤트란은 아니, 거의 모든 사람들은 브로마네스의 둥지 내 침실로 들어가는 비밀통로가 하나 존재한다는 것을 모르고 있었다. 하지만 마리아는 그 사실을 알고 있었다. 왜냐하면 미네르바의 명을 받아 레어 건설을 총괄했던 게 바로 마리아였으니까. 미네르바는 과거 그린 드래곤을 사냥했듯, 브로마네스도 사냥할 계략을 짜고 있었던 것이다. 공물을 바친다는 미명 하에 그의 동정까지 살펴볼 수 있었으니 언젠가는 기회를 잡을 수 있을지도 모르기 때문이다.

“노파심에 조언 하나 할게. 상대는 최전성기의 원급 드래곤이야. 어지간한 실력으로는 비늘에 흠집조차 내기도 힘들 거야. 혹시 미네르바 전하였다면 몰라도, 현재 자네 실력으로는 기회를 잡는다 해도 어림도 없다고 생각해야 될 거야.”

그 말에 샤트란은 주먹을 불끈 움켜쥐며 대답했다.

“부하들을 혹독하게 단련시키고, 저 또한 수련에 최선을 다하도록 하겠습니다. 불가능할지 모르지만 그런 헛된 희망조차 꿈꾸지 못한다면 제가 너무 비참해지니까요.”

“그래, 자네의 의지가 그렇게 굳건하다면 그런 날이 언젠가는 오겠지. 나도 손꼽아 기다리고 있을게.”

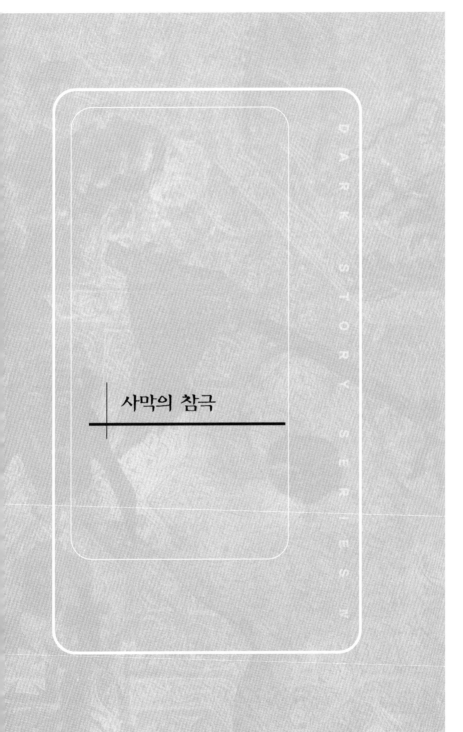

사막의 참극

37

사막의 이변

참극은 병사들이 깊이 잠든 한밤중에 일어났다. 알카사스 왕국의 링카 영지에서 출발한 6만에 달하는 대병력, 왕국의 서쪽 관문을 책임지고 있는 링카 변경백이 공을 들여 키운 정예병이다. 도시국가에서 파병한 구원병이 매복지까지 도달하려면 며칠 정도 여유가 있었다. 그렇기에 그들은 남쪽으로 정찰병들을 촘촘하게 깔아놓은 후, 앞으로 다가올 전투에 대비해 푹~ 휴식을 취하고 있던 중이다.

　한낮에는 갑옷조차 입기 힘들 정도로 뜨겁게 달아오르고, 해가 진 후에는 이빨이 덜덜 떨릴 정도로 차갑게 기온이 식는다. 그런 상황이니 체력을 유지하는 것도 쉬운 일이 아닌 것이다.

　도시국가의 구원병이 오려면 아직 시간이 꽤 남았기에 아무런 전투 준비도 갖춰지지 않은 상황에서 갑자기, 그것도 수많은 언데드의 기습을 당한 것이다. 최대한 체력을 보존하기 위해 갑옷조차 다 벗은 상태에서 당한 기습이었기에 그건 정말 악몽과도 같았다. 갑옷을 입는 건 생각조차 못 하고 모두들 무기만 주워 들고 황급히 밖으로 뛰쳐나갔다. 방패를 든 사람조차 거의 없었을 정도였으니 제대로 된 전투가 가능할 리 없었다.

놀랍게도 전투는 시작된 지 한 시간도 채 되지 않아서 종료되었다. 사막 전체가 피로 물들었고, 셀 수도 없을 정도로 많은 시체들이 모래 위를 나뒹굴었다.

《단 한 놈도 놓쳐서는 안 된다. 크하하핫!》

수많은 사막 몬스터의 사체로 이뤄진 언데드 집단을 지휘하고 있는 해골인간. 사람의 귀로는 도저히 알아들을 수 없는 기괴한 소리를 내질렀지만, 언데드들은 그의 지시에 따라 일사불란하게 움직이며 병사들을 학살했다.

걸레짝이 된 낡은 옷 사이로 말라붙은 살점과 뼈가 살짝살짝 보인다. 엄청난 수의 언데드 집단을 지휘하고 있는 것만 봐도 저급한 스켈레톤은 아님을 알 수 있다. 가슴뼈 중간에 둥실 떠 있는 시커먼 색의 구체(球體)! 스켈레톤이 진화를 거듭해 엘더(Elder)급이 되었을 때에야 비로소 자신이 보유한 죽음의 기운을 한군데로 끌어모아 다크 베슬(Dark Vessel)을 형성할 수 있다고 했다. 그런데 그는 다크 베슬을 가슴 속에 품고 있었다.

해골인간은 스켈레톤의 정점 중 하나라는 리치(Lich)였다. 그것도 주인으로부터 특별히 '알파17'이라는 이름을 부여받은 아주 고등한 리치였다. 구분을 위해서 주인이 편의상 대충 붙여준 이름이긴 했지만, 주인으로부터 이름을 하사받은 리치들은 자신의 이름에 자부심을 느끼고 있었다. 시키는 것밖에 하지 못하는 멍청한 하급 언데드들과의 확실한 구분이 되기 때문이다. 부정한 기운을 몸속에 축적하며 성장해, 이윽고 자아(自我)를 획득하여 독립적인 활동이 가능하게 되었다는 뜻이었으니까.

이때, 거대전갈을 마치 말이라도 되는 듯 타고 해골인간 하나가 달려왔다. 그는 전갈의 등 위에 올려뒀던 시체들을 아래로 내던졌다. 옷차림으로 봐서 그 시체들은 마법사인 듯 보였다.

알파17 리치가 심드렁한 목소리로 물었다.

《다 끝냈느냐?》

가볍게 고개를 끄덕이는 해골인간. 그 해골인간의 가슴 속에도 다크 베슬이 자리 잡고 있었다. 아직 자아를 지니지 못한 탓에 제대로 언어 소통이 안 된다는 게 속 터지는 노릇이긴 했지만, 하급이라도 데스 나이트(Death Knight)였다. 전력에 상당한 도움이 되는 게 사실이다.

《이제 시작하자. 시간이 없다.》

용기사들은 밤에 움직일 수 없다. 그렇기에 해가 뜨기 전에 모든 걸 끝내야 하는 것이다.

《이리 와라.》

알파17의 지시를 받은 데스 나이트가 전갈에서 내려 그에게로 다가온다. 오래전에 언데드가 되었는지 데스 나이트가 착용하고 있는 갑주는 허름하기 짝이 없었다. 하지만 허름한 옷차림과는 다르게 그가 등에 지고 있는 물건은 너무나도 눈에 띄는 것이었다. 길이 2미터 남짓, 둘레 1미터 남짓의 원통형 막대 두개. 한눈에 봐도 범상한 물건이 아님을 알 수 있다. 막대의 표면에 새겨진 수많은 해골과 뼈들이 서로 엉킨 듯한 끔찍한 형상의 조각은 마치 살아있는 듯 꿈틀꿈틀 움직이고 있었고, 끊임없이 음산하고 불길한 기운을 뿜어내고 있다. 평범한 사람이라면 막대에서 뿜어져 나오는 사악한 기운에 잠시만 노출되어도 제정신을 유지하기 힘들 것이다.

알파17이 들고 있는 지팡이 역시 그에 못지않은 끔찍스러운 형상이었다. 데스 나이트가 가지고 있는 막대와 마치 한 짝이라도 되는 듯 지팡이 표면은 해골과 뼈가 뒤엉켜있었고, 지팡이에서는 더욱 흉흉하고 암울한 기운이 거칠게 흘러나오고 있었다.

지팡이를 위로 치켜들면서 기괴한 주문을 외우기 시작한 알파17. 그러자 주문에 동조해서 그의 다크 베슬이 요란하게 맥동치기 시작했다. 리치는 이 다크 베슬 속에 모아둔 부정한 기운을 이용하여 흑마법을 구사하는 것이다.

끼에에엑!!

낮게 깔리는 아주 껄끄러운, 도저히 뭐라 형언할 수 없는 괴상한 소리가 알파17에게서 울려 나온다. 그와 함께 데스 나이트의 등에 지고 있던 끔찍한 형상의 2개의 막대에서 무시무시한 기운이 뿜어져 나오기 시작했고, 점차 노도와도 같은 기세로 지팡이로 흘러 들어갔다. 그러던 어느 순간, 지팡이에서 뭐라 말할 수조차 없을 만큼 음산한 암흑의 기운이 폭발하듯 사방으로 뿜어져 나갔다.

놀라운 능력을 지닌 아티펙트와 그걸 숨 쉬듯 효율적으로 다룰 수 있는 리치. 이 둘의 협업이 만들어 낸 광경은 보는 이로 하여금 턱이 빠질 정도로 경악스러운 상승효과를 불러일으켰다.

《모두 일어서라!》

사람의 청각으로는 알아듣기 힘든 소리였지만 사체들은 아무런 무리 없이 알아듣는 모양이다. 그의 명령에 호응하듯 수도 없이 많은 사체들이 일제히 몸을 일으켰다. 경악스러운 권능이었다.

만약 월터 일행이 이 자리에 있었다면 이 놀라운 광경을 목격할 수 있었겠지만, 아쉽게도 그들은 이 자리에 없었다. 팔시온의 지시를 기다리느라 반나절 이상 대기하고 있어야 했던 데다, 그들이 추적 중이었던 언데드 떼도 이곳에 아직 도착하지 못했기 때문이다.

말(馬)의 사체 2만을 포함해 합계 8만이 넘어가는 엄청난 언데드 집단. 하지만 말 위에 타고 있는 시체는 하나도 없었다. 데스 나이트급이 아닌 이상, 시체마를 조종할 능력이 되지 않기 때문이다. 죽기 전에는 기마병이었더라도 지금은 말과 사람이 각기 따로 움직였다.

그렇다고 해서 죽기 전에 익힌 것들이 언데드에게 전수되지 않는 건 아니다. 다른 좀비들에 비해 훨씬 더 부드러운 움직임을 보이고 있는 고등한 개체들도 몇몇 눈에 띄었다. 그런 개체들은 모두 마법사나 신관의 복장을 하고 있었다. 아직 자아를 지니고 있지는 못했지만, 부정한 기운을 좀 더 흡수하게 된다면 고등한 리치로 진화하게 될 가능성을 지닌 존재들이었다.

《너희들은 나에게로 오라.》

알파17의 명령에 따라 마법사와 신관 복장을 하고 있는 좀비들이 그의 곁으로 몰려들었다.

《크흐흐…, 괜찮군. 그래듀에이트의 시체가 없다는 게 좀 아쉽

긴 하지만, 숫자가 제법 되니 이 정도만 해도 만족하시겠지.》

대량의 언데드 병력을 손쉽게 확보한 알파17은 흥겨운 기분으로 새롭게 자신의 수하로 들어온 리치들을 살펴봤다. 134구씩이나 되니 상당한 전력이 되어줄 것이다. 알파17은 리치들을 본거지로 공간이동 시켰다.

본거지로 보내진 리치들은 어둠의 기운을 효과적으로 흡수할 수 있도록 만들어진 방으로 옮겨질 것이다. 리치나 데스 나이트처럼 고위 언데드들이 보다 힘을 강화할 수 있도록 주인이 공을 들여 만든 아티펙트가 방 중앙에 위치해 있는 놀라운 장소였다. 알파17처럼 임무를 부여받은 게 아니라면 고위급 언데드들은 모두 다 그곳에서 대기하며 힘을 키우게 된다.

알파17은 고개를 들어 하늘을 쳐다봤다. 안구(眼球)가 없는 그의 시야는 생명체가 보는 것과는 완전히 다르다. 그의 시야에 보이는 건 천연색의 다채로운 색상이 아니었다. 여러 가지 기운들이 보인다…, 아니 느껴지는 거라고 할 수 있었다. 고개를 들어 주위를 두리번거리는 것도 과거 살아있었을 때의 습관일 뿐, 그에게는 고개를 두리번거릴 필요가 없었다.

그저 습관적으로 하늘을 둘러본 것일 뿐, 해가 뜨려면 아직 4시간 정도 여유가 있다는 걸 그는 알고 있었다. 방금 전에 발휘되었던 엄청난 기운의 회오리라면 수백 킬로미터 밖에 있는 마법사라도 감지할 수 있다. 더군다나 마도왕국이라 불리는 알카사스의 마법탑이라면, 더욱 정교하게 그 위치까지 특정할 수 있을 것이다. 만약 실버 드래곤들이 이곳에 공간이동 마법을 사용할 수 없도록 만들어두지 않았다면, 이상 현상을 감지하자마자 곧바로 공간이동 해와 무슨 일이 벌어졌는지 확인했을 것이다.

하지만 다행히도 이곳으로의 공간이동은 불가능했다. 그런 만큼 적들은 새벽에 시야 확보가 되는 대로 용기사를 보낼 것이다. 지금 그가 거느리고 있는 언데드 8만은 갓 생명을 받았기에 제대로 움직이지도 못하는 상태다. 링카 영지군을 기습 격멸시켰던 정예 언데드 집단과는 능력이나 이동속도 자체가 다른 것이다. 그 때문에 알파17은 정예 언데드 집단을 전투가 끝나자마자 다른 곳으로 먼저 이동시켰다.

어느 정도 정리가 된 듯하자 알파17은 언데드 집단을 이끌고 이동을 시작했다. 갓 언데드가 된 상태라 모두들 움직임이 느릿느릿하다. 속이 터질 정도로 느리게 움직이고 있었지만, 알파17은 짜증 하나 내지 않고 그들의 뒤를 따라가며 모래 위에 남겨진 흔적을 바람마법으로 지워나갔다. 모래 위의 흔적이었기에 바람마법으로 그 흔적을 흩어지게 하는 건 아주 쉬웠다.

언데드 집단을 이끌고 가급적이면 참사가 벌어진 전장에서 최대한 멀리 떨어진 곳으로 이동하여 매복시켜야 했다. 귀찮다고 전장 근처에 매복시키면 아무리 모래 속 깊숙이 숨겨둔다 해도 들킬 우려가 있었다. 용기사의 정찰에 마법사가 함께 한다 해도 하늘을 고속으로 이동하며 훑는 방식이라면, 모래 속 깊이 파고든 언데드들을 포착하는 건 힘들다. 하지만 참사가 벌어진 지점을 특정하고, 강력한 탐색마법으로 그 주위를 샅샅이 조사해 나간다면 얘기가 다르다. 그렇기에 가급적 전장에서 최대한 멀리 거리를 벌려 매복시킬 필요가 있는 것이다.

다섯 시간쯤 언데드 집단을 이동시킨 알파17은 더 이상의 이동은 위험하다고 판단했다. 이미 해가 뜬지 한 시간쯤 지난 상태다. 링카 성과의 거리를 생각한다면 용기사가 날아올 위험이 점차 커지고 있다고 봐야 했다.

언데드 집단에 모래 속 깊숙이 몸을 숨기라고 지시한 후, 알파17은 호위겸 짐꾼으로 데려온 데스 나이트에게 지시했다.

《성상(聖上)의 보권(寶卷)을 내려놔라.》

『마신의 은혜』라는 아티펙트를 마신의 권속이라 할 수 있는 언데드들은 감히 『마신』이라는 표현을 쓰지 못하고 성상의 보권이라고 부르고 있었다.

알파17의 지시에 따라 데스 나이트는 자신의 등에 지고 있던 두 개의 아티펙트들 중 하나를 끌러 모래 바닥에 내려놨다. 끊임없이 암흑의 기운을 뿜어내는 불길하기 짝이 없는 아티펙트였지만, 언데드들에게 있어서 이것만큼 은혜로운 지보도 없었다. 그들의 생명 그 자체였으니까.

알파17이 지팡이를 들고 주문을 외우자 마신의 은혜는 맹렬한 속도로 회전하며 모래 속으로 파고들었다. 이대로 지하 20미터 정도 깊이에 넣어두면, 이 일대에 매복시킨 모든 언데드들에게 충분한 암흑의 기운을 제공하게 될 것이다. 그리고 그 주변에 만약 몬스터의 사체가 있다면 그것도 언데드로 만들어주게 된다. 그런 이유 때문에 알파17은 지금껏 사막 여기저기에 이 마신의 은혜를 파묻고 있었던 것이다.

알파17은 품속에서 양피지 한 장을 꺼냈다. 지금껏 그와 그의 동료 리치들이 마신의 은혜들을 묻어놓은 위치를 표시해 놓은 지도였다. 지금까지 그와 동료들이 사막에 묻은 마신의 은혜는 무려 500개가 넘었다. 이만한 숫자의 마신의 은혜를 준비할 수 있었던 것도 그의 주인이기에 가능한 일일 것이다.

알파17은 먼저 방금 전에 마신의 은혜를 파묻은 위치를 지도에 표시했다. 그런 후, 지도를 천천히 살펴봤다.

《거쪽으로 20킬로 지점인가……. 약간은 도움이 되겠지만, 8만의 양식으로는 턱없이 부족해. 절반은 4일쯤 더 북상해서 거기에다가 매복시키는 게 좋겠군.》

마신의 은혜가 아무리 엄청난 재보라고 해도 하나만으로 8만 씩이나 되는 하급 언데드에게 암흑의 기운을 제공할 수는 없다. 대략 4~5만 정도가 적당할 것이다.

알파17은 데스 나이트와 함께 적의 대군을 몰살시켰던 장소 ― 즉, 정예 언데드 집단과 헤어졌던 곳으로 공간이동 했다. 그곳에는 정예 언데드 집단이 이동하며 남긴 흔적이 사막 저 끝까지 이어져 있었다. 알파17은 정예 언데드 집단이 지나간 길을 뒤따르며 그 흔적을 빠르게 지워나갔다. 정예 언데드들의 이동속도가 비록 빠르긴 했지만, 알파17의 이동속도와 비교될 수는 없었다. 한 시간도 채 되지 않아 알파17은 정예 언데드 집단을 따라잡았다.

《정지! 모두 모래 속으로 들어가라.》

수면이나 휴식을 필요로 하지 않는 언데드였기에 목적지까지 몇 날 며칠이고 달려갈 수 있었지만, 그렇게 하다가는 적에게 들킬 확률이 높다. 그렇다고 이들에게 밤에만 이동해서 목적지까지 가라는 지시를 내릴 수도 없었다. 자아를 갖추지 못한 이상, 간단한 명령이라면 몰라도 그런 복잡한 명령은 수행할 수 없었기 때문이다. 귀찮긴 하지만 이렇게 밤마다 와서 언데드들을 목적지까지 이동시키는 수밖에 달리 도리가 없는 것이다.

알파17은 슬쩍 하늘을 바라봤다. 신경을 써서 바람 마법을 약하게 구사하며 오긴 했지만, 아무래도 흔적을 들킬까 걱정이 되는 게 사실이다. 링카 영지에 위치된 마법탑의 탐색능력이 얼마나 되는지 알 수가 없기에 그런 것이다.

다행히도 아직까지 용기사의 모습은 보이지 않는다. 그제서야 알파17은 마음을 놓으며 다시금 지도를 꺼내 살펴보았다. 링카 영지를 습격하기에 적당한 위치에 있는 마신의 은혜를 찾는 것이다. 마침 적당한 위치에 숨겨져 있는 게 하나 눈에 띄었다. 링카 영지를 습격하기도 좋고, 만일의 경우 무역로 쪽을 공략하기도 좋은 위치였다.

《일단은 이곳에 언데드들을 주둔시켜 놓으면 되겠군. 크크크크……》

알파17은 그러다 불만 어린 시선으로 호위인 데스 나이트를 노려봤다. 저놈이 조금이라도 자아를 가지고 있었다면, 자신의 일이 약간은 편해졌을 텐데…… 물론 이런 불만조차 사치였다. 주인 밑에 있는 리치들 중에서도 자아를 지녀 이름을 하사받은 자는 그리 많지 않았다. 하지만, 마신의 은혜를 통해 계속 성장시키고 있는 만큼 조만간에 이름을 하사받는 자들의 숫자는 하나둘 늘어날 것이다.

사실, 성장 가능성이 높은 상급 언데드들은 모두 다 『성장의 방』에 넣어 집중적으로 육성시키고 있는 중이다. 방 중앙에 마신의 은혜를 놓고, 그걸 중심으로 상급 언데드들이 빼곡히 들어앉아 있다. 자신처럼 밖으로 돌아다니며 주인의 명령에 따라 일을 하고 있는 자들은 자아를 갖췄거나, 아니면 자아를 가질 가능성이 거의 없는 언데드뿐이다. 호위인 저 데스 나이트가 자신에게 할당된 것도, 그가 성장할 가능성이 전혀 없었기 때문이다.

주인으로부터 데스 나이트 생산의 중임을 맡은 것은 알파5였다. 초기에는 알파17도 그의 휘하에 배치되어 대륙 곳곳을 훑으며 그래듀에이트의 무덤을 찾아다녔었다. 영혼과 협상을 할 수 있는 권능을 지닌 건 흑마법사와 리치뿐이었기에, 비교적 한가한 리치들이 거기에 총동원되었었다. 하지만 포섭에 성공한 데스 나이트는 기대와 달리 너무 적었다. 왜냐하면 그들의 꾐에 넘어갈 만한 영혼들은 이미 마도전쟁 때 거의 다 데스 나이트가 되어버렸기 때문이다.

알파17이 자신의 호위인 데스 나이트의 영혼을 만난 건 무명 합장묘였다. 신원을 알 수 없는 수많은 시체를 한곳에 합장시켜 놓은 커다란 묘였는데, 뜻밖에도 그곳에서 응답이 있었다. 강한 영기를 지닌 영혼이었기에 알파17은 무척 기대를 했지만 만들어진 결과물은 형편없는 졸작이었다. 어쩔 수 없었다. 이 데스 나이트는 육체를 가지고 있지 못한 영혼으로 만들었고, 어쩔 수 없이 주변의 잡뼈들로 자신의 몸을 형성해 데스 나이트로 태어났다. 그래서인지 데스 나이트들 중에서도 더욱 하급인 존재가 되어버렸다.

육신이 분쇄됐음에도 흩어지지 않고 남아있었을 정도로 강한 집착과 원념(怨念)을 지니고 있던 영혼이다. 하지만 자신의 육신을 잃어버린 탓으로 그가 제대로 된 데스 나이트로 성장할 가능성은 영영 사라져 버린 셈이니 참으로 안타까운 녀석이라 할 수 있었다. 호위인 데스 나이트를 바라보던 알파17은 한숨을 푹 내쉬었다.

'어쨌거나, 가까운 시일 내에 이름을 하사받은 데스 나이트가 하나라도 나와야 할 텐데…….'

아직까지 주인에게 이름을 하사받은 상급 언데드는 모두 다 리치들뿐이다. 전력 균형을 생각한다면 이건 좀 문제가 있었다. 요즘 알파5는 더 이상 대륙을 떠돌며 그래듀에이트의 영혼들과 협상하는 것을 포기했다. 이제는 협상에 응하지 않는 놈들밖에 남아있지 않았기 때문이다. 대신 그는 그것들의 유골을 가져와 마신의 은혜에 오염시켜 데스 나이트로 만드는 작업을 하고 있었다. 영혼이 빠지는 만큼 제대로 된 데스 나이트가 만들어질 가능성은 없었지만, 뭐 그래도 없는 것보다는 낫지 않겠는가.

그때의 인연으로 알파5와는 만날 때마다 약간씩이라도 대화를 나누고 있었다. 알파5에게 들은 말로는, 최근 그는 대륙에서 이름을 떨쳤던 전설적인 영웅들의 유골을 훔쳐와 그것들을 마신의 은혜로 오염시키고 있다고 했다. 영혼을 타락시키는 게 최고이긴 하지만, 그래도 꽤 괜찮은 결과물이 만들어질 가능성이 크다고 했다.

물론 전설적인 영웅의 뼈라고 해서 다 최고의 작품이 만들어지는 건 아니다. 세월이 흐르면 영기가 옅어지게 되고, 주변 환경이 나쁘면 그건 더욱 가속화된다. 죽은 지 얼마 되지 않은 영웅의 뼈가 데스 나이트로 만들기에는 최고의 재료인 건 당연하다. 하지만 그건 그거대로 뼈를 수급하기가 힘들었다. 아직 세인들의 뇌리에서 잊혀지지 않은 영웅의 묘는 그만큼 경비가 철저하기에 도굴하기가 힘든 것이다.

코린트 제국의 리사 드 크로데인 후작과 크루마 제국의 지크리트 루엔 공작의 유골을 확보했으며, 조만간 키에리 드 발렌시아드 대공의 유골도 입수할 수 있을 것 같다는 알파5의 자랑에 알파17은 흥분하지 않을 수 없었다. 원본이 엄청난 만큼 얼마나 뛰어난 성능의 데스 나이트가 만들어질지 기대되지 않을 수 없었기 때문이다.

얄궂게도 자신의 호위인 데스 나이트와는 정반대의 경우다. 이쪽은 영혼만이……, 저쪽은 찬란한 유골만이 있는 셈이니까. 둘을 합쳐서 데스 나이트로 만들 수만 있다면 최고의 걸작이 나올지도 모르지만, 이미 한쪽이 데스 나이트가 되어버린 상황이었기에 그럴 수 없다는 게 안타까울 뿐이다.

《모쪼록 훌륭한 결과물이 나왔으면 좋겠군.》

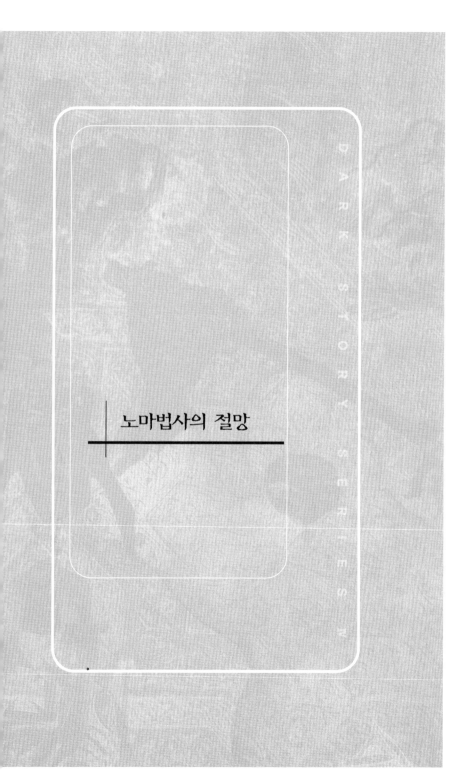

노마법사의 절망

37

사막의 이변

베이라 성의 외성지역을 장악한 홉킨스는 내성에서 그리 멀리 떨어지지 않은 병영에 임시본부를 차렸다. 벽 곳곳에 얼룩져 있는 핏자국들이 눈에 거슬리긴 했지만, 전술적으로 봤을 때 여기만큼 넓고 좋은 건물이 없었기에 자리를 잡은 것이다. 병영이었던 만큼 다수 병력이 휴식을 취하기에도 좋고, 만일의 사태가 벌어졌을 때 농성하기도 좋았다. 그리고 내성과의 거리도 가까워 만약 내성의 적들이 밖으로 치고 나온다면 급히 구원하러 달려가기도 용이했다.

　지휘본부로 정한 커다란 방 안에 앉아있던 홉킨스는 아주 기분이 좋았다. 걱정한 것에 비해 너무 수월하게 성문을 통과하여 외성지역을 제압하는 데 성공한 것이다. 그는 부하들이 약탈해 놓은 최고급 술을 술잔 가득 부어 통쾌하게 들이켰다.

　"크으, 기가 막힌 맛이네! 내가 언제 이런 비싼 술을 마셔보겠냐……."

　지휘본부 한쪽 구석에는 부하들이 홉킨스 몫으로 가져다 놓은 최고급 술들과 금은보화들이 수북이 쌓여있었다. 점령한 외성지역을 약탈한 부하들이 관례에 따라 홉킨스의 몫으로 가져다가 놓은 것이다. 여기에 자리 잡은 지 며칠 되지도 않았는데 그 양이 기하급수적으로 불어나고 있는 중이다.

베이라 성이 동서무역의 중심도시였던 만큼, 약탈품의 질과 양은 홉킨스와 부하들을 크게 만족시켜주고도 남았다. 하지만 가장 많은 보물이 쌓여있을 게 뻔한 내성(內城)을 아직 점령하지 못한 게 아쉽기만 했다. 물론 지금까지 약탈한 보물들만으로도 당장 용병 생활을 청산하고 평생을 떵떵거리며 살 수 있을 정도였지만 인간의 욕심은 끝이 없었다. 그렇기에 내성 쪽을 바라보며 입맛을 다시는 것이다.

"그나저나 아깝게 됐네……"

이번 임무는 너무나도 순탄하게 흘러가고 있었다. 그야말로 행운의 여신이 함께하고 있는 듯했다. 그렇기에 이 기회를 최대한 살려야 했다. 모든 대대장들이 부하들을 닦달하여 약탈하느라 정신이 없는 상태다. 그 때문에 해가 졌음에도 불구하고 그와 함께 앉아있는 건 방금 전까지 내성에 대한 경계 임무를 하다 56대대와 교대하고 돌아온 35대대장 미하엘뿐이었다. 미하엘을 제외한 35대대원들은 모두 눈이 벌게져 약탈하러 달려가 버린 상태다.

"내성 쪽의 동향은 어때?"

"쥐 죽은 듯 조용합니다. 아마 구원군이 도착하기만을 기다리고 있는 거겠죠."

보고를 하면서 미하엘은 탁자 위에 놓인 술을 한 잔 따랐다. 짙은 황금빛 액체가 영롱하다. 마시기 전에 향을 음미해 보는 미하엘. 그와 동시에 미간이 살짝 찌푸려졌다. 생각한 것보다 강한 술이었기 때문이다. 하지만 그는 망설일 것 없이 단숨에 쭉 들이켰다. 교대를 한 이상 약탈 외에 더 이상 할 일도 없었다. 그는 두세 잔 더 마신 다음, 방에 들어가서 푹 잘 생각이었다. 이미 약탈품은 충분히 챙겼다고 생각하고 있었으니까.

미하엘의 보고에 홉킨스는 음흉하게 웃으며 말했다.

"흐흐, 딱한 녀석들. 구원군이 오지 않을 거라는 걸 알면 어떤 표정을 지을까?"

미하엘은 술잔에 술을 한잔 더 따르며 퉁명스럽게 대답했다.

"그 일그러진 얼굴을 볼 수 없다는 게 정말 안타깝군요."

잠시 히히덕거리며 웃던 홉킨스는 뭔가 생각났다는 듯 미하엘에게 말했다.

"이러면 어떨까? 병력 일부를 성 앞에서 횃불을 잔뜩 피워 마치 구원병이 온 것처럼 꾸미는 거야. 그러면 구원병이 온 줄 알고 놈들이 내성 밖으로 뛰쳐나오면 곧바로 기습해서 작살을 내는 거지. 어때?"

"흐흐, 기가 막힌 계책입니다, 연대장님."

겨우 천 명 남짓한 홉킨스의 부하들만 가지고 구원병이 온 것처럼 꾸미는 건 쉽지 않겠지만, 술 한잔한 김에 기분이 좋아진 홉킨스와 미하엘에게 있어서 그건 문제가 되지 않았다. 진짜로 그 계획을 실행할 것도 아니었고…….

사실, 내성까지 털 필요도 없었다. 금은보화가 쌓이고 있는 속도로 짐작하건대 며칠 더 지나고 나면 외성의 보물들만으로도 링카까지 어떻게 옮길지를 고민해야 할 수준이 될 거라고 추정될 정도였다.

홉킨스는 뿌듯한 표정으로 한쪽 구석에 쌓여있는 약탈물들을 바라봤다. 이렇듯 어마어마한 약탈물을 챙긴 건 자신이 용병 생활을 한 이후 처음이었으니까.

이때, 이런 화기애애한 분위기에 찬물을 끼얹는 놈이 나타났다.

"크, 큰일 났어!"

문을 벌컥 열고 급히 들어온 사람은 바로 마법사 펜달이었다.

"무슨 일인데 그래? 주민들이 반란이라도 일으켰어?"

다급한 펜달의 안색을 보며 홉킨스는 반란을 생각했다. 약탈을 당하던 주민들이 조직적으로 움직여 반항을 하는 건 흔히 있는 일이었지만 그런 건 부하들이 알아서 처리했을 것이다. 펜달이 당황할 정도로 커다란 반란. 적의 잔존병력이 포함되거나, 부호들의 사병들이 결집된 대규모 병력이 반기를 든 것일 가능성이 크다고 봐야 했다. 그의 부하들은 모두들 약탈하느라 뿔뿔이 흩어져 있는 상황이니, 재수 없으면 큰 피해를 당할 우려도 있다고 봐야 할 것이다.

어떻게 처리할지를 순간적으로 고심하고 있는 홉킨스에게 펜달이 답답하다는 듯 손을 내저으며 말했다.

"그게 아니라 변경백 쪽에서 지금 당장 작전을 중지하고 회군하라는 지시를 보내왔어."

시간이 지날수록 급속도로 쌓이고 있는 약탈물을 생각하면 이건 말도 안 되는 명령이었다. 부호들이 집 구석구석에 은밀하게 감춰놓은 보물들을 찾아내는 거야 시간상 포기한다고 해도, 대략적이나마 뒤지는데도 최소한 삼사일은 더 필요했다. 이게 어떻게 얻은 절호의 기회인데…….

"미친 새끼들! 어떻게 해서 우리가 여기까지 왔는데……. 무시해버려!"

"나도 그러고 싶은데 뭔가 심상치 않아. 통신 말미에 도시연합 쪽에서 보낸 지원군을 요격하기 위해 출동했던 6개 사단이 갑자기 사라져 버렸대. 그러니 최대한 빨리 회군해서 안전한 지역으로 탈출하래."

그 말에 홉킨스는 의심스러운 시선으로 펜달을 노려봤다. 이놈이 미친 건가? 그것 외에는 다른 이유를 생각할 수가 없었다. 드넓은 사막 안에서 병사 한둘 없어지는 거야 그럴 수 있다손 쳐도, 6만씩이나 되는 대병력이 갑자기 사라져 버렸다는 게 말이 되는가. 게다가 아무 흔적도 없이?

"혹시 너 술 마셨냐? 말이 되는 소리를 해야 대충 장단을 맞춰주지."

자신의 말을 믿어주지 않는 연대장에게, 펜달은 답답하다는 듯 발을 동동 구르며 다시 입을 열었다.

"정말이야. 어젯밤에 엄청난 마법이 발동된 걸 링카 성의 마법탑에서 포착했다는 거야. 무슨 일인가 싶어서 요격부대의 마법사들과 통신을 시도했는데, 전혀 연락이 되지를 않더래. 그래서 날이 밝자마자 용기사들을 투입해 매복지 일대를 샅샅이 뒤지고 있는데 흔적을 전혀 찾을 수가 없었다는 얘기였어."

용기사는 밤에는 날 수가 없으니, 해지기 전에 수색을 종료하고 링카 성으로 돌아왔을 것이다. 그리고 링카 성 영주는 결단을 내려 후퇴하라는 지시를 내린 것이고.

하지만 홉킨스는 이해할 수가 없었다. 아무리 거창한 마법이 발동되었다고 해도 6만씩이나 되는 대병력이 흔적조차 남기지 않고 사라진다는 게 말이 되나?

고개를 갸웃거리고 있는 홉킨스에게 펜달이 다급히 말했다.

"병사들이 없어진 탓에 지금 당장 도시연합 쪽에서 밀려오고 있을 적병을 막을 병력이 없다는 게 문제야. 안 그래?"

펜달의 지적에 그제서야 안색이 새파랗게 질리는 홉킨스. 링카 영지군이 행방불명된 게 남의 일이 아니게 된 것이다.

"이런 젠장! 그럼 큰일이잖아."

홉킨스는 급히 지도를 꺼내 살펴봤다. 자신들이 외성을 점령했을 때, 도시국가 연합의 구원군이 출발했다고 가정한다면…, 시간적 여유가 얼마나 있을까? 무엇보다 링카 성 마법탑에서 포착했다는 마법의 존재가 껄끄러웠다. 링카 성에서조차 포착이 가능했을 정도라고 했으니 엄청난 대마법이 사용됐다고 봐야 한다. 그랬기에 6만이라는 대병력이 한 방에 날아가 버린 것일 게다. 시쳇더미를 찾고 못 찾고가 문제가 아니었다.

그때 미하엘이 다급한 어조로 물었다.

"설마 드래곤이 개입한 게 아닐까요?"

정신없이 지도를 바라보고 있는 홉킨스를 대신해서 펜달이 대답했다.

"그럴 가능성이 가장 크겠지. 인간의 힘으로 6만을 날려 버릴 마법사가 존재할 리가 없을 테니까."

"그렇다면 여기도 위험하지 않겠습니까? 드래곤이 언제 들이닥칠지······."

펜달은 고개를 가로저으며 자신 있게 말했다.

"그건 걱정하지 않아도 될 거야. 만약 드래곤이 우리를 박살 낼 생각이었다면, 벌써 이곳으로 왔을 테니까."

펜달의 말에 홉킨스는 정신을 차린 듯했다. 창백했던 핏기가 살짝 돌아온다.

"6만 대군이 사라지게 만든 마법이 포착된 게 어젯밤이라 했어. 만약 드래곤이 개입했다면 그 즉시 이쪽으로 왔을 거야. 우리는 여기서 공간이동 마법을 쓸 수 없지만, 드래곤은 자유자재로 쓸 수 있거든."

펜달의 설명에 홉킨스가 고개를 주억거렸다.

"그건 그렇지. 아마 자네 추측이 맞는 거 같아."

"어떻게 하시겠습니까?"

"당연한 거 아니겠냐. 당장 전 대대장들 불러들여. 그리고 약탈하러 나간 녀석들도 빨리 복귀하라고 전달해."

홉킨스의 지시를 받은 미하엘은 약탈 나간 대대장들을 소집하기 위해 밖으로 달려 나갔다.

*　　　*　　　*

리오 프라이스는 다 늙어가지고 괜히 모험을 떠났다며 후회하고 있었다. 그동안 그가 상상해 왔었던 모험과 실제 모험은 완전히 달랐다. 모험을 시작한 이래 그가 마법을 써서 적을 공격한 적은 단 한 번도 없었다. 그저 엉덩이에 굳은살이 박일 정도로 오로지 말 타고 강행군만을 계속해 왔을 뿐이다.

베이라 성을 기습하기 위해 달려갈 때만 해도 가슴이 두근거리는 뭔가가 있었다. 간혹가다 진귀한 몬스터의 사체를 구경하는 것은 물론이고, 그 고기의 맛도 볼 수가 있었다. 지금껏 상상만 해왔던 모험이 현실로 이뤄지고 있었기에 더욱 각별한 체험이었다.

하지만 프라이스가 환상에서 깨는 데는 그리 오랜 시간이 필요하지 않았다. 그는 모험 한번 해보지 않은 연구실 마법사였다. 그가 꿈꿔온 전투는, 앞에서는 거대한 타이탄들끼리 격전이 벌어지고 뒤에서는 마법사들이 치명적이지만 화려하기 그지없는 마법을 적을 향해 난사하는 그런 것이었다. 실로 장엄하지만 피를 볼 일은 없는, 그런 멋진 전투였다.

하지만 그런 상상과 달리 실전은 전혀 달랐다. 연대 내의 마법사는 자신을 포함한다 해도 고작 일곱 명. 그들 모두 통신기로서 참전한 것이었을 뿐, 화력지원을 위한 것이 아니었다. 실제로 벌어진 병사들 간의 전투는 처절하기 짝이 없었다. 전장에 흐르는 홍건한 피와 갈가리 찢겨진 시체들……. 프라이스는 그 끔찍함에 진저리를 치지 않을 수 없었고, 환상에서 깨어나 현실을 직시할 수밖에 없었다. 그만큼 현실의 전투는 낭만이라고는 단 한 점도 찾아볼 수 없는 처절함 그 자체였던 것이다.

죽어가는 병사들의 모습에 전투에 참여할 엄두도 내지 못하고 새파랗게 질려있는 프라이스의 어깨를 툭툭 치며 아르티어스가 은근한 목소리로 속삭였다.

"여기서 뭐 하시는 겁니까? 스승님, 자 가시죠. 사방에 전리품이 널려있습니다. 전투의 꽃은 전리품이 아니겠습니까. 마음에 드시는 거 있으시면 모두 다 챙기십쇼."

여기저기 쓰러져 있는 시체와 거기에서 흘러나온 검붉은 핏물들! 짙은 피 냄새에 현기증과 함께 속이 메슥거렸다. 생각 같아서는 쭈그려 앉아 구토라도 하고 싶었지만, 주변에 보는 눈이 많아서 차마 그러지는 못하고 치밀어 오르는 역겨움을 애써 참고 있던 중이었다.

치열했던 전투는 거의 끝난 상태였다. 그다음부터 시작된 것은 잔인한 약탈이었다. 용병들은 저항하는 부자와 그의 사병들을 학살하고, 닥치는 대로 뺏고 있었다. 가진 게 별로 없는 일반 시민들은 용병들이 아예 쳐다보지도 않았다. 오직 부자들이 밀집해 있는 지역을 중점적으로 약탈이 시작된 것이다. 하지만 그 와중에 살육에 미친 용병들은 겁에 질린 일반 시민들조차 잔인하게 죽이며 낄낄거리고 있었다. 특히나 반반한 미모의 여성을 발견하면 주저 없이 허리춤을 풀고 달려들었다. 사방에 넘쳐흐르는 핏물과 처절한 비명, 이리저리 굴러다니는 시체들까지. 얼마 전까지 평온한 삶을 살던 프라이스에게는 충격 그 자체였다.

"아, 아니……. 나는 괜찮네."

프라이스의 심정이 어떤지는 그의 표정만 봐도 뻔히 알 수 있었다. 아르티어스는 일부러 그의 곁에 바짝 붙어서 속을 살살 긁고 있는 것이다.

"나중에 후회하실 텐데요."

프라이스는 오만 정이 다 떨어졌다는 듯 떨떠름한 표정으로 대꾸했다.

"걱정 말게. 그런 일은 절대 없을 테니."

"그럼 저는 실례하겠습니다. 무역로의 중심도시니, 정말 괜찮은 게 많거든요."

하지만 이런 광란의 약탈 행위는 그리 오래 지속되지 않았다. 처참한 광경을 보지 않기 위해 숙소에 들어박혀 귀를 막고 있기를 며칠, 오랜 행군의 여독이 채 풀리기도 전에 아르티어스의 부하인 매튜가 달려 들어왔기 때문이다.

"어르신, 지금 당장 출발해야 합니다."

"뭐? 그게 무슨 말인가?"

"철수 명령이 떨어졌습니다. 이미 어르신께서 드실 식량과 식수는 충분히 말에 실어뒀으니 개인 짐만 챙겨서 빨리 나오십쇼."

"고맙구먼. 그런데 아직 내성조차 함락하지 않았는데 어디로 출발한다는 건가? 설마 또 다른 적이라도 출현한 건가?"

프라이스의 물음에 매튜는 고개를 가로저으며 대답했다.

"그건 모르겠고, 즉시 출발할 준비를 하라는 지시만 받았을 뿐입니다. 제자분께서도 이미 준비하고 계시고요."

베이라 성을 기습하기 위해서 진격할 때는, 자신들이 이동하고 있다는 것을 적에게 들키지 않기 위해 밤에만 은밀하게 이동했고 낮에는 쉴 수가 있었다. 낮에는 살이 익을 정도로 뜨겁게 달궈진 사막이었지만, 아르티어스가 마법으로 깊게 판 모래 구멍 속은 의외로 쾌적하여 편안하게 휴식을 취할 수가 있었다. 물론 아르티어스 자신이 쉴 곳을 판 김에 노마법사에게 그 옆에서 쉴 수 있도록 해준 것뿐이었지만 말이다.

하지만 베이라 성에서 벗어나 링카 성의 본부로 회군할 때는 상황이 완전히 달라졌다. 최대한 빨리 후퇴하는 것만이 살길이었기에 밤낮을 가리지 않는 강행군이 이어졌다. 당연히 허약한 노인의 몸이 그런 강행군을 버틸 수 있을 리가 없었다.

"도, 도대체 언제 쉴 수 있는 게야? 아이고 허리야……."

숨이 넘어갈 듯 헐떡이며 힘겹게 발걸음을 옮기던 프라이스는 자신의 제자 흉내를 내고 있는 아르티어스를 노려보며 퉁명스럽게 말했다.

"이런 환상적인 모험을 할 수 있게 해주어 너~무 고맙네. 아마 죽을 때까지 절대 잊지 못할 걸세."

마치 꿈에서 나올까 겁난다는 듯 끔찍한 표정으로 말하는 리오 프라이스. 그런 노마법사의 표정을 아르티어스는 재미있다는 듯 바라보며 말했다. 속마음은 어쨌건 그의 말투는 아주 정중했다. 그 점이 프라이스를 더욱 불쾌하게 하고 있었지만 말이다.

"좋은 추억이 되셨다니 정말 다행입니다, 스승님."

"모처럼 자네가 모험에 데려와 줬지만, 내게는 여기까진가 보구먼. 나는 이만 집으로 돌아가는 게 좋겠어. 더 이상 오래 있다가는 자네의 짐이 될 거 같아서 말일세."

프라이스의 말에 아르티어스는 어리둥절한 표정으로 되물었다.

"집으로 돌아가시다뇨? 이 깊은 사막 한가운데서 어떻게 혼자 돌아가실 수 있다는 말씀이십니까?"

아르티어스가 자신의 마법 실력을 너무 형편없이 보는 것 같아 더욱 기분이 나빠진 프라이스는 약간 딱딱한 어조로 대꾸했다.

"공간이동 마법이 있잖은가. 내 실력이 비록 자네에 비해 미천하긴 하네만, 링카 성까지는 공간이동이 가능하다네. 그러니어서 링카 성 인근의 공개 좌표만 알려주게."

링카 성에서는 공간이동 마법진이 설치되어 있으니, 그걸 이용해 자신의 집으로 돌아가면 된다는 뜻이리라.

드디어 아르티어스가 지금까지 숨겨왔던 걸 말할 때가 됐다. 이 말을 하고 싶어서 그동안 얼마나 입이 근질거렸는지 모른다. 하지만 아르티어스는 겉으로는 짐짓 어리둥절한 표정으로 되물었다.

"공간이동이라니요? 모험을 그렇게 꿈꾸셨으면서 아직 모르고 계셨습니까?"

프라이스는 고개를 갸웃하며 되물었다.

"그게 무슨 말인가? 내가 뭘 모른다는 건가?"

"스승님께서는 공간이동 마법을 쓸 수 없는 지역이 있다는 건 알고 계시죠?"

당연히 모를 리가 없다. 알카사스 왕국 전역이 그런 공간이동 불가 지역이었으니까. 국가에서 건설해 놓은 공간이동 마법진을 이용하는 데는 아무런 문제가 없었기에 일반인들은 모르는 사실이었지만, 마법사의 공간이동은 역장왜곡을 통해 아예 불가능하게 만들어 놓은 곳이 알카사스였다. 인근에서 가장 강력한 적이라고 할 수 있는 코린트 제국이 공간이동하여 기습 공격해 오는 것을 막기 위해서 그렇게 해놓은 것이다.

알카사스 왕국에서는 역장왜곡망을 가동하기 전에 마법사 길드를 통해 전 대륙의 마법사들에게 그 사실을 알렸었다. 그래야 엉뚱한 피해자가 나오지 않을 테니까.

"알카사스 왕국 내에서 공간이동 마법을 쓸 수 없다는 건 잘 알고 있지. 그런데, 그건 왜 묻는가?"

"쯧쯧, 알카사스만 그런 게 아니라 여기도 공간이동 마법을 쓸 수 없기 때문이죠."

"서, 설마 그럴 리가……?"

아르티어스의 말에 프라이스의 표정에는 짙은 의문이 떠올랐다. 이 망할 놈이 거짓말을 하는 게 아닌가 의심을 하고 있는 것이다.

"설마, 스승님께서는 공간이동 마법을 쓸 수 없는 불모의 대지가 있다는 얘기를 들어보지 못하셨습니까?"

곰곰이 머리를 굴려봤지만, 모험하고는 전혀 상관없는 삶을 살던 리오 프라이스가 그런 얘기를 들어봤을 리가 없다. 그리고 그가 읽은 모험담 중에도 그런 말도 안 되는 공간을 다룬 얘기는 없었다. 그런 곳에는 마법사가 아예 모험을 하러 가지 않기 때문이다. 만약 리오 프라이스도 이곳 사막에서 공간이동 마법으로 탈출이 불가능하다는 걸 사전에 알았다면 절대로 따라오지 않았을 것이다.

"내 그런 얘기는 처음 들어보는구먼."

"대륙 간 무역을 방해하기 위해 실버 드래곤들이 장난질을 쳐 놓은 탓에 이곳 사막지대에서 공간이동이 불가능하다는 건 모르는 사람이 없습니다. 그래서 저는 스승님도 잘 알고 계실 거라고 생각했었는데 설마 모르고 계실 줄이야."

"……?"

프라이스가 의심스러운 눈길로 자신을 쳐다보자 아르티어스는 안타깝다는 표정으로 손까지 내저으며 변명했다.

"거짓말이 아닙니다. 알카사스 왕국 전역에 설치되어 있는 공간이동 마법을 방해하는 역장 체계도 이곳 사막을 참고해서 만들어 놓은 거라고 하더군요. 제 말이 의심스러우시다면 근처 다른 마법사들을 붙잡고 물어보십쇼. 제 말이 거짓말인지."

리오 프라이스로서는 도저히 믿고 싶지 않은 말이었다. 이 끔찍한 지옥에서 탈출할 수 있는 단 하나의 희망이 아르티어스의 말에 산산조각나고 말았으니까. 지금껏 프라이스가 버틸 수 있었던 버팀목은 언제든 공간이동 마법으로 집으로 돌아갈 수 있다는 사실이었다. 그런데 그런 기대와 희망이 연기처럼 사라지고 남은 건 처절한 절망뿐이다. 그래서인지 프라이스의 얼굴은 이미 한껏 일그러져 불쌍해 보일 정도였다.

"허~, 이런 난감할 데가……. 그렇다면 공간이동을 전혀 하지 못한다는 말인가?"

아르티어스는 광소를 터뜨리고 싶었지만 애써 표정을 감추며 짐짓 미안한 척 고개를 숙였다.

"예, 스승님. 어쩔 수 없이 좀 더 모험을 하셔야겠습니다. 모험에 있어서 초보이신 스승님께 처음부터 이런 힘든 모험을 하게 해드릴 생각은 전혀 없었는데……. 설마, 우리 페가수스 용병단이 이렇게 필사의 탈출을 감행해야 할 상황이 벌어지게 될 거라고는 이 제자, 상상조차 해본 적이 없었으니 말입니다. 정말 죄송합니다."

"허어, 자네가 죄송할 게 뭐가 있겠는가. 멋모르고 따라온 내 잘못인 것을."

아르티어스의 사죄의 말이 전혀 귀에 들어오지도 않았지만, 프라이스는 그렇게 대답할 수밖에 없었다. 그리고 정중히 사죄하는 그 말조차 왠지 거슬렸다. 하지만 미안하다고 하는 사람에게 더 이상 뭐라 할 수 있겠는가. 그저 한숨만 푹푹 내쉬는 수밖에 달리 도리가 없었다.

리오 프라이스를 놀려먹은 뒤, 아르티어스는 다시금 북쪽으로 시선을 돌렸다. 끝없이 펼쳐져 있는 사막. 처음에는 부정한 기운이 남쪽에만 있는 줄 알았는데, 그게 아니었다. 북쪽으로 꽤 먼 거리를 이동해 왔는데도 불구하고 북쪽 저 먼 곳에서도 부정한 기운이 느껴지고 있었다. 이렇게 되면 그가 처음에 생각했었던 가설이 무너진다. 그는 이 부정한 기운에 실버 드래곤이 어떤 형식으로든 관여하고 있다고 생각했었다. 하지만 예상과는 달리 그 시작이 저 북쪽이었고, 그 부정한 기운이 점차 아래쪽으로 퍼져 내려오고 있지 않은가.

"대체 무슨 일이지? 도저히 영문을 모르겠구만. 정말 마왕이라도 강림한 건가?"

황실과 원로원의 암투

37

사막의 이변

마도왕국 알카사스에서 국왕과 동등한 권력을 지니고 있다고 알려져 있는 원로원(元老院). 그들이 왕권을 위협할 정도로 커다란 세력을 과시할 수 있었던 것은, 그들의 존재가 베일에 가려져 있기 때문이다. 알카사스 왕실에서 어떻게든 원로원을 제압하고 싶어도 그 위치는 물론이고, 그 구성원조차 알아내지 못했기에 전혀 손을 쓸 수 없었던 것이다. 반면 왕실은 완전히 밖에 다 드러나 있었고…….

　밖으로 알려져 있는 것은 원로원 의장인 크리스티안 에스테반 단 한 명뿐이었다. 그의 존재가 왕실에 알려져 있는 것은, 국왕과 회담을 하여 담판을 지려면 원로원에서 누군가가 모습을 드러내야 했고 그 역할을 하는 이가 바로 크리스티안 에스테반이었다. 그리고 그라면 왕실에서도 인정할 만큼 격에 맞았다. 하지만 그 외에는 어떤 인물들이 원로원에 소속되어 있는지 아무도 모를 만큼 철저히 비밀에 싸여있었다.

　"링카 변경백이 사막 무역로를 정벌하려는 건 모두들 아실 겁니다."

　왕실에서 원로원에 이번 전쟁의 전술에 대해 통보해 준 것은 아니었지만, 정보부를 움켜쥐고 있는 원로원이 그런 사실을 모르고 있을 리 없었다. 그런 만큼 그 부분에 대한 설명은 건너뛰고, 곧바로 본론으로 들어갔다.

"놀랍게도 도시국가 연합을 치기 위해 매복해 있던 변경백 직속 6개 사단이 갑자기 사라져 버렸다고 합니다."

"갑자기 사라졌다고요? 그게 대체 무슨 뜻입니까?"

"말 그대로입니다. 아무리 찾아보아도 그 행방이 묘연하다고 합니다."

"허어, 6만씩이나 되는 대병력이, 어찌 그럴 수가⋯⋯? 그렇다면 뭔가 흔적이라도 남아있을 게 아닙니까?"

"말도 안 되는 일이 벌어졌군요. 확실한 정보입니까?"

"현재 팔콘 기사단 분견대에서 보유하고 있는 모든 용기사들을 투입해 확인 중이라고 합니다. 매복해 있던 주변 일대를 현재 샅샅이 훑고 있는 중이지만, 아직까지는 그 어떤 흔적조차 찾을 수가 없다고 합니다. 마치 그쪽에 아무도 가지 않았던 것처럼 말이죠."

"정말 믿기 힘든 일이군요. 혹시 뭔가 징조라도 없었다고 합니까? 그렇지 않고서야. 설마⋯, 드래곤이 개입한 겁니까?"

정보부를 쥐고 있는 원로의 말에 회의장에 앉아있던 다른 원로들이 인상을 찡그리며 제각각 입을 열었다. 질문을 던지는 원로들의 말은 다 달랐지만 반응은 모두들 똑같았다. 그건 도저히 믿기 힘들다는 것이었다.

"링카 성 마법탑의 보고에 따르면, 그 일대에 대규모 마법이 사용된 건 사실입니다. 하지만 만약 드래곤이 그 짓을 했다면 자신이 했다는 걸 과시하기 위해서라도 뭔가 흔적을 남겨놨을 게 아니겠습니까? 하지만 마법이 사용된 흔적은 물론이고, 시체조차 단 한 구도 찾지 못했다고 합니다."

그때 가장 상석에 앉아 지금껏 아무런 말도 없이 조용히 듣고만 있던 에스테반 의장이 입을 열었다.

"왕실 쪽 동태는?"

"아직 아무런 반응도 없습니다. 변경백이 알아서 처리하라는 분위기인 것 같습니다. 이번 사태의 범인이 드래곤일 가능성이 조금이라도 있는 이상 몸을 사리는 것이겠지요."

"흠, 그럼 링카 변경백 쪽은?"

"미지의 적에 대한 방어태세를 구축하고 있는 중입니다."

"변경백의 힘만으로 방어가 가능할까?"

"드래곤만 아니라면 어느 정도는……."

그 대답이 마음에 들지 않았는지 인상을 찌푸리던 에스테반 의장은 자신의 오른편에 앉아있는 노인에게로 시선을 돌리며 입을 열었다.

"기사단 쪽에 지시는 내렸나?"

"이미 팔콘 기사단장에게 지시를 내렸습니다. 링카 영지에 은밀히 전개, 미지의 적습에 대비하라고 말입니다."

"잘했군. 그럼 이제 미지의 적이 누구인지 알아낼 차례인가?"

에스테반 의장은 시선을 돌려 침통한 표정으로 앉아있는 노인에게 물었다. 그는 정보부를 책임지고 있는 원로였다.

"뭔가 알아낸 게 있나?"

"놀랍게도 전혀 없습니다. 한 가지 분명한 건, 도시국가 연합 쪽으로 보낸 첩자들과의 연락이 모두 끊기는 것으로 보아, 그들이 원흉인 건 틀림없어 보입니다."

"흠, 그놈들만으로 이런 대담한 짓을 저지르지는 않았을 테니 배후에 드래곤이 있을 가능성이 크다는 얘기로군."

아무리 도시국가 연합의 뒤를 실버 드래곤이 봐주고 있다지만 그건 적국이 공격해 들어올 때의 얘기였다. 만약 뒤를 봐주는 실버 드래곤만 아니었다면 링카 변경백의 힘만으로도 도시국가 연합을 박살낼 수 있을 만큼 알카사스와 도시국가 연합과의 전력 차는 컸다. 그런데 그런 도시국가 연합이 아무 대책 없이 도발을 감행했을 리는 없다. 어떤 방식으로든 드래곤의 협조 내지는 허가를 받았다고 밖에는 생각할 수 없다.

잠시 눈가를 찌푸리며 고심을 하던 에스테반 의장이 마침내 결단을 내렸다는 듯 침통한 표정의 노인에게 지시했다.

"드래곤이 배후에 있을 가능성이 크다면 팔콘 기사단을 전진 배치하는 건 너무 위험해. 링카 변경백과 정보부를 움직여 콘도르 기사단을 전면에 내세우도록 하게."

팔콘 기사단은 원로원 직속이지만, 콘도르 기사단은 왕실 직속이다. 그런 만큼 드래곤이 개입해 들어와 아군에 커다란 피해를 안긴다 해도, 그 책임을 슬쩍 왕실 쪽으로 뒤집어씌울 수가 있는 것이다.

"그렇게 처리하겠습니다, 의장님."

　새벽녘에 베이라 성을 탈출한 페가수스 용병단은 무려 이틀 밤낮에 걸쳐 전속력으로 후퇴했다. 물론 처음에만 전속력으로 달렸을 뿐, 그다음부터는 말이 지쳐버려 제대로 속도를 낼 수 없었지만 말이다. 사흘째 저녁 무렵이 다 되어서야 홉킨스는 전 부대원들에게 잠시 휴식을 허용했다.

　사막은 메마른 땅이었기에 대부대가 이동하면 모래 먼지가 하늘 높이 날아오른다. 그런 만큼 혹시 뒤쫓는 무리가 있다고 해도 곧바로 발견이 가능했다. 문제는 이쪽의 움직임도 적들이 포착하기에 용이하다는 것이었지만.

　수석대대장 스미스가 홉킨스에게 보고했다.

　"다행히도 따라붙는 적의 추격은 없는 듯합니다. 하지만 물 보급을 받을만한 데가 없다는 게 가장 큰 문젭니다."

　베이라 성으로 진격해 들어갈 때는 후방으로부터 식량과 물을 보급 받을 수 있었지만, 지금은 아니었다. 자신들이 어느 쪽으로 이동하게 될지조차 정확히 알 수가 없는 상황인데, 어떻게 보급을 받을 수가 있겠는가.

　"병사들은 그렇다손 치더라도 말이 버티지를 못할 겁니다."

　베이라 성에서 약탈한 수많은 금은보화들이 수레에 실려 있었기에 말이 지쳐 쓰러지면 난감한 상황이 벌어진다. 용병들이 목숨을 걸고 전투를 하는 건 오로지 돈 때문이다. 물론 돈보다야 목숨이 중요하겠지만 만약 말을 버리게 되는 상황이 오게 되면 부대 내에서 엄청난 혼란이 일어날 건 불 보듯 뻔한 일이다. 그랬기에 한참을 고심하던 홉킨스는 지도를 바라보다 한 곳을 손가락으로 가리키며 말했다.

"여기서 동쪽으로 15킬로 정도쯤 가면 작은 성읍이 하나 있다. 거기서 물을 보충받으면 되겠지. 무슨 문제는 없는지 미리 정찰조를 보내 철저히 확인하도록."

"알겠습니다, 연대장님."

파견했던 정찰대가 아직 돌아오지 않았지만, 작은 성읍이라 딱히 큰 문제는 없다고 판단한 홉킨스는 부하들을 독려하여 목적지를 향해 달려갔다. 지금은 작은 위험 따위는 감수할 만큼 식수가 부족했기 때문이다. 홉킨스의 명령에 강행군을 한 덕분에 예정보다 조금 빨리 목적지인 작은 토성 인근에 도착할 수가 있었다.

그때 앞서 보냈던 정찰대가 돌아와 보고했다.

"큰일 났습니다."

"뭐냐?"

"인기척이 없어 성안으로 들어가 봤습니다."

이곳 토착민들은 자신들의 영역에 네다섯 개의 토성을 쌓아 두고 목초지를 찾아 계속 이동하면서 생활한다. 안 그래도 풀이 적은 사막에서 가축들을 키우자니 어쩔 수 없이 발달한 생활양식인 셈이다. 그렇기에 정찰대는 토성이 빈 곳인 줄 알고 들어갔던 모양이다.

곧이어 홉킨스로서는 전혀 예상하지 못했던 말이 정찰대원의 입에서 튀어나왔다.

"성안이 언데드로 득실거리고 있었습니다."

"언데드?"

"예. 사람이건 동물이건 성안에 있는 건 모두 다 언데드였습니다."

홉킨스는 도저히 믿어지지 않는다는 듯 떨떠름한 표정으로 되물었다.

"뭘 잘못 본 거 아냐? 이렇게 건조한 지역에 언데드라니……."

그러자 답답하다는 듯 정찰대원의 입에서 퉁명스러운 말투가 흘러나왔다.

"제 두 눈으로 몇 번이고 확인한 후 보고드리는 겁니다. 정히 못 믿으시겠다면 다른 정찰대원을 불러 물어보시죠?"

"젠장, 네 말을 못 믿겠다는 게 아니라, 하도 어처구니없는 보고라 그런 거지."

떨떠름한 표정으로 홉킨스는 마법사인 펜달에게 조언을 청했다.

"사막에서 언데드가 나타나기도 하나?"

그러자 펜달은 어깨를 으쓱하며 대꾸했다.

"충분히 있을 수 있지. 사막 같은 악조건에서 살아가는 데는 물과 식량을 필요로 하지 않는 언데드가 훨씬 유리한 게 사실이니까."

"어쨌거나 여기서 물을 보급 받으려면 그 잡것들을 박살내는 것 외에 다른 방법은 없으니, 선택의 여지가 없군. 이봐, 스미스! 모두 전투 준비하라고 해! 그리고 부대원 중에서 언데드와의 전투 경험이 있는 병사가 있는지 알아보고."

홉킨스의 지시에 22대대장 스미스가 대답했다.

"알겠습니다, 연대장님."

하지만 홉킨스의 기대와 달리 언데드와의 실전경험을 지닌 사람은 단 한 명도 찾을 수가 없었다. 페가수스 용병단이 활동하고 있던 주 영역이 건조한 반사막지대인 알카사스였던 만큼, 그건 당연한 결과였으리라.

"뭐, 어쩔 수 없지. 저놈들을 제물로 실전경험을 쌓는 수밖에. 다행히도 녀석들은 토성 안에 갇혀 있는 상태다. 먼저 성벽 위를 장악하고, 놈들이 성벽 위로 올라올 수 있는 길들을 모두 차단해라."

홉킨스의 명령에 부하들은 일사불란하게 움직이기 시작했다. 페가수스 용병단의 이름이 헛것이 아님을 보여주는 빠르고 숙련된 움직임이었다. 그런 용병들을 보며 아르티어스는 희희낙락 프라이스를 데리고 구경하기 좋은 곳에 자리를 잡고 앉았다.

"잘 보십쇼, 스승님. 이거 정말 돈 주고도 보기 힘든 구경거리니까요."

사람은 물론이고 낙타, 양, 소, 닭 등등 성 내의 모든 동물들이 다 언데드가 되어 있었다. 살점이 짓물러 터져 허연 뼈가 곳곳에 드러나 있는 끔찍스러운 고깃덩이들이 느릿한 움직임으로 성벽 아래로 몰려들었다. 눈알이 빠져 텅 빈 동공이었지만 그들은 본능적으로 고개를 성벽 위쪽을 향해 들고 있었다. 마치 성벽 위 병사들을 바라보고 있는 것처럼 말이다. 그 끔찍한 모습에 프라이스는 하마터면 구토를 할 뻔했다. 하지만 그는 짐짓 아무렇지도 않다는 듯 평온을 가장하며 아르티어스에게 물었다.

"저, 저게 언데드라는 것인가?"

"예. 특이하게도 이런 건조한 지역에서 발생했네요."

천 명이나 되는 대병력인 만큼, 작은 성벽 위로 다 올라갈 수는 없었다. 일부 병력이 만일을 대비하여 성문 쪽에 방어진을 갖추고 있는 가운데, 활을 지니고 있는 용병들만 성벽 위로 올라갔다. 그리고 나머지는 삼삼오오 모여 휴식을 취하며 그 광경을 구경하고 있는 중이다.

"화살을 쏴라!"

명령에 따라 성벽 위 용병들의 손에서 수많은 화살이 날아갔고 무방비로 서 있던 언데드들은 순식간에 벌집이 되어버렸다. 홉킨스가 가소롭다는 듯 피식 미소를 짓는 것도 한순간, 그는 급히 손을 내저으며 외쳤다.

"사격 중지!"

놀랍게도 언데드들은 온몸에 화살이 잔뜩 박혔음에도 전혀 타격을 받은 것 같지 않아 보였기 때문이다. 이대로라면 쓸데없는 화살 낭비밖에 되지 않는다.

"불화살을 쏘라고 할까요?"

옆에 서 있던 스미스 대대장이 슬쩍 제안을 해 왔지만 홉킨스는 인상을 일그러트릴 뿐이었다.

"그게 효과가 있을까?"

고심을 하던 홉킨스는 마법사인 펜달에게 조언을 구했다. 아무래도 칼이나 휘두르는 자신들보다 그래도 공부를 많이 한 마법사가 조금이나마 낫지 않을까 하는 기대감 때문이었다.

"뭔가 방법이 없겠나? 화살은 전혀 먹히지 않는 것 같아. 그럼 창칼도 별 효과가 없을 거 같거든."

잠시 기억을 더듬는 듯 고개를 갸웃거리던 펜달은 한참 후에야 천천히 입을 열었다.

"내가 본 기록에 의하면 저런 썩어 문드러진 언데드는 일반 날붙이로는 그 어떤 타격도 입힐 수 없다고 하더군. 언데드에 가장 효과적인 건 성수(聖水)라고 들었어."

"이런 젠장, 지금 여기서 그런 걸 어떻게 구해! 그거 말고 다른 방법은 없어?"

"쯧쯧, 성질머리하고는. 내 말 아직 다 안 끝났어. 간단해. 뼈를 박살내면 될 거야. 언데드의 생명의 근원은 뼈에 있거든."

"뼈?"

"그래, 뼈. 저 썩어빠진 살덩이는 아무 의미가 없어. 어차피 시간이 지나면 살덩이는 다 썩어서 떨어지고 뼈다귀만 남게 되지. 그게 언데드의 본모습인 거야."

언데드와 대치한 이래 처음으로 홉킨스의 얼굴에 희미한 미소가 떠올랐다.

"오호…, 뼈를 부수면 된다 이거지?"

홉킨스는 스미스를 향해 고개를 돌려 명령했다.

"도끼나 둔기를 가진 병사들만 집합시켜."

그때 펜달이 옆에서 조언했다.

"혹시 병사들 중에서 마법무기를 가지고 있는 사람도 집합시키게. 언데드에게는 마법무기가 아주 잘 먹히지."

홉킨스의 지시에 따라 즉각 병사 차출이 이뤄졌다. 도끼나 철퇴, 망치 등 각종 둔기류를 지닌 병사들과 소수이기는 했지만 마법무기를 소유한 병사들이다.

"뼈를 산산이 부수기만 하면 죽일 수가 있다고 한다. 자, 공격!"

마법무기가 절대적인 효과를 발휘했지만, 기사들과 달리 마나를 그리 많이 보유하지 못한 용병들이 그걸 장시간 사용할 수는 없었다. 언데드를 상대하는 데 있어서는 마법무기를 든 병사보다 오히려 둔기를 지닌 병사들이 훨씬 효과적이었다. 머리통에 화살을 맞은 채로도 움직이던 언데드들이었지만 두개골이 박살이 난 후에는 움직임을 멈췄다. 그 외에 다른 뼈들도 마찬가지였다. 일정량 이상의 뼈가 박살이 나면 생명이 다하게 되는 모양이다.

언데드들에게 공격이 먹힌다는 것을 안 용병들은 용기백배하여 맹렬하게 공격을 퍼부었다.

퍽! 퍽! 퍽!

둔탁한 소리와 함께 언데드들의 육체가 하나둘씩 박살이 났다. 썩은 체액과 살점들이 사방에 튀는 처참한 모습! 곧이어 그보다 더욱 끔찍한 악취가 사방에 퍼지기 시작했다.

"우윽, 냄새!"

"크윽, 코가 썩어들어가는 것 같아! 이런 지독한 악취는 내 살다 살다 처음이다!"

"우웨에엑!"

처음에는 언데드들의 끔찍한 모습과 악취 때문에 비위가 상해서 그러는 줄만 알았다. 하지만 그게 아니었다. 온갖 전쟁터를 전전하며 피 튀기는 접전을 경험해 왔던 용병들이다. 이보다 더 끔찍한 전투도 수없이 경험했을 노련한 용병들이 저렇게 구역질을 해대는 건 아무래도 이상했다. 고개를 갸웃거리며 구토를 해대는 용병들을 바라보던 펜달은 뭔가 떠올랐는지 다급히 홉킨스에게 외쳤다.

"병사들을 후퇴시키는 게 좋겠어. 빨리!"

전투가 순조롭게 잘 전개되고 있는데 후퇴하라는 펜달의 말에 홉킨스는 고개를 갸웃하며 물었다.

"왜? 그럴 이유가 있나?"

"이건 시독(屍毒)이야. 빨리 뒤로 물려!"

동물의 사체가 썩는 과정에서 발생하는 독들의 총칭이 시독이다. 흡입하면 즉사하는 맹독은 아니지만 해독하기가 녹록지 않았다. 게다가 용병들이 격렬한 전투를 하는 중이라 가쁜 호흡을 타고 시독이 급속히 몸에 퍼지게 된다는 것도 문제였다.

"시독이라고? 이봐! 스미스! 병사들을 뒤로 퇴각시켜! 빨리!"

생각지도 못한 난관에 홉킨스는 머리를 움켜쥐며 절망했다.

언데드를 잡으려면 가까이 근접하여 둔기와 같은 무기로 놈들의 뼈를 박살내야만 한다. 그런데 그러다 보면 시독에 중독될 수밖에 없다. 그렇다고 언데드들의 시독이 사라지고 백골만 남게 될 때까지 기다릴 수도 없으니 정말 난감한 것이다.

저 망할 놈의 언데드들을 어떻게 처리할까 고심하고 있는 홉킨스에게 펜달이 암울한 표정으로 조언했다.

"헛수고하지 말고, 어서 여기를 떠나는 게 좋겠어."

"무슨 소리야? 현재 보유 중인 물이 얼마나 남았는지 잘 알면서⋯⋯."

"내가 그걸 몰라서 이런 말을 할까? 물론 병사들을 시독에 걸리든 말든 갈아 넣어서 언데드들을 박살낸다고 치자고. 그런데 저놈들을 봐. 사체에서 흘러내린 시독이 이미 우물을 오염시켜 버렸을 가능성이 크지 않겠나? 그러니 아무리 물이 급해도 미련을 버리자고."

펜달의 조언에도 홉킨스는 미련 가득한 시선으로 우물을 바라봤다. 우물은 성 중앙의 공터에 있었기에 성벽 위에서도 잘 보이는 위치에 있었다. 그가 미련을 버리지 못하고 있는 건 우물 위에 허접하게나마 뚜껑이 덮여있다는 점이었다. 어쩌면 아직 우물이 오염되지 않았을 수도 있었다.

"그, 그래도 우물 깊이가 있는데, 아직은 괜찮지 않을까?"

"좋을 대로 하게. 결정은 자네가 하는 거니까."

홉킨스는 주위에 서 있는 대대장들과 마법사들을 빙 둘러보며 물었다.

"뭐, 좋은 의견 있는 사람 있나?"

모두들 아무런 대답도 하지 못했다. 대대장들과 마법사들을 쭉 훑어보던 홉킨스의 시선이 랄프 디겔에게서 멈췄다. 이 전에도 기가 막힌 해결책을 제시했었으니 어쩌면 하는 일말의 기대감을 안고. 하지만 애타는 그의 속마음과 달리 랄프 디겔은 슬쩍 시선을 옆으로 돌렸다.

디겔은 그리 뛰어난 마법사가 아니다. 어쩌다 보니 그가 익힌 잡다한 마법들이 상황에 딱딱 맞아떨어진 것이었을 뿐. 실망한 홉킨스는 그렇게 생각했지만, 그건 진실이 아니었다. 아르티어스는 그저 가급적 눈에 띄고 싶지 않아 뒤로 물러선 것뿐이다. 하지만 홉킨스는 혹시나 하는 절박한 마음으로 아르티어스를 향해 입을 열었다.

"디겔, 뭔가 방법이 없겠나?"

아르티어스는 어깨를 으쓱하며 시큰둥한 말투로 대답했다.

"글쎄요. 이쪽은 제 전문 분야가 아니라서……."

"전문 분야?"

그 말에 홉킨스는 자신이 기본을 잊어버리고 있었다는 것을 깨달았다. 그렇다. 언데드 퇴치를 전문으로 하는 건 마법사가 아니라 신관이다. 문제는 용병단에 흘러들어온 신관의 실력이라는 게 뻔하다는 것이었지만.

홉킨스는 얼른 신관들 쪽으로 고개를 돌려 입을 열었다.

"모두들 종군 중에 수고들 많으시오. 혹시 효과적으로 언데드를 퇴치하는 방법을 알고 있는 신관분은 없으시오?"

홉킨스의 기대와는 달리 선뜻 앞으로 나서는 신관은 단 한 명도 없었다. 그럴 수밖에 없다. 신관들 중에서 언데드와의 전투가 가능한 것은 성기사와 같이 전문적인 전투 교육을 받은 신관들뿐이다. 용병대에 속해 있을 정도의 신관이면 그 능력이야 뻔한 것이고. 더군다나 알카사스처럼 건조한 지역에서 활동을 하다 보니 언데드를 볼 일이 없었기에 그에 대한 정보조차 아예 깜깜했다.

식수는 다 떨어져 가고, 말을 버리자니 힘들게 약탈한 금은보화를 버려야 하니 홉킨스의 얼굴은 완전히 일그러져 버렸다. 그리고 그런 마음은 좌중에 있는 모든 대대장과 마법사들, 신관들 역시 마찬가지였다. 지휘부 안은 암울한 기운이 무겁게 가라앉아 모든 사람의 얼굴을 굳게 만들었다. 오로지 단 한 사람, 아르티어스만이 내심 킥킥거리며 웃고 있었을 뿐.

제가 삼류마법사다 보니

37

사막의 이변

"끄응…, 이거 정말 난감하군. 방법이 전혀 없다면 어쩔 수 없이 말을 포기하고……."

이때, 아르티어스의 뒤쪽에 서 있던 늙은 마법사가 다급히 소리쳤다. 리오 프라이스가 뒤에서 가만히 지켜보고 있자니 방법이 없으면 식수를 포기하고 이대로 떠날 것만 같았다. 그러면 얼마나 험난한 고난이 자신의 앞에 닥쳐올지는 불 보듯 뻔한 것이다. 마실 물이 없어 갈증에 시달리는 건 둘째 치고, 말이 죽어버린다면 그다음부터는 저 열사의 사막을 걸어서 건너야 하는 것이다. 그렇기에 그는 용병단원이 아님에도 염치 불고하고 불쑥 끼어들었다.

"방법이 있소."

"저 사람은 누구지……?"

홉킨스의 시선을 받은 펜달은 곧바로 대답했다. 그의 목소리는 낮았지만 아주 빨랐다.

"디겔의 스승이야. 부대가 출동하기 전에 단장께서 데려가도 좋다고 허락하셨지."

펜달의 말에 홉킨스는 가볍게 예를 갖추며 입을 열었다.

"아, 랄프 디겔의 스승이셨군요. 부대원이 워낙 많다 보니 합류하셨던 것도 모르고 있었습니다. 참, 방금 전에 방법이 있다고 하셨는데, 허언은 아니시겠죠?"

홉킨스의 물음에 프라이스는 고개를 주억거리며 말했다.

"물론일세. 내 용병단을 따라나선 건 이번이 처음이지만, 지금껏 모험을 꿈꾸며 여러 지식들을 섭렵했었지. 언데드를 상대하는 데 있어서 가장 좋은 건 전투신관이겠지만, 신관이 없을 때는 화염마법으로 태워버리면 간단히 해결된다네."

그 말에 홉킨스는 반색하며 황급히 되물었다.

"화염마법이라……? 스승께서 해주실 수 있으십니까?"

물론 불가능했다. 작은 성이긴 했지만, 저 안에 있는 모든 언데드를 화염마법으로 불사르는 건 그의 능력 밖이었다.

"나 혼자서는 힘들겠지만 이곳의 모든 마법사가 힘을 합친다면 가능할 거 같은데……."

그러면서 그는 힐끗 아르티어스를 바라봤다. 그의 능력이 출중하다는 것은 잘 알고 있었다. 그리고 자신의 능력을 어느 정도 감추고 있다는 것도. 도와주지? 하지만 간절한 그의 바람과 달리 아르티어스는 슬그머니 시선을 다른 쪽으로 옮겨버린다. 그럼에도 리오 프라이스는 계속 아르티어스를 쳐다봤다. 주위의 그 누구라도 뭔가 있을 거라는 의구심이 생기도록.

당연히 그 광경을 홉킨스도 봤다. 스승의 저 애절한 눈길이 뭘 뜻하는 것일까? 통신기 역할로 온 디겔이지만 기막힌 마법 응용으로 성 점령 시 큰 활약을 하지 않았던가. 제자를 잘 아는 건 그 스승일 테니 애절한 저 눈빛으로 미루어 추측해 본다면?

"디젤, 할 수 있겠나?"

하지만 아르티어스가 채 답하기도 전에 펜달이 옆에서 끼어들었다. 그는 당치도 않다는 듯 딱 잘라 외쳤다.

"물론 불가능하지! 나도 할 수 없는 걸 저따위 삼류 마법사가 할 수 있을 리가 있겠나? 연대 내의 모든 마법사가 달라붙어 화염구를 퍼부어도 저렇게 많은 언데드들을 불사르는 건 불가능해!"

펜달의 말은 물론 맞다. 그리고 아르티어스는 그걸 핑계로 귀찮은 일에서 벗어나 슬그머니 빠져나갈 수도 있었다. 하지만 허접한 실력의 마법사놈이 자신에게 삼류 마법사 운운해대자 살짝 기분이 나쁜 것이다. 아주 몹시…….

아르티어스는 퉁명스러운 표정으로 입을 열었다.

"뭐, 증폭마법진의 도움을 받는다면 그리 어려운 일은 아니겠습니다만, 펜달 님의 말마따나 제가 삼·류·마·법·사라 제 능력으로는 이렇게 많은 인원과 함께 마법진을 가동하는 건 처음이라서요. 혹시 마법진의 중심에 펜달 님이 서주신다면, 미력하나마 마법진을 그릴 수는 있습니다."

"흠, 마법진을 그릴 수는 있는데 그걸 가동시키지 못한다니, 그럴 수도 있나?"

홉킨스의 의문 섞인 시선에 아르티어스는 능청스럽게 대꾸했다.

"그리는 것과 가동시키는 것은 완전히 별개의 문제죠. 뭐라 할까……, 효율의 문제랄까요? 저 같은 경우, 평소에는 대자연의 마나를 끌어당기는 흡수 마법진의 도움을 받습니다만……."

아르티어스는 짐짓 주변을 쓱 훑어보는 척 고개를 돌리며 말을 이었다.

"아마 이런 날씨라면, 저 혼자서도 넉넉잡고 2주일 정도면 저 안의 언데드들을 잿더미로 만들 수 있을지도 모릅니다. 하지만 지금 우리가 그렇게 여유를 부릴 때가 아니잖습니까?"

"그건 그렇지."

홉킨스도 용병단 내에서 떠도는 얘기를 들은 게 있었기에 고개를 끄덕였다. 디겔이라는 신입 마법사가 대지 마법진을 구동하여 땅속에 숨은 고블린들을 압살시키고 있다고 말이다. 그런 걸 보면 마법진을 그리는 실력은 상당한 수준인 모양이다. 몸에 지닌 마력이 뒷받침하지 못해 연구소에는 들어가지 못하고 용병단으로 흘러들어 온 것이라고 그는 이해했다.

저 스승이라는 사람 역시 평생을 연구소에서 연구만을 했다고 했다. 그렇다면 마법진에 대한 지식은 저 스승에게서 전수받았다고 보는 게 옳을 것이다. 그러니 자신의 제자가 이 문제를 해결할 수 있다는 걸 잘 알고 있는 것일 테고.

고개를 끄덕이던 홉킨스는 펜달에게로 시선을 돌려 침중한 음성으로 물었다.

"마법진을 제어할 수 있는 건 자네뿐인 듯하군. 어때, 해주겠나?"

이런 상황에서 어떻게 거절을 할 수 있단 말인가. 마법진의 중심에 위치한 마법사가 가장 큰 부하를 받게 된다. 당연히 몸에 극심한 압박을 받게 될 가능성이 크다는 걸 펜달은 뻔히 알고 있었지만, 자신 말고 다른 사람에게 떠넘길 수가 없다 보니 미치고 팔짝 뛸 노릇인 것이다. 마법진을 그린다는 디겔에게 그 역할을 떠넘기고 싶은 마음이 굴뚝같았지만, 좀 전에 삼류마법사라고 매도한 사람이 다름 아닌 자신이다 보니 그것도 여의치가 않았다.

그로서는 이 상황에서 빠져나갈 방법이 없는 것이다. 펜달은 억지로 미소 지으며 홉킨스에게 대답했다. 하지만 미소와는 달리 그의 표정은 이미 딱딱하게 굳어 있었다.

"누구의 부탁인데 거절할 수 있겠나. 어차피 그걸 할 수 있을 만한 고위 마법사라곤 나밖에 없는 듯하니 어쩔 수 없지."

썩은 미소로 승낙하는 펜달의 말에 홉킨스는 피식 웃으며 디겔에게로 고개를 돌렸다. 펜달과 같이 일한 게 한두 해가 아니다 보니, 어떤 상황인지 대충 짐작이 갔다. 고생이야 펜달이 하는 거지 자신은 명령만 내리면 되니 짐짓 모르는 척하는 것이다.

"디겔, 지금 당장 시작해 주게."

그리고 주변에 서 있던 대대장들에게도 명령을 내렸다.

"자네들은 디겔이 저 안쪽에 마법진을 구축할 수 있도록 최대한 보호하도록."

그 말에 아르티어스는 인상을 찡그리며 급하게 입을 열었다.

"성안에 마법진을 그릴 필요까지는 없습니다. 이곳에서 그려도 충분하죠."

"호오, 그럼 더 좋지. 어서 시작하게!"

모두 호기심 어린 눈빛으로 아르티어스의 움직임을 주시하고 있을 때, 아르티어스는 천천히 마법진을 그리기 시작했다. 그가 가장 먼저 그리기 시작한 것은 흡수 마법진이었다. 이걸 통해서 전체 마법에 필요한 마나를 공급받게 되기에 가장 중요한 마법진이라고 할 수 있었다. 아르티어스는 숯가루를 뿌려가며 마법진을 천천히 하지만 조심스럽게 그려 나갔다. 마법진으로 고블린 킬러라는 명성을 떨치고 있는 디겔이었기에 주위의 마법사들까지 몰려들어 흥미로운 눈빛으로 쳐다보았다. 하지만 기대했던 것과 달리 그가 그린 마법진은 그리 새로울 것도 없는 것이었기에 모두의 얼굴에 실망감이 떠올랐다.

흡수 마법진을 먼저 완성한 후 아르티어스는 주위에 서 있는 마법사들에게 말했다.

"자, 모두 마법진 위에 서 주십시오. 펜달 님은 정 중앙에 서 주시구요. 마나를 원활히 흐르도록 컨트롤하셔야 하는 만큼 좀 부하가 클 겁니다."

"이보게. 중앙에서 컨트롤하는 건 마법진이 모두 완성된 다음이 아닌가?"

"물론 그렇습니다만, 제가 실력이 미천한 삼·류·마·법·사다 보니 선배님들의 도움을 받아야만 전체 마법진을 완성할 수 있거든요. 그 부분은 죄송하게 생각합니다."

아르티어스의 이죽거림에도 펜달은 반박하기 힘들었다.

"쩝, 그렇다면 어쩔 수 없지만……."

물론 이건 새빨간 거짓이었다. 겉으로 봤을 때는 단순한 4사이클급 마법진처럼 보이지만, 실제로는 마법진 위에 올라가 있는 모든 생명체의 기력(氣力)을 쫙쫙 빨아들이는 무시무시한 마법진이었다. 실상 펜달의 컨트롤 따위는 애당초 필요도 없었다. 그저 펜달을 엿 먹일 생각으로 만든 마법진일 뿐인 것이다.

 그런 아르티어스의 음흉한 속셈도 모른 채 모두들 마법진 위로 올라섰다.

 "스승님께서도 좀 도와주시죠. 사실, 이 모든 게 스승님께서 원하셔서 시작된 게 아니겠습니까."

 마법사는 모두 다 동참하는 상황이었기에 스승도 거부하지 못하고 마법진 위로 올라섰다. 이제 제물(?)이 마련되었으니 아르티어스는 두 번째 마법진의 발동을 시작했다. 흡수 마법진에서 빨아들인 기력을 원동력으로 성 전체를 둘러싼 마법진이 빠른 속도로 그려진다. 지금까지 흘러온 상황을 모른 채 봤다면, 마법진이 스스로 그려지는 것 같이 보일 정도다. 성벽 테두리를 따라 흰빛의 테두리가 완성된다 싶은 순간, 그곳에서부터 시작해 성 안쪽으로 빛이 번져 나가며 문양이 그려진 뒤 순식간에 성 전체를 아우르는 거대한 마법진이 완성되었다.

 "자, 이제 발동하겠습니다. 펜달 님, 부탁드립니다."

 순간 마법사들이 서 있던 마법진이 밝은 빛으로 휩싸이고, 모두들 고통에 일그러진 표정으로 변했다. 주위에서 보고 있는 지휘부 간부들은 마법사들이 마법진을 제어하느라 힘들어서 그런다고 생각했지만, 사실은 모든 기력을 쫙쫙 빨리고 있었기에 얼굴이 일그러지고 있던 것이다.

다음 순간, 모두의 시선은 마법사들에게서 벗어나 성 안쪽으로 향했다. 성벽 위쪽으로 엄청난 불기둥이 치솟는 게 보였기에 자연히 그쪽으로 시선이 돌아갈 수밖에 없었던 것이다.

"우와! 이게 무슨 일이야!?"

"와!! 저것 봐!"

엄청난 불기둥은 치솟는가 싶더니 순식간에 끝나버렸다. 겨우 10초 정도 유지되었을까? 불기둥이 사라지자 성 안쪽에는 잔불만이 남아 불타고 있을 뿐, 마법은 종료된 후였다. 그리고 마법진 위에 서 있던 마법사들은 모두 탈진해 바닥에 쓰러져 있었다. 그들이 성 안쪽에 사용된 마법이 뭔지 살펴볼 시간적 여유 따위는 처음부터 존재하지도 않았던 것이다.

"설마…, 모두 죽은 건가?"

경악한 홉킨스의 외침에 아르티어스는 별것 아니라는 듯 고개를 가로저으며 대답했다.

"아닙니다. 탈진해서 잠시 쓰러진 것일 뿐, 좀 있으면 정신을 차리실 겁니다."

"그건 다행이군."

"실패하지 않고 제대로 컨트롤 해내신 걸 보면 펜달 님의 능력은 과연 출중하시군요."

나중에 펜달이 정신을 차리더라도 자신에게 따질 수가 없도록 미리 밑밥을 깔아 두는 것이다. 마법사들이 괜찮다는 말을 듣자 홉킨스는 아르티어스에게 가장 궁금한 것을 물었다.

"우물은 괜찮을까?"

"그건 직접 확인해 봐야 확실하게 알 수 있겠습니다. 일단 지하 1미터 정도까지 깨끗하게 태웠으니 시독의 대부분은 소멸되지 않았을까 생각됩니다. 뭐, 지하 수원 전체가 오염되어 있다면 그건 어쩔 수 없고요. 그렇게까지 오염되었다면 고위 신관이 정화술을 펼치지 않는 한 이 일대 지하수의 사용은 불가능합니다."

잠시 후, 퍼 올린 우물물은 곧바로 아르티어스에게 전달되었다. 아르티어스는 품속에서 작은 약병들이 잔뜩 들어있는 상자를 꺼내, 그중 하나를 골랐다. 물론 병 속에 들어있는 액체는 시독 검사와는 아무런 상관도 없는 것이었지만, 옆에서 구경하고 있는 용병들이 그걸 알 리가 없다. 자신의 말 한마디에 조마조마한 심정으로 바라보고 있는 병사들의 반응을 즐기기 위해 이런 연극을 하고 있는 것이다.

아르티어스는 조심스럽게 병을 기울여 한 방울을 물과 섞고 그 반응을 살펴보았다. 잠시 숨이 멎을 것만 같은 긴장감이 흐른 뒤 아르티어스가 짐짓 안도의 미소를 지으며 입을 열었다.

"다행히 시독에 오염되지 않았습니다. 안심하고 식수로 사용해도 될 것 같습니다."

그 말에 검사 결과를 듣기 위해 아르티어스의 주위를 둘러싸고 있던 병사들이 일제히 환호성을 질렀다.

"우와와! 이제야 갈증을 면하게 생겼네."

"빌어먹을, 내 다시는 사막 쪽으로는 오줌도 안 싼다."

홉킨스는 아르티어스의 두 손을 덥석 잡으며 얼굴 하나 가득 미소를 지었다.

"고맙네. 정말 수고했어. 자네는 아무것도 하지 말고 푹 쉬도록 하게. 나머지는 우리가 알아서 처리할 테니."

홉킨스는 몰려든 병사들에게 지시했다.

"빨리 최대한 물을 보충하고, 여기 쓰러진 마법사들을 모두 안전한 곳에서 휴식을 취할 수 있도록 해!"

아직까지 일어나지 못하고 탈진해 쓰러져 있는 마법사들을 병사들이 한 명씩 들어 옮겼다. 사실, 푹 쉬어야 할 건 아르티어스가 아닌 다른 마법사들이었지만 병사들이 그런 사실을 알 리가 없다. 그저 마법진을 발동하느라 무지 힘들었나 할 뿐이다.

저렇게 온몸의 기력을 쪽쪽 빨렸으니 최소한 10일은 정양해야 이전의 몸으로 회복할 수 있을 터였다. 하지만 현재 상황이 그리 녹록지 않았다. 미지의 적으로부터 하루빨리 이 열사의 사막에서 도주를 해야 하는 상황이었기에.

병사들에게 짐짝처럼 들려가는 마법사들을 쳐다보며 아르티어스는 후련하다는 듯 이죽거렸다.

"감히 나를 귀찮게 하다니, 가소로운 것들⋯⋯. 유희를 하는 중이니 이 정도로 끝내준 줄 알아라."

하지만 아르티어스의 통쾌하기 그지없던 기분이 우중충하게 변하는데 걸린 시간은 얼마 필요로 하지도 않았다.

"제가⋯, 통신을 담당해야 한다고요?"

떨떠름한 목소리로 묻는 아르티어스에게 홉킨스가 조심스럽게 말했다.

"이런 막중한 임무를 자네와 같은 신참 마법사에게 시켜야 한다는 게 나도 내키지 않지만 달리 방법이 없구먼. 지금 연대 내에서 앓아눕지 않은 마법사는 자네뿐이니 말이야."

통신마법을 할 줄 모른다고 할 수도 없다. 통신마법을 할 줄 모르는 마법사는 없다. 게다가 자신조차 통신기 역할로 여기 따라온 게 아니던가. 만약 초장거리 통신이라면 능력 부족이라며 둘러댈 수도 있겠지만, 여기서 링카 영지까지는 그렇게 먼 거리도 아니다.

신참 마법사를 연대급 통신마법에 참여시키지 않는 건 기밀 유지를 위해서지, 능력이 없어서가 아닌 것이다. 그 때문에 중대급을 전전하고 있던 아르티어스에게 이런 임무를 맡길 일이 없었지만, 그가 저지른 못된 장난 탓에 연대 내의 모든 마법사들이 전원 뻗어버린 게 문제였다.

"이게 링카 성에 개설된 통신 채널일세. 정기 연락시간이 다 됐으니 지금 바로 접속해 보도록 하게."

아르티어스로서는 짜증 나는 노릇이긴 했지만 어쩔 수가 없었다. 채널만 알고 있다면 통신을 연결하는 것은 식은 죽 먹기나 다름없지만 귀찮았기 때문이다. 이럴 줄 알았으면 마법사 한두 명 정도는 놔두는 거였는데…….

"여기는 홉킨스 연대입니다."

「열사의 사막에서 수고가 많소. 귀 연대의 놀라운 분투에 상부에서도 아주 만족하고 계시오. 후퇴하는 데 어려움은 없소?」

"아직까지는 큰 문제없이 후퇴하고 있습니다. 그런데, 후퇴

도중, 에 그러니까……."

아르티어스는 책자를 뒤져 언데드와 접전을 펼쳤던 작은 토성의 좌표를 찾아 불러주며 그곳에서 언데드와 전투를 벌였다는 보고를 했다. 아르티어스의 보고에 본부 쪽 마법사는 믿기 힘들다는 듯 고개를 갸웃거리며 되물었다.

「언데드라니, 정확하오?」

"예. 성 내 언데드는 모두 소각하는 데 성공했습니다만, 그 외에 다른 언데드 세력이 있는지 전혀 정보가 없어서 사전 대처가 불가능합니다. 아시다시피 현 상황에서는 보급을 받을 수가 없잖습니까. 그런데 후퇴 경로에 언데드로 인한 주변 수원 오염이 있다면 문제가 아주 큽니다. 혹시 그쪽에 입수된 정보는 없습니까?"

잠시 생각하던 본부 쪽 마법사가 뭔가 떠오른다는 듯 대답했다.

「아, 그러고 보니 한 가지 의심해 볼 만한 게 있소. 도시국가 연합을 치기 위해 출동했던 6개 사단이 행방불명됐다는 소식은 들었을 거요.」

"예."

「그들의 흔적조차 찾기 힘들었는데 귀하의 말을 듣고 보니, 아마 전멸 후 모두 언데드가 되었을 가능성도 있겠구려. 이 점 상부에 보고하도록 하겠소.」

지금까지 사막에서 언데드가 발견된 적이 없었기에 모두 언데드는 상상조차 못 하고 있었다. 하지만 이번에 정식으로 언데드 발견을 보고하자 또 다른 시선으로 상황을 바라볼 수 있게 된 것이다. 6만에 달하는 병사들이 전멸당한 후 언데드가 되어 숨어있다면 못 찾는 게 당연했으니까.

여기까지 말하던 마법사는 아르티어스 뒤쪽에서 홉킨스가 허둥지둥 지도를 꺼내 살펴보고 있자 피식 웃으며 말을 덧붙였다.

「병사들이 사라진 곳과 귀 연대와는 상당한 거리가 있는 만큼 그에 대한 걱정은 하지 않아도 좋을 거요. 참, 희소식이 하나 있소. 콘도르 기사단이 어제 링카 성에 도착했소」

"콘도르 기사단이요?"

「이번 6개 사단 행방불명에 대한 조사 및 그 후속 조치가 주 임무겠지만, 용병단의 후퇴를 지원해 달라는 우리 쪽의 요청을 흔쾌히 받아들였소. 조만간 그쪽으로도 지원이 갈 거라고 생각되는 바이오」

그까짓 날파리 같은 놈들이 오든 말든 상관없었지만, 주위의 이목이 있으니 어쩔 수 없이 억지웃음을 지으며 한마디 할 수밖에 없었다.

"그건 정말 아주 좋은 소식이군요."

「그쪽 지역에 언데드가 출현했다고 하니 앞으로는 가급적 야간행군은 자제하고 낮에만 움직이도록 하시오」

"낮에만 말입니까?"

「내가 알기로는 언데드는 밤을 좋아하오. 야간에 습격당한다면 피해가 가중될 가능성이 크지 않겠소?」

"조언 감사합니다."

「귀 연대의 무사 귀환을 빌겠소.」

왕실 기사단의 지원을 받을 수 있을 거라는 소식에 모두의 사기가 하늘을 찔렀다.

"자, 빨리 준비해서 여기를 뜨자."

그렇게 나대지 말라고 했거늘

37

사막의 이변

떠지지 않는 눈꺼풀을 억지로 여는 데 성공한 리오 프라이스는 힘겹게 주변을 둘러보며 신음성을 흘렸다. 온몸이 흔들흔들 흔들린다. 자신의 몸이 흔들리는 건가 싶었는데 그게 아니라 누워있는 바닥이 흔들리고 있었다.

"으윽…, 여기는…, 어디지?"

꼭 집어서 어디 아픈 데는 없었지만, 몸 전체가 천근만근인 듯 축 처져 꼼짝도 할 수가 없다. 혹여 병이라도 걸린 게 아닌가 싶어 자신의 얼굴에 손을 올려보는 프라이스. 역시 얼굴이 뜨겁다. 하지만 그 뜨거운 열기는 비단 얼굴뿐만이 아니라 몸 주변 전체에서 느껴지고 있었다. 억지로 고개를 들어 올리니 포장마차의 뒷부분으로 주변 경치가 엿보인다. 그는 포장마차에 타고 있었던 것이다. 바닥이 흔들리는 건 포장마차가 움직이며 발생된 진동 탓이었다. 그리고 자신 옆에 마치 죽은 듯 축 늘어져 있는 마법사 둘이 시야에 들어왔다. 자신과 달리 두 마법사는 아직 정신을 차리지 못하고 있는 듯했다.

"이게 도대체 어떻게 된 일이지? 알 수가 없군."

지금껏 단 한 번도 기력을 강탈당해 본 적이 없는 프라이스였기에 이렇듯 축 처진 몸 상태에 당혹감을 감추지 못했다. 이때, 마차 바깥에서 착 가라앉은 목소리가 들려왔다.

"좀 더 쉬십시오, 스승님. 지금 무리하게 움직이시면 영영 자리에서 못 일어나는 수가 있으니까요."

분명 자신이 억지를 부려 제자로 만든 사내의 목소리였다. 처음에는 그런가보다 싶어 자리에 다시 누운 프라이스였지만, 생각할수록 방금 전에 말한 사내의 말투가 마음에 들지 않았다. 비록 마차 밖에서 들려온 목소리였지만 사내의 음색이 비비 꼬여있다는 것을 눈치채지 못할 프라이스가 아니었다. 지금껏 살아오면서 얼마나 많은 인간군상들을 겪어봤는데…….

"뭔가 심기가 불편한 듯하군. 무슨 일이 있었나?"

"아뇨. 아무 일도 없었습니다. 부대는 현재 물을 잔뜩 보충한 후 다시 링카 성을 향해 이동 중입니다."

물을 잔뜩 보충했다는 말에 프라이스의 뇌리에는 마법진 위에 올라섰던 일이 떠올랐다. 맞다. 내가 정신을 잃고 쓰러지기 전에 마지막으로 했던 게 바로 그 마법진에 올라서는 것이었지.

"마법은 성공했나?"

"물론이죠. 스승님의 적극적인 협조 덕분에 겨우 식수를 보충할 수 있었죠."

그 말에 프라이스는 도저히 이해할 수가 없었다. 잠시 어이없다는 듯 마차 밖을 쳐다보며 아르티어스에게 물었다.

"성공적으로 마법이 성공했고, 식수까지 보충했는데 왜 그리 심기가 불편하지? 뭔가 다른 일이 있었나?"

"쯧, 부대 내의 모든 마법사들이 앓아누운 탓에 제가 연대장의 무전기 역할을 해야 하니 그렇죠. 이럴 줄 알았으면 한 명 정도는 빼두는 거였는데……."

아르티어스의 대답에 일순 프라이스의 두 눈이 화등잔만 해졌다.

"설마, 자네는 우리가 이렇게 될 걸 미리 알고 있었단 말인가?"

자신의 의문에 아르티어스는 당황했는지 황급히 변명했다.

"아, 그건 아닙니다. 펜달이 마법진 제어에 실패해서 이렇게 된 것뿐이죠. 설마 제가 이렇게 될지 알았겠습니까?"

프라이스가 아무리 생각해도 말도 안 되는 변명이다. 비록 허접한 마법사라지만 평생을 마법과 함께 살아온 프라이스다. 아르티어스의 변명이 뭔가 어색하다는 걸 느꼈다. 그래서인지 그의 말투가 마치 추궁하듯 날카롭게 변했다.

"마법은 성공했다면서? 제어에 실패했는데도 제대로 된 위력을 발현하는 마법이 있다는 얘기는 내 평생 들어보지 못했는데?"

"아, 그 얘기는 그만둡시다. 그나마 마법이 성공했으니 스승님께서 이렇게 마차에 편안하게 누워서 가실 수 있게 됐다고 생각하십쇼. 그럼 나는 이만 바빠서……."

프라이스의 의문에 아르티어스는 더 이상 대화할 마음이 사라졌다는 듯 퉁명스레 대꾸하며 떠나버렸다.

"끄응, 도대체 이게 무슨 일인지……?"

마법진 자체가 악의에 가득 찬 것이었음을 전혀 알지 못했기에 프라이스로서는 방금 전의 아르티어스의 말을 의심하지 않고 그냥 받아들일 수밖에 없었다. 뭐, '제자'인 그의 성격이 썩 좋지 않다는 건 처음부터 알고 있었던 사실이었고.

아르티어스가 사라지고 난 뒤 포장마차 뒤편으로 용병들이 부지런히 행군하고 있는 모습이 보였다. 모두들 안색이 좋다. 어쨌거나 물을 확보하는 데는 성공한 모양이다. 이대로 무사히 링카 영지까지 퇴각할 수 있을까? 걱정이 되지 않을 수 없었다.

'끄응…, 책과 현실이 이리도 다를 줄이야. 이런 짓으로 밥을 먹고 산다니 난 죽어도 못 할 짓이군. 모험가들의 사망률이 높은 것도 다 이유가 있었어. 이렇게 개고생할 줄 알았다면 시작도 하지 않았을 텐데……'

후회하기에는 이미 너무 늦어버린 상태다. 도망을 가려 해도 사막 위에서 뭘 할 수 있겠는가? 더군다나 몸까지 이런 상황이니 더욱 절망적이었다. 여기저기 쑤셔오는 통증을 애써 참으며 프라이스는 자신의 신세를 한탄하며 그저 한숨만 푹푹 내쉴 뿐이었다.

하지만 그의 심란함은 그리 오래 지속되지 못했다. 갑자기 밖이 소란스러워지기 시작했기 때문이다.

"전갈이다!"

"호위대, 만일의 사태에 대비하라!"

"지원을 해야 되지 않겠습니까?"

"모두 자리를 지키고 연대장님의 지시를 기다려!"

다급한 목소리들이 터져 나오자 뭔가 일이 생겼음을 짐작한 프라이스는 힘겹게 손을 뻗어 포장마차의 아래쪽 천을 옆으로 밀쳤다. 마차 옆에 긴장한 표정의 용병들이 서 있는 것이 보이자, 프라이스는 힘을 내어 그들에게 물었다.

"무슨 일인가?"

"아, 별거 아닙니다. 마법사님께서는 걱정마시고 푹 쉬시도록 하십쇼. 다른 분들은 아직 일어나지도 못하고 계시지 않습니까."

"다급한 목소리가 계속 들리는 걸로 보아 그게 아닌 거 같은데……. 제발 숨기지 말고 사실대로 말해주게."

"사막전갈이 나타났습니다."

"사막전갈?"

"예, 집채만 한 크기의 거대한 전갈이죠."

"끄응…, 몸 상태가 이렇게나 원통할 수가……."

사막전갈은 즐겨 보았던 영웅담에 자주 등장하는 초대형 몬스터들 중 하나였다. 그게 실제로 존재하고 있는 몬스터였을 줄이야. 만약 자신의 몸이 이런 상태만 아니었다면 당장 밖으로 달려 나가 영웅담에서 읽었던 것과 실물과는 어떤 차이점이 있는지 직접 확인할 수가 있었을 텐데…….

자신의 이런 몸 상태가 억울했던 프라이스는 마차 밖 용병에게 불쑥 물었다. 자신이 기절한 지 얼마나 지났는지 알아야 언제쯤 일어날 수 있을지 예측을 할 수 있지 않겠는가.

"내가 이렇게 된 지 얼마나 시간이 지났지?"

"벌써 이틀이나 됐습니다."

이틀이나 몸져누워있었다는 그 말에 프라이스는 충격을 받았다. 분명 마법은 성공했다. 그런데 왜 마법진에 참여했던 마법사들이 모두 뻗어서 이틀씩이나 정신을 잃고 있을 수가 있단 말인가? 프라이스는 도저히 이해할 수가 없었다.

선행하고 있던 정찰대가 기습 공격을 받았다. 가장 앞서가고 있던 정찰대원이 갑작스럽게 튀어 오른 모래 먼지 속으로 말과 함께 그 모습을 감춘 것이다. 자욱한 먼지 탓에 무슨 일이 벌어진 건지 알 수는 없었지만, 뭔가의 공격을 받은 것만은 확실했다. 나머지 정찰대원 모두 황급히 뒤로 물러서며 방어태세를 갖췄다.

잠시 후, 자욱한 먼지가 걷히며 모래 속에서 튀어나와 있는 거대한 집게발을 볼 수 있었다. 기습을 가해 온 것은 사막 깊은 곳에서 서식한다고 알려져 있는 거대전갈이었다. 거대한 덩치만큼이나 두껍고 단단한 금속성 외피로 인해 화살 따위는 전혀 먹혀들지 않는 괴물이었다. 거대한 집게발도 무시무시했지만, 꼬리 끝에 달려 있는 독침은 더욱 공포스러웠다. 보검 못지않은 날카로운 금속질의 독침은 어지간한 두께의 강철판쯤은 가뿐히 뚫어버릴 가공할 위력을 지니고 있었다.

대사막에 서식한다는 거대전갈이 크다는 얘기는 들었지만 저렇게까지 클 줄은 상상도 하지 못했던 홉킨스다. 강철보다도 단단한 거대전갈의 뼈대가 고가에 거래되고 있다는 걸 잘 알고 있었지만, 홉킨스는 저 거대전갈을 사냥할 생각은 눈곱만큼도 없었다.

알에서 깬 나약하고 작은 유충이 저렇게 거대한 성체가 되려면 숱한 경험을 쌓아야만 한다. 당연히 저놈 또한 강력한 적과 싸워 봐야 좋을 게 없다는 걸 경험으로 이미 체득하고 있을 것이다. 그렇기에 이쪽에서 굳이 공격하지 않는다면 기습으로 획득한 먹잇감에 만족하며 뒤로 물러설 것이라고 홉킨스는 생각했다.

그나마 다행이라면 링카의 본부 쪽 마법사의 조언을 받아들여 주간행군을 하다가 거대전갈과 조우했다는 점이다. 만약 야간행군 중에 이런 사태가 벌어졌다면 그 피해는 상상하는 것보다 훨씬 더 엄청났을 것이다.

"전방의 미하엘에게 전해라. 전투를 중지하고 놈과 최대한 거리를 벌리라고 해!"

최전선에 위치한 35대대장 미하엘에게 급히 전령을 보내 지시를 내렸지만 상황은 홉킨스의 기대와는 정반대로 흘러갔다. 홉킨스의 명령이 채 최전선에까지 전달되기도 전에 이미 치열한 전투가 벌어져 버린 것이다. 거대전갈이 적극적으로 공격을 가해왔기에 벌어진 결과였다. 건들지 않으면 뒤로 물러설 거라는 홉킨스의 기대와는 달리 거대전갈은 굉장히 호전적이었다. 너무 굶주린 탓에 이성이 마비된 건가?

"젠장, 재수가 없으려니 잘못 걸렸군."

대형 몬스터……, 그것도 거대전갈같이 두터운 외갑을 두른

종류는 어지간한 무기로는 상대가 아예 불가능했다. 마법사의 도움이라도 받을 수 있다면 좋겠지만, 아르티어스를 제외한 나머지는 모두 뻗어버린 상태다. 성문을 박살내는 데 쓰고 남은 웜 킬러가 2개 있긴 했지만 그건 웜처럼 강력한 턱과 이빨로 공격하는 몬스터들에게나 탁월한 위력을 자랑했다. 거대전갈처럼 집게발과 꼬리로 공격하는 종류에는 제대로 된 효과를 보기 힘들다. 웜 킬러를 몬스터의 몸속에 집어넣을 방법이 없기 때문이다.

거대전갈이 저렇게 미친놈처럼 달려든다면 아무 피해 없이 병사들을 뒤로 물리는 것도 쉬운 일이 아니다. 최전선에서 거대전갈을 저지하고 있는 미하엘과 그 부하들에게는 미안한 노릇이지만, 그들을 미끼로 던져주고 그 틈에 다른 부하들을 이끌고 전력으로 도망치는 게 피해를 줄이는 가장 좋은 방법일 수도 있었다. 하지만 그러기에는 함께 오래 했던 미하엘과 병사들이 마음에 걸렸다.

"젠장, 어떻게 해야 하지?"

홉킨스가 답답한 마음에 입술을 질끈 깨물고 있을 때, 말에 박차를 가하며 엄청난 기세로 거대전갈에게 돌진하는 병사가 하나 보였다.

"저런 미친 새끼!"

될 수 있으면 싸우지 말고 뒤로 물러서라는 명령까지 내렸는데, 아예 거대전갈의 화를 돋우는 행동을 하는 미친놈이 있다니! 지켜보던 홉킨스의 분통이 터질 만도 했다. 하지만 다음 순간 홉킨스의, 아니 전 병사들의 두 눈을 의심케 하는 놀라운 장면이 전개되었다.

돌진해 들어간 그렉 크레스터 중대장은 적 연대장의 목을 베었던 것이 결코 운이 아니었다는 것을 증명이라도 하듯 돌진하는 말의 안장 위로 올라서더니 용맹스레 거대전갈을 향해 뛰어올랐다. 맨몸도 아니고 육중한 갑옷까지 걸친 상태에서 저런 놀라운 움직임을 보일 수가 있다는 것에 모두가 경악했다.

그리고 다음 순간 그는 거대전갈의 등껍질에 자신의 장검을 힘차게 박아넣었다. 놀랍게도 그의 장검은 거대전갈의 몸에 박히자마자 폭발을 일으켰다. 마법무기를 가지고 있는 사람이 그리 드문 것은 아니었기에 병사들은 폭발보다도 그의 놀라운 힘과 용기에 찬사를 보냈다.

"우와아아아! 대단하다!"

"안 돼!!"

하지만 단 한 사람, 그 모습을 보며 괴성을 지른 사람이 있었으니……, 그건 바로 아르티어스 어르신이었다. 그는 처음부터 거대전갈이 언데드라는 걸 알아봤다. 저렇게 큰 언데드 거대전갈이라면 일반 병사들로는 당해낼 방법이 없다. 그냥 이대로 내빼는 것만이 살길인 것이다. 그런데 홀로 뛰어들어 마법검 따위로 거대전갈을 사냥한다? 그것도 언데드를? 그건 사실상 불가능한 일이었고, 조금이나마 언데드에 대한 지식이 있는 사람이라면 브로마네스의 정체를 의심하게 될 게 불 보듯 뻔했다.

"이런 멍청한 놈! 내 그렇게 나대지 말라고 했거늘……."

하지만 아르티어스 어르신의 우려와 달리 그 일격은 거대전갈에게 별 타격을 입히지 못했다. 자신을 향해 거대전갈의 꼬리가 직격해 오는 것을 본 브로마네스는 즉시 모래 위로 뛰어내려 재빨리 뒤로 도망쳤다. 그리고 주변에 멈춰 서 있던 자신의 말로 달려가 올라탄 뒤 박차를 가하며 도망쳤다. 그 뒤를 집게를 쫙 벌린 채 맹렬하게 쫓기 시작한 거대전갈. 박진감 넘치는 술래잡기가 시작된 것이다. 브로마네스가 거대전갈의 시선을 끌어준 덕분에 35대대장 미하엘은 그 틈을 이용해 병사들을 뒤로 물리는 데 성공할 수 있었다.

어느 정도 안전권으로 도망친 병사들은 자신들을 위해 거대전갈의 목표가 되어 사력을 다해 도망치고 있는 영웅을 향해 환호를 보내기 시작했다. 모두 브로마네스가 무사하기를 바라는 것이다.

"환호성 지르는 건 나중에 하고 일단 방어태세부터 제대로 갖춰!"

"방패 든 병사는 선두로!!"

"누구 활 가진 사람들이 있으면 지원해줘!"

"저놈에게 활은 아예 안 통합니다. 화살 낭비예요."

"이런 젠장……."

동료 용병들이 이 죽음의 도주극을 조마조마한 마음으로 바라보고 있을 때, 거대전갈 따위에 생명의 위협을 느낄 리 없는 브로마네스는 달리는 말 위에서 딴 생각을 하고 있었다. 그는 자신이 들고 있는 검을 원망스레 바라봤다. 유희를 한답시고 너무 허접한 놈을 들고나온 게 문제였다. 물론 호비트들을 상대하는 데는 이 정도 검이면 충분했지만, 저런 초대형 언데드를 사냥하기에는 절대적으로 화력이 부족했던 것이다. 그렇다고 일반 용병으로 꾸민 자신이 마법을 써 유희를 망치기도 싫었다. 이럴 줄 알았으면 아르티어스처럼 마법사로 유희를 시작하는 거였는데…….

이때 브로마네스의 뇌리에 기발한 계책이 하나 떠올랐다. 성문을 박살내는 데 썼던 그 아이템, 그걸 전갈의 등껍질 구멍에 집어넣으면 된다. 방금 전의 일격으로 인해 전갈의 등껍질에는 주먹 하나는 넉넉히 들어갈 정도의 구멍이 뚫린 상태였다. 회복력에 의해 그 구멍은 점차 작아지고 있긴 했지만, 어쨌거나 자신의 검으로 커다란 구멍을 뚫을 수 있다는 건 확인이 된 셈이다.

물론, 웜 킬러의 화력으로는 언데드인 거대전갈을 없앨 수 없다는 건 안다. 일전에 사용하면서 어느 정도 위력인지 잘 알고 있었기 때문이다. 하지만 그건 문제가 되지 않았다. 그럴듯하게 보이기만 하면 되는 것이다. 부족한 화력은 자신의 마법으로 보충하면 되니까.

'흐흐흐……, 어떤 놈에게 말해야 그 아이템을 쓸 수 있을까?'

연대장이든 자신의 직속상관인 미하엘이든 건의한다면 분명 들어줄 것이다. 하지만 문제는 자신의 뒤를 맹렬하게 뒤쫓고 있는 거대전갈을 어떻게 떼어놓느냐 하는 것이다. 저놈의 거대전갈을 달고 웜 킬러를 받기 위해 동료들에게로 돌아갈 수는 없는 노릇이다. 그랬다가는 그야말로 대참사가 벌어질 거라는 건 불을 보듯 뻔한 노릇이었으니까.

이런 상황에서 그가 도움을 청할 사람…, 아니 드래곤이라고 는 단 하나밖에 없었다.

"어이, 아르티어스! 아르티어스, 듣고 있나?"

그러자 곧이어 뚱한 목소리가 들려왔다.

「듣고 있다. 왜 그래?」

"좀 도와주게, 친구."

「이 새끼는 지가 궁할 때만 친구래」

다급한 자신과 달리 아르티어스의 목소리에는 귀찮음이 잔뜩 묻어있는 걸 느낀 브로마네스는 분노가 치솟았지만 어쩔 수가 없었다. 지금 곤란한 처지에 빠진 건 자신이었으니까.

"친구, 홉킨스에게 웜 킬러를 한 개만 나한테 주라고 전해줄 수 없겠나? 그럼 내가 저놈을 작살낼 테니까."

「말이 되는 소리를 해라, 멍청한 놈. 너와는 모르는 사이로 되 어있는데, 그렇게 하면 수상쩍어 보이잖아!」

"그럼, 저 전갈과의 거리라도 좀 벌려줘. 이래서는 아무것도 할 수가 없어."

「그걸 아는 놈이 왜 나대? 나대기는……」

"미치겠다. 한주먹거리도 안 되는 놈을, 유희 중이라 어떻게 할 방도가 없으니……. 그래도 자네는 마법사로 위장하고 있잖 은가. 어떻게 방법이 없겠나? 친구."

「나라고 뾰족한 수가 있겠냐? 겨우 3내지 4싸이클급 마법으 로 저런 덩치를…, 그것도 언데드를 쓰러뜨린다는 건 언어도단 이야. 분명히 눈치챌걸?」

"자네가 저놈을 쓰러뜨리라는 말이 아니라, 잠시만 미끼 역할을 해달라는 말이야. 놈이 자네를 쫓는 동안, 나는 웜 킬러라는 아이템을 가져올 테니까 말이야."

「에휴……. 좋아, 속는 셈 치고 기회를 주지. 두 번 다시 이러지 마. 알겠어?」

"부탁함세, 친구. 이것도 다 우리의 즐거운 유희를 위한 게 아니겠나. 히히힛."

하급 마법사라고 해도 비행마법을 잠시 사용하는 거라면 그리 어려운 일이 아니다. 말이 끝나자마자 비행마법을 사용해 쏜살같이 앞으로 튀어 나가는 아르티어스. 그런 그를 모두 놀라운 눈으로 바라보고 있었다. 용병단 내에서 저런 광경은 처음 봤으니까.

높은 상공에서 마법으로 공격을 퍼붓는 게 가장 효율적이겠지만, 아쉽게도 그렇게 할 수는 없는 노릇이다. 하급 마법사가 두 가지 마법을 동시에 사용한다는 것 자체가 말이 안 되는 일이었으니까. 아르티어스는 땅바닥에 발을 붙인 후에야 공격마법 주문을 외우기 시작했다. 수많은 용병이 손에 땀을 쥐며 자신의 모습을 지켜보고 있었다. 그러니 절대로 의심을 살만한 행동을 해서는 안 된다.

"멍청한 놈, 귀찮은 일을 만들고 있어."

하급 마법사의 마법으로 거대전갈에게 타격을 준다는 건 불가능하다는 것쯤은 모두가 아는 사실이다. 그렇기에 모두가 납득할 수 있는 방법을 써야 하는 게 귀찮은 것이다. 아르티어스의 손에서 뻗어나간 불덩이는 거대전갈의 바로 앞 모랫바닥에 직격했다. 물론 그런다고 언데드인 거대전갈의 시야를 교란할 수는 없었다. 거대전갈은 눈을 통해서 앞을 보는 게 아니라, 생명의 기운을 느끼고 달려들고 있기 때문이다. 하지만 뒤에서 보고 있는 용병들은 저 거대전갈이 언데드라는 사실을 아직 모르고 있었다.

아르티어스는 거기에 착안해 마법을 쓴 것이다. 거대전갈 바로 앞쪽에서 폭발이 일어나며 엄청난 모래 먼지가 비산했다. 그 와중에 은밀한 타격을 당한 거대전갈이 잠시 멈춰서는 건 모두의 눈에 시야를 교란당한 것으로 보였을 것이다.

"우와아와!!"

"빨리 도망쳐!"

용병들의 응원이 쏟아지는 가운데, 거대전갈이 멈칫한 틈을 타 브로마네스는 말에 더욱 박차를 가해 거리를 확 벌리는 데 성공했다.

잠시 후, 먼지가 가라앉을 때쯤, 거대전갈은 아르티어스를 목표로 다시 움직이기 시작했다. 지켜보는 용병들은 모르고 있었지만, 아르티어스가 슬쩍 내뿜은 생명의 기운에 홀린 거대전갈은 모든 걸 무시하고 그를 먹잇감으로 흡수하기 위해 달려갔던 것이다.

아르티어스는 거대전갈이 가까이 육박해 들어올 때까지 기다렸다가 아슬아슬한 찰나에 비행마법을 전개해 놈의 공격권에서 벗어나 도망쳤다. 지켜보고 있는 용병들은 긴장감에 손에 땀이

찰 정도였겠지만, 아르티어스로서는 전혀 생명의 위기를 느끼지 못하고 있었다. 그저 어떻게 하면 그럴듯하게 거대전갈을 꼬셔서 멀찌감치 떨어질 수 있느냐 하는 것만 생각할 뿐이었다.

"어서 서둘러! 나 같은 삼류 마법사가 너무 오랫동안 비행마법을 쓴다는 것도 의심을 살 수 있으니까."

「흐흐, 조금만 기다리라구, 친구.」

답신을 한 브로마네스는 지휘부가 진을 치고 있는 곳에 거의 다 도착해 있었다. 하지만 그가 바로 웜 킬러를 받을 수 있는 것도 아니고, 그 아이템을 받아서 돌아오기까지 시간이 제법 걸릴 것이라는 사실이다. 문제는 그동안 계속 비행마법을 쓰고 있는 걸 용병들이 납득해 줄 것이냐 하는 점이다. 마법에 대해 조금이라도 아는 자가 있다면 말도 안 되는 사기극이라는 걸 곧바로 알아볼 것이다. 그나마 다행이라면 마법사들 중에는 이걸 볼 수 있는 사람이 아무도 없다는 것이다.

"흠, 어떻게 한다?"

그냥 거대전갈을 잡아버리고, 지켜보고 있는 용병들까지 몽땅 다 없애버린 뒤 유희를 즐을 칠까 고민하고 있을 무렵, 저 먼 하늘 위에서 와이번 몇 마리가 모습을 드러냈다. 웜 킬러를 구하느라 정신이 없는 브로마네스는 아직 와이번의 등장을 눈치채지 못하고 있었다. 평소라면 그와 교감하는 정령들이 알려줬겠지만, 아티펙트의 효과로 인해 정령과 단절되어 있었기에 자신이 직접 알아내야만 했다.

다가오는 와이번을 본 아르티어스는 수정구를 입에 대고 빠르게 말했다.

"됐어. 이제 서두르지 않아도 돼."

「친구, 그게 무슨 말인가? 설마 포기하자는 거야?」

"그게 아니라, 하늘을 봐."

「하늘?」

방향조차 제시하지 않은 조언이었지만, 일단 찾아내려고 하면 브로마네스의 탐색망을 벗어날 수 있는 존재는 거의 없다. 슬쩍 주위를 둘러보자 동쪽 상공에서 빠른 속도로 접근하고 있는 와이번 여덟 마리. 야생 와이번이 아니라 등 위에 사람들이 탑승하고 있었다. 기사와 마법사 두 사람이 한 조로 타는 게 정석인데, 저 와이번들에는 셋씩 탑승하고 있다. 기사 둘에 마법사 하나. 가장 뒤쪽에 안장 없이 매달리듯 앉아있는 기사를 수송해서 이리로 오고 있는 모양이다.

브로마네스는 자신도 모르게 한숨을 푹 내쉬었다. 저딴 놈들을 지원군이랍시고 보내다니. 자신이 대기시켜 놓은 기사 한 명조차 감당할 수 없는 허접한 놈들이다.

「저놈들은 뭐야?」

"아마 링카 변경백이 보낸 지원군일걸."

「저런 허접한 놈들이 저것을 처리할 수 있을까?」

"믿음은 그닥 가지 않지만, 우리가 처리하는 것보다는 그래도 나을 거야. 어쨌거나 일단은 저놈들 하는 거 보고 움직이자구."

「알았어, 그렇게 하지.」

어린놈이 변태인가?

37

사막의 이변

거대전갈이 마법사 한 명을 뒤쫓고 있다는 걸 안 와이번들은 맹렬한 속도로 거리를 좁혀왔다. 급격히 가속한 데다, 고도를 줄이며 얻은 중력가속까지 붙었기에 와이번이 거대전갈 상공에 도착했을 때쯤 그 속도는 최고조에 달해 있었다. 용기사들은 그 기세를 이용해 일제히 창을 투척했다.

"퍽! 퍽! 퍽!"

와이번의 비행속도까지 더해진 용기사들의 창은 거대전갈의 두꺼운 등껍질을 꿰뚫고 관통해 들어가는 무시무시한 위력을 과시했다. 일제히 공격을 날린 용기사들은 와이번의 고도를 높여 두 번째 공격을 가하기 위한 기동을 하는 대신에, 급격히 속도를 줄이며 더욱 비행고도를 낮췄다. 그 모습을 지켜보고 있던 용병들은 그들이 왜 그런 행동을 했는지 곧이어 알 수 있었다. 와이번의 제일 뒤쪽에 타고 있던 기사들이 아래로 뛰어내리기 시작한 것이다. 용병들은 자신도 모르게 두 눈을 질끈 감을 수밖에 없었다. 저 속도로 사람이 지면에 메다 꽂히면 그다음은 불 보듯 뻔했다. 달걀을 바위에 집어던진 것과 같이 피떡이 되어 지면에 흩어지게 될 게 뻔했기 때문이다.

하지만 다음 순간 용병들이 눈을 떴을 때 놀라운 광경이 그들의 눈에 들어왔다.

"우와아아!!"

모두들 환호성을 지를 수밖에 없었다. 놀랍게도 와이번에서 뛰어내린 기사들은 모두 무사했다. 아니, 무사한 정도가 아니라 놀라운 속도로 거대전갈을 향해 달려들며 공격을 퍼붓기 시작했다. 용기사들의 투창 공격에 이미 만신창이가 되어있던 거대전갈은 계속된 기사들의 공격에 거의 저항도 하지 못한 채 급격히 생기를 잃어갔다.

용기사들은 기사들을 강하시킨 후, 곧장 남쪽으로 방향을 틀어 날아가 버렸다. 전투 결과조차 보지 않고 빠른 속도로 멀어지고 있는 걸 보면, 저들은 오로지 기사들을 수송하기 위해 이곳에 온 것인 모양이다.

와이번에서 뛰어내린 기사들이 거대전갈을 향해 달려가는 것을 보며 아르티어스는 비행마법을 멈추고 지면에 내려섰다. 짐짓 힘든 척 헐떡거리면서……. 그런 그를 향해 와이번에서 뛰어내린 기사 한 명이 다가왔다.

"어디 다친 데는 없나?"

"없습니다. 도와주셔서 감사드립니다. 정말 한계였기 때문에……."

"잘 버텨줬군. 덕분에 우리도 상부의 지시를 이행할 수 있었고 말이야."

기사는 아르티어스에게 이상이 없다는 걸 확인한 후 곧바로 거대전갈 쪽으로 달려가 버렸다. 아르티어스의 시선은 거대전갈과 전투를 벌이는 기사들 쪽으로 향했다. 하지만 아르티어스의 눈길을 끌고 있는 건 기사들의 전투 모습이 아니었다. 거대전갈을 향해 달려간 기사들 중 한 명의 모습이 아무리 봐도 왠지 친근하게 느껴졌기 때문이다. 다른 기사들에 비해 작고 왜소한 체형의 기사였다. 물론 그의 관심을 끈 건 그의 체형이 아니다. 그렇다고 그에게서 느껴지는 마나의 기운도 아니고.

'이상하군……?'

와이번에서 뛰어내린 기사들은 모두 갑주로 단단히 무장하고 있었기에 어떻게 생겼는지 알 수가 없었다. 하지만 커다란 덩치들 속에 작고 왜소한 체형이 한 사람 섞여 있다면 당연히 그쪽으로 시선이 간다. 여자 기사인가? 여자라면 일단 얼굴부터 확인하고 싶어 하는 게 노소를 막론한 사내들의 공통 관심사였다.

하지만 사람이 아닌 드래곤인 아르티어스는 다른 이유 때문에 그 여성 기사를 눈여겨보고 있었다. 작고 왜소할 뿐 아니라 거대전갈을 공격한답시고 빨빨거리는 움직임이 어딘가 다크를 연상하게 만들었기 때문이다.

'설마……?'

그렇다고 아주 비슷한 건 아니었다. 자신의 아들은 검 한 자루만으로 절대자의 경지에까지 올라선 놀라운 호비트였다. 그에 비해 저 여기사는 아들의 발끝에도 미치지 못하는 허접한 실력이었지만, 왠지 자꾸 시선이 갔다. 어쩌면 그건 이곳에서 검을 쓰는 일반적인 호비트들에게서 보지 못한 특이한 뭔가가……?

하지만 곧이어 아르티어스는 그 여기사와 함께 온 다른 기사들도 그녀와 비슷한 움직임을 하고 있다는 걸 깨달았다.

'젠장, 내가 착각한 모양이군.'

그럼에도 불구하고 아르티어스는 여기사에게서 눈을 뗄 수가 없었다.

초조한 모습으로 전장을 바라보던 홉킨스는 자신을 향해 달려오는 미하엘을 발견하자 곧장 그쪽으로 말을 몰았다. 얼마 지나지 않아 두 사람은 만날 수 있었다.

"피해는 어떤가?"

"거대전갈의 기습을 당한 것 치고는 경미한 편입니다. 사망자가 다섯 명이 나왔지만 그건 초기 기습 때 당한 것이고 제 휘하의 크레스터 중대장의 용기 덕에 나머지 부하들 전원 무사히 후퇴할 수 있었습니다."

"나도 봤네. 정말 대단한 녀석이야. 아! 끝난 모양이군."

홉킨스는 미하엘의 보고를 듣고 있다 갑자기 말을 몰아 거대전갈 쪽으로 달려갔다. 기사들의 공격에 생명을 다했는지 축 늘어져 버린 거대전갈을 봤기 때문이다. 거대전갈 근처에까지 가깝게 다가간 홉킨스는 곧이어 상상도 하지 못한 장면을 볼 수 있었다. 격렬한 기사들의 공격에 단단한 외피가 구멍이 나 있었는데 그 안쪽이 텅 비어있는 게 아닌가. 놀랍게도 거대전갈은 언데드 몬스터였던 것이다.

홉킨스는 거대전갈을 살펴보고 있는 기사들에게 다가가 정중하게 고개를 숙이며 감사의 뜻을 표했다. 만약 이들이 적시에 오지 않았다면 자신의 부대가 얼마나 큰 피해를 당했을지 가슴이 써늘했기 때문이다. 부대를 이끄는 지휘관으로서 감사하지 않을 수 없는 일이다.

"이렇게 도움을 주셔서 정말이지 감사합니다. 저는 이 부대를 이끄는 홉킨스라고 합니다."

"수고가 많소. 나는 콘도르 기사단 323정찰조장 라이놀 페리라고 하오. 링카 변경백의 요청에 따라 귀하들의 퇴각을 도와주기 위해 왔소."

"안 그래도 콘도르 기사단에서 지원이 있을 거라는 건 링카 본부로부터 이미 전달받았습니다."

라이놀의 정찰조가 이렇듯 사막 깊숙한 곳까지 오게 된 건, 기사단장 그루시아 후작이 용병단을 도와주기 위해 투입한 5개 정찰조의 조장들 가운데 그의 지위가 가장 낮았던 탓이다. 하지만 덕분에 언데드 거대전갈과 격전을 펼치며 근래 습득한 검법을 마음껏 펼쳐볼 수 있었기에 그는 꽤나 만족하고 있었다.

라이놀은 홉킨스와 인사를 나눈 뒤, 짐짓 겸연쩍은 미소를 흘렸다.

"와이번을 여덟 마리밖에 지원받지 못해서 신관이나 마법사는 데려오지 못했소. 게다가 무게를 줄여야 한다고 닦달을 하는 바람에 식량조차 제대로 챙겨오지 못했는데……."

"아, 그건 걱정마십시오. 식량과 물은 충분합니다. 그리고 신관이나 마법사도 부대 내에 있습니다. 물론 기사단에 소속된 분들과는 비교조차 할 수 없겠지만, 최선을 다해 기사님들을 지원할 수 있도록 노력하겠습니다."

"핫핫, 그럼 신세 좀 지도록 하겠소."

"신세라니요. 저희야말로 기사님들의 도움에 감사드립니다."

상황이 잘 풀리자 당연하게 분위기는 화기애애하게 흘렀다. 하지만 그들은 꿈에도 모르고 있었다. 자신들의 복귀 경로에 알파17이 매복시켜 놓은 대량의 언데드가 있다는 사실을. 그들은 재수가 없다 보니 우연히 거대전갈과 조우한 것이라고 생각했지만, 그건 우연이 아니었다. 그 전갈이 매복지에서 살짝 벗어나 있었기에 먼저 맞닥뜨린 것일 뿐이다.

홉킨스 이하 지휘부 장교들은 기사들의 지휘관인 라이놀 페리에게 커다란 관심을 집중하고 있었지만, 아르티어스 어르신은 작고 왜소한 체형의 여기사에게서 시선을 떼지 못했다. 투구로 얼굴을 가린 데다 갑옷으로 몸매를 숨기고 있었기에 외형만으로 성별을 구분하기는 힘들었다. 작고 가녀린 체형으로 봐서 아르티어스는 그가 여기사라고 판단한 것이다.

아르티어스는 여기사를 바라보며 연신 고개를 갸웃거리고 있었다. 다른 기사들 역시 여기사와 비슷한 검법을 쓰는 것 같긴 했지만, 뭔가 풍기는 분위기가 아들을 계속 연상하게 만들었기 때문이다.

'흠, 암컷이라서 그런가?'

여덟 기사들 중에서 여기사는 그녀 한 명뿐인 게 사실이긴 했지만, 여자라고 해서 다크의 모습이 떠오른다는 건 아무래도 이상했다. 지금껏 그가 만났던 여기사가 어디 한두 명도 아니었고……

'정말 신기한 일이로고……?'

얘기나 좀 나눠볼까 해서 그녀에게로 천천히 다가가고 있는데, 아르티어스를 발견한 홉킨스가 갑자기 그를 라이놀에게 소개했다.

"아, 저 사람이 우리 부대 마법사입니다. 디겔, 이리 와서 인사하게."

아르티어스는 억지로 미소 지으며 가볍게 고개만 숙였다.

"랄프 디겔이라고 합니다. 잘 부탁드립니다."

"난 323정찰조장 라이놀 페리요. 귀하의 활약상은 상공에서 봤소. 한동안 신세를 질 거 같은데, 잘 부탁하오."

라이놀과 인사를 나누면서도 아르티어스의 시선은 여전히 여기사를 힐끗힐끗 쫓고 있었다.

이때, 뜨거운 사막 더위에 지쳤는지 그 여기사가 투구를 벗는 게 보였다. 순간 왠지 모르게 아르티어스의 기대감이 한껏 고조됐다. 하지만 곧이어 그의 얼굴에는 짙은 실망감이 떠올랐다. 땀에 푹 젖은 머리카락은 아들이 지녔던 화려한 금발이 아닌, 금발이 되다만 듯한 어중간한 색깔이었다. 그리고 상대의 얼굴을 보는 순간 그의 기분이 더욱 시궁창으로 떨어졌다. 머리카락 색깔

만큼이나 흔해 빠진 평범한 얼굴의 사내놈이었기 때문이다.

여자가 아니라 체구가 작은 남자라는 것을 안 순간, 아르티어스는 아예 시선을 돌려버렸다. 자신의 아들은 여자였고, 저런 변태적인 성 정체성을 가진 놈이 아니었으니까. 그리고 다크의 외모는 일종의 성형미인이라고 할 수 있는 신관의 것이라 생각될 만큼 환상적이었다. 안 그래도 미적 심미안이 높은 아르티어스였기에 다크 정도쯤 되어야 봐줄 만했고, 그 이하는 오크가 씹다 뱉은 고깃덩이처럼 보였던 것이다.

'에휴~, 다크에 대한 그리움이 너무 컸나? 저런 눈이 썩을 것 같은 놈을 보고 아들 생각이 났다니……. 어쨌거나 너무 보고 싶구나, 내 아들아. 조금만 더 기다려라. 내 기필코 전생한 너를 찾아낼 테니 말이다.'

아르티어스가 라이를 살펴보며 한눈을 팔고 있는 동안, 양쪽 수뇌부의 대화는 거의 끝나가고 있었다.

"저희 부대가 앞장서겠습니다. 뒤에서 지켜보시다가 이번처럼 어려운 사태가 벌어졌을 때만 도와주시면 됩니다."

홉킨스의 제안에 라이놀은 고개를 가로저으며 말했다.

"기왕에 귀 용병단을 돕기 위해 여기까지 왔소. 그리고 귀측이 앞장선다고 해봐야 이번과 같은 상황이 벌어지면 괜한 피해만 커질 뿐이요. 저런 초대형 언데드 몬스터를 귀하들의 전력으로 상대한다는 건 불가능하니까 말이오."

짐짓 용병단을 배려하는 말처럼 들렸지만 라이놀이 솔선해서 선두에 서겠다는 속셈은 다른 곳에 있었다. 언제까지 용병단 호위에 매달려 있을 수는 없기 때문이다. 그는 최대한 빨리 임무를 마치고 본대에 합류하고 싶었다. 다른 용병단들은 사막 속으로 깊게 들어가지 않았기에 그들을 지원하러 간 동료 정찰조들은 훨씬 빨리 임무를 끝마치게 될 게 뻔했다. 그들과 보조를 맞추려면 그만큼 서두를 필요가 있었다.

"우리들이 먼저 1킬로 앞에서 선행하겠소."

"도움에 정말 감사드립니다."

"괜찮다면 마법사를 한 명 지원해 주시오."

"아, 죄송합니다. 그건 좀……."

당황한 홉킨스는 얼마 전에 떠나온 토착민의 성읍에서 언데드들과 접전하던 도중에 부대 내의 마법사들이 단 한 명을 제외하고 모조리 탈진해 버린 사태에 대해 솔직히 얘기했다. 아르티어스를 그들에게 지원하면, 당장 자신들의 통신이 먹통이 되는 것이다.

"곤란하군. 이럴 줄 알았으면 용기사대의 마법사라도 한 명 지원해 달라고 하는 거였는데……."

"어쩔 수 없지요. 여기 있는 랄프를 데려가십시오."

"그럴 수는……."

"아닙니다. 귀하 쪽이 월등한 전력을 지니고 계시니 마법사는 귀측이 데리고 있는 게 맞습니다."

홉킨스는 랄프 디겔은 물론이고 그의 호위부대까지 몽땅 다 기사단 쪽에 배속시켰다. 이쪽에 전해줄 정보가 있을 때, 전령 노릇을 해줄 사람들도 필요했기 때문이다.

"랄프, 책잡히지 않도록 최선을 다하도록 하게. 부탁하네."

"최선을 다하겠습니다, 연대장님."

안 그래도 심심하던 차였기에 아르티어스는 만족스러운 표정으로 고개를 끄덕였다. 그리고 은근히 신경 쓰였던 그 변태 같은 놈도 좀 더 관찰할 수 있을 테고.

"와아! 거대전갈이다!"

거대한 전갈 껍질에 달라붙어 만져보는 용병들. 이 껍질을 어떻게 운반할 수 있을지 가늠하는 한편, 전갈을 해치운 기사들의 눈치를 살핀다. 저들이 소유권을 주장한다면 어쩔 수 없겠지만, 이렇게 크다 보니 저들이 다 가져갈 수 없을 거라는 데 희망을 품고 있는 것이다.

그런데 기사들은 전갈 껍질은 쳐다도 안 보고 서로 모여 뭔가 쑤군거리더니 그냥 떠나버렸다. 그들이 가져간 건 전갈 껍질이 아니라 용병단 쪽에서 나눠준 물과 식량이었다. 기사들이 떠나자마자 용병들은 환호성을 지르며 거대전갈에 달려들었다. 저걸 링카 성으로 가져가기만 하면 떼돈을 벌 수 있는 것이다. 거대전갈의 껍질은 가볍지만 그 강도는 강철을 상회한다. 방금 전까지는 창검도 통하지 않는 절망스러운 존재였는데, 껍질만 남은 지금은 보물이 따로 없는 것이다. 문제는 저걸 어떻게 자르느냐 하는 것. 통째로 옮기기에는 덩치가 너무 컸다. 마차에 실을 수도 없을 정도로······.

"뭐 하고 있어?"

브로마네스의 물음에 그의 부하들이 대답했다.

"이걸 어떻게 옮길 방법이 없을까요? 중대장님."

"저런 쓰레기, 가져가서 뭐 하려고?"

마치 똥을 쳐다보듯 거대전갈을 바라보는 브로마네스의 표정에 부하들은 자신들 상관의 정신상태를 의심하지 않을 수 없었다.

"쓰레기라뇨. 이걸 링카 성까지 가져갈 수만 있다면 거금을 받을 수 있을 텐데."

"맞아. 옮기는 건 힘들겠지만, 가져가기만 하면 거부가 될 수 있지."

"저런 쓰레기로?"

브로마네스는 콧방귀를 뀌며 뼈가 무더기로 쌓여있는 곳으로 거침없이 걸어갔다. 그리고는 주먹으로 그 단단한 등껍질 부위를 쾅 치며 말했다.

"봤냐? 이건 쓰레기야."

놀랍게도 브로마네스의 주먹질에 전갈 껍질이 푹 파였다.

"언데드가 됐던 뼈는 아무짝에도 쓸모가 없어. 죽기 전에야 강철 같았는지 모르지만 죽고 나면 이딴 쓰레기로 변해. 그러니 쓸데없는 생각 말고 모두들 출발할 준비나 해."

"에잇, 좋다 말았네."

"어쩐지, 기사들이 그냥 떠난 것도 다 이유가 있었군."

거대전갈에 달라붙어 있던 용병들은 투덜거리며 자신의 자리로 되돌아갔다.

전위로 달려가고 있는 기사단원들 중에서 말에 탄 사람은 단 한 명도 없었다. 홉킨스가 말을 지원해 주겠다고 했음에도 라이놀은 정중히 거절했다. 단지 식량과 물만 지원받았다.

"앞서 달릴 테니 뒤에서 따라오도록 하시오."

"알겠습니다."

기사들이 앞서 달리고, 아르티어스와 호위들은 말에 탄 채 그 뒤를 쫓았다. 앞서 달리는 기사들의 속도가 그리 느린 것도 아니었음에도 누구 하나 숨을 헐떡거리는 사람조차 없었다. 그들이 달리고 있는 땅이 탄탄한 대지도 아니고, 발이 푹푹 빠지는 모래 위라는 걸 생각하면 정말 놀라운 일이었다. 이런 장면은 본 적도 없었던 아르티어스의 호위들이 혀를 내두르며 감탄사만 터트렸다.

한 시간여를 달린 후, 잠시 휴식을 취하라는 라이놀의 지시가 떨어졌다. 모두들 모래 위에 주저앉아 휴식을 취하기 시작했을 때, 아르티어스는 슬그머니 라이에게 접근했다.

"아직 어린듯한데 벌써 정규 기사단에 입단하다니, 대단한 실력인가 보구먼?"

부끄러움에 살짝 얼굴을 붉히며 라이가 대답했다.

"운이 좋았을 뿐입니다."

운이 좋다고 정규 기사단에 들어올 수는 없다. 고귀 귀족의 자제나 검술에 천재적인 재능이 없지 않는 한.

기사단과 동행하게 된 후, 그동안 아르티어스는 다른 사람들이 눈치채지 못하게 은근히 라이를 살펴봤었다. 드래곤인 그가 호비트의 정확한 연령대를 짐작하는 건 좀 힘든 게 사실이긴 했지만, 아들이 환생했을 나이대는 아닌 듯했다. 17세 정도의 수컷 호비트라고 보기엔 키도 작고 덩치도 작다. 추정되는 나이대를 생각한다면 상당한 양의 마나를 단전에 축적하고 있는 게 이채롭기는 했지만, 뭐 기사단원이라면 그 정도는, 아니 그보다 더 많은 마나를 지니고 있어도 이상할 게 없기에 그런가 보다 하고 넘어갔다.

하지만 아르티어스가 간과하고 넘어간 게 있었으니, 라이의 단전에 축적된 마나는 전설적인 도가의 심법인 태허무령심법(太虛無靈心法)을 통해 모인 정순한 기운이었다. 일반적인 잡스러운 기운과는 비교 자체가 불가능한 막강한 기운인 것이다.

아르티어스는 라이가 호비트들이 말하는 명문 무가 출신으로, 실전경험을 쌓기 위해 잠시 기사단에 들어와 있을 것이라 추측했다.

"정규 기사단이라는 데가 운만으로 들어올 수 있는 곳은 아니지. 그래, 자네 고향은 어딘가?"

"다란스 출신입니다."

뻔한 거짓말에 아르티어스는 잠시 어이가 없었다. 어투에 크라레스 억양이 짙게 배여있는 놈이 제도(帝都) 다란스 출신이라고 한다면 누가 그 말을 믿겠는가. 하지만 아르티어스는 음흉스럽게도 그 의문은 그냥 묻어둔 채 얘기를 계속 나눴다. 괜히 상대에게 경계심을 품게 만들 필요는 없기 때문이다. 평범하고 소소한 대화를 나누다 보면 자신도 모르는 사이에 그 본질이 드러나게 되어 있다. 일반적인 사람이라면 몰라도 절대적인 기억력을 지닌 드래곤이었기에 굳이 마법을 동원하지 않아도 이런 대화 속의 모순들을 찾아내어 진실을 포착해낼 수가 있는 것이다.

"아, 혹시 제 말투 때문에 오해하실 수 있는데 전 다란스 토박이 맞아요. 단지 어릴 때 유모(乳母)가 크라레스 출신이라 말투가 이렇게 된 겁니다. 같이 놀면서 성장한 유모의 아이들 영향도 컸구요."

"아하, 그렇구면. 어쩐지, 이런 곳에서 동향 사람을 만났나 싶어 무척 반가웠는데, 아니었네. 실은 내가 크라레스 출신이거든."

부드럽게 대화를 이끌어 가는 아르티어스와는 달리 라이는 별 감흥 없는 표정으로 대꾸했다.

"그러셨군요. 크라레스에 대해서는 유모를 통해 많이 들었습니다. 아주 아름다운 나라라고요."

"뭐, 그렇긴 하지. 휴우, 어릴 때 뛰어놀던 웅장하면서도 아름다운 말토리오 산맥이 그립구면."

은근히 떠봤지만 라이의 반응은 시큰둥했다. 그럴 수밖에 없었다. 그는 크라레스에서 성장하지를 않았으니 그곳에서의 추억 자체가 없었으니까.

그걸 보고 아르티어스는 최종적으로 라이에 대한 관심을 끊었다.

해질녘이 되자, 라이놀은 용병대 지휘관 홉킨스와 논의했던 대로 행군을 멈췄다. 용병단은 계속 이동해 해지기 전에 기사단과 합류했다. 이동할 때라면 정찰을 위해 기사단이 선행하는 게 좋지만, 야숙을 할 때는 모두 함께 모여있는 편이 방어에 유리하기 때문이다.

사위가 탁 트여있는 데다, 시야를 막는 거라고는 군데군데 솟아있는 작은 관목들뿐. 기습을 당할 염려는 전혀 없다고 봐야 했다. 모두 안심하고 야숙 준비에 들어갔지만 그들은 꿈에도 모르고 있었다. 자신들이 자리 잡은 곳과 그리 멀지 않은 모래 밑에 링카 영지군 6만을 궤멸시켰던 바로 그 언데드 군단이 매복하고 있다는 것을. 차후에 있을 링카 영지와의 전투를 위해 알파17이 주둔시켜 놓은 언데드 군단이었다.

자아가 없는 언데드들이 대기하고 있으라고 했다고 해서 그 자리에 가만히 있을 리가 없다. 그들이 얌전히 자리 잡고 있었던 이유는, 그곳 지하에 마신의 은혜가 하나 묻혀 있었기 때문이었다. 그런데 갑자기 어디선가 강렬한 생명의 향이 풍겨오는 것이 아닌가. 본능적으로 생명력을 갈구하는 언데드들이었기에 대기하고 있으라는 알파17의 명령을 무시한 채 모래를 뚫고 하나둘씩 기어 나오기 시작했다.

언데드들의 기습 공격

37

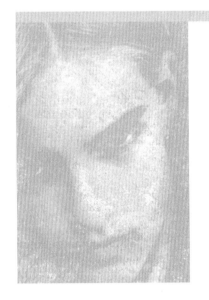

사막의 이변

수많은 언데드의 갑작스러운 기습은 용병들이 곤히 잠든 한밤중에 일어났다.

"이, 이게 뭐냐?"

"적이다!"

무지막지한 기세로 쏟아져 들어오는 각양각색의 크고 작은 언데드들! 사막에서 볼 수 있는 거의 모든 몬스터는 물론이고, 사자나 늑대 같은 맹수들, 그리고 영양이나 낙타 등과 같은 초식성 동물. 심지어는 쥐나 도마뱀처럼 아주 작은 것들까지 다종다양하게 섞여 있었다. 언데드라는 공통점을 제외한다면 다른 비슷한 부분은 거의 없었다. 언데드가 된 지 오래되어 새하얀 뼈가 그대로 드러나 있는 것들부터, 말라비틀어진 가죽과 썩어 들어가는 고깃덩이가 뼈에 달라붙어 있는 것들까지 고루 섞여 있었다.

문제는 그 모든 언데드들이 한데 섞여서 노도와도 같이 밀려들다 보니 어떻게 감당할 방법이 없다는 데 있었다. 더군다나 한밤중이라 짙은 어둠 때문에 작은 언데드들은 제대로 보이지도 않아 알아채기가 힘들었다. 그나마 다행히도 달 하나가 떠

있어 희미하나마 형체를 알아볼 수 있기는 했지만, 그것만으로는 시야를 확보하기에 무리가 있었다.

"원형으로 방진을 짜라!"

"모두들 정신 차려!"

여기저기서 장교급 간부들이 부하들을 통제하기 위해 애쓰고 있었지만, 이미 공황상태에 빠져버린 부하들을 수습할 수가 없었다. 정예병으로 유명한 페가수스 용병단원들이었지만, 이런 대처가 힘든 상황은 단 한 번도 겪어본 적이 없었기에 용병들의 공포는 극을 향해 치닫고 있었다. 아무리 방패로 방진을 형성해도 그 사이사이로 파고들어 오는 초소형 언데드들! 작은 언데드들이 깨문다고 해서 그리 치명적인 상처를 입지는 않는다. 이미 바짝 말라붙어버린 뼈와 가죽만 남아있는 언데드에게는 시독(屍毒)조차 남아있지 않았다. 하지만 어두워 잘 보이지도 않는 상황에서 뭔가가 자신을 깨물게 되면 얘기는 완전히 달라진다. 공포에 질린 용병들이 방진에서 하나둘 이탈하며 군데군데 구멍이 뚫리게 되었다. 그리고 구멍이 뚫린 엉성한 방진으로는 대형급 언데드의 돌진을 막을 수가 없었다.

"이럴 수가……."

이때, 기습 후 대처가 늦긴 했지만 빛 덩어리들이 하늘로 날아올라 주위를 환히 밝히기 시작했다. 아르티어스가 마법을 쓰기 시작한 것이다.

'젠장, 이걸 어떻게 해야 하지?'

수많은 언데드들이 떼로 몰려온다 해도 자신에게 작은 피해조차 입힐 수 없다는 걸 잘 알고 있는 아르티어스가 공포심을 가질 리가 없다. 그의 고민은 다른 데 있었다. 이런 상황에서 자신이 능력을 드러내 언데드들을 퇴치하면 전투가 끝난 뒤 결국 의심을 살 수밖에 없다는 걸 잘 알기 때문이다. 왜냐하면 그는 현재 공식적으로 삼류 마법사이지 않은가. 그렇다고 손 놓고 바라보고만 있자니 얼마 지나지 않아 용병단이 전멸할 게 불 보듯 뻔했다.

아르티어스가 잠시 어떻게 대처해야 할지 망설이는 동안, 전황은 순식간에 파멸로 치닫고 있었다. 숙영지를 습격해 들어온 언데드들이 상상을 초월할 정도로 많았던 탓이다. 하지만 하늘 위로 빛 덩어리가 날아올라 주위를 밝혀주자 조금씩 전황이 달라지기 시작했다. 오랜 실전경험으로 다져진 용병들답게 시야가 확보되자마자 곧바로 정신을 차리고 부대별로 뭉쳐 대항을 시작했기 때문이다.

홉킨스는 악을 쓰듯 소리치며 연신 명령을 내리기 바빴다.

"연대 전 대원은 동쪽으로 탈출한다! 방진을 흐트러트리지 말고 천천히 이동해라. 정신 차려! 허무하게 이런 곳에서 죽을 생각이야!"

용병들이 방진을 형성한 채 후퇴를 시작하자 아르티어스는 자신의 호위병들에게 급히 지시를 내렸다.

"나는 여기서 부대원들의 후퇴를 지원하겠다. 그러니 스승님을 잘 부탁한다. 무슨 일이 있어도 돌아가시게 해서는 안 돼."

마치 죽음을 각오한 듯한 아르티어스의 명령에 그의 호위병들은 감동할 수밖에 없었다. 사실, 현재 연대에서 움직일 수 있는 마법사는 아르티어스 혼자밖에 없었다. 하늘 위에 떠 있는 빛 덩어리들로 인해 겨우 아군들이 용기백배하여 언데드들과 싸우고 있는 중이다. 만약 그가 빠진다면 방금 전처럼 혼란밖에 남지 않게 된다는 걸 그들도 잘 아는 것이다.

"맡겨주십시오!"

"어떤 일이 있더라도 스승님을 무사히 링카 성으로 모시겠습니다."

아르티어스가 프라이스를 아끼는 마음에 호위들을 떠나보낸 건 아니었다. 자신을 바라보는 눈들을 없애기 위해서였다. 그래야 적당히 마법을 쓰든, 아니면 이대로 유희를 쫑치고 집으로 돌아갈지를 결정할 시간을 벌 수 있을 테니까. 아르티어스가 쉽게 결정을 내리기 힘들 정도로 상황은 급속도로 전개되고 있었다.

엄청난 언데드들의 기습 공격에도 불구하고 용병단이 그럭저럭 생존하여 후퇴할 수 있었던 것은 순전히 기사단의 막강한 전력 덕분이었다. 극에 달한 마나의 힘이 응축된 검식이 휩쓸고 지나간 자리에는 수북한 뼛조각만이 남았다. 언데드의 크기는 상관이 없었다. 커다란 자이언트 울프부터 시작해 손가락만 한 사막생쥐들까지, 모든 언데드들이 맞는 순간 가루가 되어버렸다.

라이놀을 비롯한 기사들이 라이로부터 배운 검술을 전력으로 전개해 보는 건 이번이 처음이었다. 그들은 자신이 이렇게나 강해졌다는 데 놀라움을 금치 못하며, 모두들 환희에 빠져 검을 휘둘렀다. 예전에는 정규기사들의 보조 노릇이나 하다 정찰조에서 생을 끝낼 거라 생각했었다. 하지만 이젠 아니다. 이 검술만 있다면, 자신들도 타이탄을 지급받는 정규기사가 될 수 있다는 희망이 생겼다. 자연스럽게 그런 생각이 들 정도로 검술의 위력은 막강한 것이었다. 그랬기에 기사들은 더욱 힘을 내어 미친 듯이 검을 휘두르고 있는 것이다.

"용병들이 후퇴할 수 있는 시간을 우리가 벌어줘야 한다!"

잠시 후, 어두운 밤하늘에 둥근 구체 다섯 개가 둥실 떠오르며 주위가 환하게 밝아졌다. 마법사가 구형의 빛 덩어리를 하늘에 띄운 것이다. 마나를 운용할 수 있는 기사들은 미약한 달빛 정도만 있어도 충분히 시야를 확보할 수 있다. 하지만 마나를 운용하지 못하는 용병들은 그렇지가 않다. 어둠 속에서 언데드의 공격에 혼란에 빠져 허우적거리던 용병들은 빛 덩어리가 떠오른 후, 그제서야 급격히 안정을 되찾았다. 어중이떠중이가 모인 용병단이 아닌, 정예로 구성된 실력 있는 용병단이라고 하더니 그 이름값은 하는 모양이다.

"용병들이 후퇴를 시작했습니다."

"우리가 뒤를 막아줘야 한다. 모두들 조금만 더 힘내!"

"옛!"

전력을 다해 무한정 공격을 펼칠 수는 없다. 하지만 용병들이 점차 혼란을 수습하고 일사불란하게 움직이는 모습을 보니 잠시만 더 시간을 끌면 될 듯 보인다. 힘이 부쩍 날 수밖에 없는 상황이다. 기사들은 이를 악물고 물밀듯 밀려드는 언데드들을 향해 검술을 퍼부었다. 그중에는 라이도 포함되어 있었다. 만약 아르티어스가 전력을 다해 검술을 시전하고 있는 라이의 모습을 봤다면 자신의 아들인 다크를 떠올렸을지도 모른다. 어쩌면 라이가 자신의 아들이 환생한 거라 생각했을 테니까. 하지만 이미 라이에 대한 관심을 끊은 아르티어스는 마지막 남은 용병들과 함께 빠르게 후퇴하고 있었기에 기사들이 싸우는 모습을 보지 못했다.

"대원 간에 거리를 너무 벌리지 않도록 주의해!"

"옛, 조장님."

라이놀 일행이 언데드 떼와 싸워보는 건 이번이 처음이다. 홉킨스 연대장에게 얘기를 듣긴 했지만 이렇게 빨리, 그것도 수많은 종이 모인 언데드 떼거리를 상대로 자신들이 싸우게 될 거라고는 상상조차 하지 못했다.

옛 고전에 쓰여진 언데드들이라고 해봐야 흡혈귀(Vampire)나 아니면 그 종자인 굴(Ghoul)이 수백, 좀비나 스켈레톤 같은 건 많아 봐야 몇백이나 몇천이 고작이다. 영웅담에서는 주인공 일행이 학살을 벌이는 대상으로 자주 등장하는 허접한 것이 바로 언데드였다.

하지만 자신들이 지금 싸우고 있는 언데드 집단은 영웅담 속의 언데드들과는 확연히 달랐다. 굴이나 좀비, 아니면 스켈레톤 따위가 같은 종으로 몇백 마리씩 우르르 몰려오는 것이 아닌, 사막에 서식하는 거의 모든 생명체가 뒤섞여 공격해 오고 있다. 게다가 크고 작은 것들이 함께 섞여 있다 보니 상대하기가 아주 까다로웠다. 대형 언데드를 상대하고 있을 때, 그 빈틈을 뚫고 수많은 중, 소형들이 쏟아져 들어오다 보니 혼란스럽기 짝이 없던 것이다.

아마 최근 라이로부터 입수한 새로운 검법을 익히지 않았다면, 그들은 엄청난 타격을 받고 용병들을 버려둔 채 도주해야 했을지도 몰랐다. 하지만 그들이 새로 배운 검법이 언데드들을 상대로 막강한 위력을 발휘하자 기사들은 신이 날 수밖에 없었다. 기사들이 언데드들을 학살하며 생명의 불꽃이라 할 수 있는 마나의 광채를 내뿜자, 주변의 모든 언데드들이 일제히 그들을 향해 달려들기 시작했다. 자신들을 향해 달려드는 언데드의 숫자가 점점 더 늘어나자 라이놀은 빠르게 판단을 내렸다. 아무리 막강한 검법으로 해치우고 있다고는 해도 더 이상 언데드들의 숫자가 늘어나면 위험하다는 생각이 들었던 것이다.

"안 되겠다. 우리도 탈출한다!"

하지만 바로 그때, 라이놀이 딛고 있던 모랫바닥 주위로 마치 벽이라도 솟은 듯 뭔가가 불쑥 튀어 올랐다. 워낙에 많은 언데드들이 쏟아져 들어오고 있었던 탓에, 발밑에서 벌어진 변괴를 알아차리는 게 늦을 수밖에 없었다.

"헉!!"

라이놀이 변괴를 눈치채고 급히 허공으로 뛰어오르려 했을 때는 이미 그 뭔가에 갇혀버린 후였다. 그리고 칠흑과도 같은 어둠과 함께 뭔가가 갈리는 듯한 불길한 소음…….

"이게 뭐야?"

라이놀은 생명이 다하는 그 순간까지도 자신에게 무슨 일이 벌어진 건지 몰랐지만, 주변에 있던 부하들은 그 순간을 똑똑히 볼 수 있었다. 모래 속에서 엄청난 크기의 괴생명체가 솟구쳐 올라와 라이놀을 한입에 삼켜버리는 것을…….

"샌드 웜이다!"

"빨리 조장님을 구해!"

라이놀 주위에 있던 대원들은 일제히 샌드 웜을 향해 검을 날렸지만, 전혀 먹혀들지가 않았다. 샌드 웜의 외피가 너무 두껍고 단단해서 검이 박히지를 않았던 것이다.

"이걸 어떻게 해야 하지……?"

그렇게 일제 공격을 할 수 있었던 기회도 단 한 번뿐, 대원들이 최대한의 마나를 끌어모아 공격을 했음에도 전혀 피해를 입히지 못해 허탈해하고 있을 때 샌드 웜은 라이놀을 삼킨 채 곧이어 모래 속으로 자취를 감춰버렸다.

"이, 이런 개 같은 경우가…….."

남은 대원들은 그저 황망할 따름이었다. 새로 익힌 막강한 검법의 위력에 하늘까지 치솟던 자신감은 샌드 웜이라는 거대 언데드에게는 전혀 통하지 않았으니까. 게다가 샌드 웜에게 삼켜진 조장을 구해야 했지만 방법이 전혀 없었다. 모래 깊숙이 파고 들어간 그놈을 어떻게 찾을 수 있단 말인가. 샌드 웜을 따라 자신들도 모래 속으로 들어갈 수는 없는 노릇이었고.

대원들은 인정하기는 싫었지만 라이놀 조장이 살아있을 확률은 거의 없었다. 더군다나 더욱 큰 문제는 그 거대 샌드 웜이 조장 하나로 만족할 리 없을 거라는 점이다. 그렇다면 조만간에 다시금 자신들을 공격하러 올라올 텐데…….

"어떻게 하시겠습니까?"

"조장님을 놔두고 갈 수는 없다."

그 순간에도 사방에서 수많은 언데드들이 공격해 들어오고 있었다. 조장을 구출하려면 한시가 급한 상황이지만, 모여서 의논을 할 여유조차 없다. 아니, 의논은 고사하고 한자리에 모일 틈조차 없었다.

"이런 젠장! 조장님! 어디 계십니까?"

알파17이 이곳에 샌드 웜을 의도적으로 배치해 놓은 건 아니다. 샌드 웜은 사막의 모래 속을 은밀히 배회하는 데 특화된 몬스터인데다 일반 언데드와는 비교가 되지 않을 정도로 막강했다. 그렇기에 샌드 웜들은 사막 위를 단독으로 떠돌며 경비를 하는 데 이용되고 있었다. 그들의 목표는 도시국가로 침투해 들어오는 그래듀에이트였다. 먹잇감을 찾아 우연히 이 근처까지 왔던 샌드 웜의 예민한 감각에 라이놀 일행이 재수 없게 걸려든 것뿐이다.

리치 알파3이 맡고 있는 주 임무는 마신의 은혜가 설치된 장소를 순회하면서 새로 만들어진 언데드들을 관리하는 것이다. 그런 만큼 샌드 웜의 관리도 그의 소관이었다. 그런데 도시국가 외곽 경비를 위해 풀어놓은 샌드 웜들이 사막을 횡단하여 도시로 침투해 들어오는 그래듀에이트를 사냥하고 있는 줄은 그는 꿈에도 몰랐다. 그 모든 시체들을 데스 나이트로 만들었다면 엄청난 전력이 확보될 수 있었겠지만, 현실은 그렇지가 못했다.

샌드 웜은 살아있을 때는 사막 밑으로 은밀히 이동하며 먹잇감을 찾아다니다가, 적당한 먹이를 발견하면 기습하여 잡아먹는다. 그 과정에 입속에 방대한 모래가 쏟아져 들어오게 되지만, 그건 아무런 문제가 되지 않는다. 소화가 가능한 부분은 이빨로 잘게 다져 일부 모래와 함께 위장 속으로 넣고, 대부분의 모래는 물고기의 아가미처럼 옆쪽에 마련된 미세한 구멍들을 통해 배출되게 된다.

언데드 샌드 웜이 삼킨 그래듀에이트들 또한 그런 방식으로 처리되었다. 문제는 소화기관이 남아있지 못했기에 입속으로 쏟아져 들어온 방대한 모래들과 함께 사막에 흩뿌려졌다는 것이었지만. 그 때문에 알파3은 통제하고 있던 샌드 웜이 그래듀에이트를 사냥하고 있었다는 걸 전혀 눈치채지 못하고 있었다.

이빨이 잔뜩 돋아나 있는 입 부분을 빠져나와 식도를 통과하면, 그다음은 광활한 저장공간으로 이어진다. 살아있는 샌드 웜이었다면 내장과도 같은 부속기관이 자리 잡고 있어야 할 공간이었다. 하지만 언데드가 된 지금 샌드 웜의 뱃속은 텅 비어있는 상태였다.

샌드 웜은 사막을 이리저리 돌아다니다가 자기 딴에는 쓸만하다 생각되는 걸 덥썩덥썩 삼킨 뒤 뱃속에 저장해뒀다가 알파3에게로 가져왔다. 그 대부분이 쓰레기들이었기에 알파3은 확인조차 하지 않았다. 하지만, 어느 날 우연히 그중에 타이탄이 온전한 상태로 들어있는 걸 발견한 알파3은 경악할 수밖에 없었다.

알파3은 즉시 휘하의 모든 샌드 웜들을 소집해 녀석들의 뱃속을 확인했다. 뜻밖에도 쏟아져 나오는 타이탄들! 어지간한 것들은 이빨에 갈려 산산조각이 나 뼈들 사이로 흘러나갔지만 거대한 크기의 강철 타이탄은 이빨들에 갈리면서도 비교적 온전한 상태를 유지한 채 뱃속에 남아 있었던 것이다.

뱃속에 든 타이탄들의 절반 정도는 박살이 난 상태였는데, 예외 없이 그 속에는 그래듀에이트의 사체가 들어있었다. 샌드 웜의 기습을 피해 운 좋게 탑승하는 데까지는 성공했지만, 삼켜져서 죽임을 당한 것이다. 샌드 웜이 원하는 것은 그래듀에이트가 지닌 강한 생명력이다. 웜의 이빨에 갈린 타이탄의 수복에 모든 마나를 다 빨린 탑승자가 사망하면 샌드 웜의 저작 활동도 멈춘다. 더 이상 씹어봐야 아무것도 나오지를 않기 때문에.

오너가 기습을 당해 사망해 버린 경우, 주인을 잃은 타이탄은 공간을 열고 밖으로 나오게 된다. 주인이 없는 타이탄은 새로운 주인을 찾아 이동을 할 수 있다. 하지만 그걸 방지하기 위해 미스릴 코팅을 하여 타이탄이 한 치 앞도 볼 수 없도록 만들어 버린다. 그 때문에 주인을 잃은 타이탄들이 공간을 열고 밖으로 나와 있다가 샌드 웜의 뱃속에 들어가 있었던 것이다. 생명체가 아닌 만큼, 씹지 않았기에 온전한 상태로 뱃속에 들어가 있다가 알파3의 눈에 띄게 된 것이다.

그날 이후, 알파3은 샌드 웜들에게 그래듀에이트를 씹어서 가루로 만들지 말 것을 철저히 교육시켰다. 생명력을 흡수하려면 일단은 씹어야 하겠지만, 죽인 다음에는 그 시체를 더 씹어 가루로 만들지 말고 뱃속에 넣어서 오라는 것이다. 지능이 떨어지는 샌드 웜에게는 좀 어려운 명령이긴 했지만, 오랜 시간에 걸친 반복된 교육은 나름 효과를 발휘하고 있었다.

샌드 웜은 본능적으로 주변에서 포착되는 존재들 중에서 가장 생명력이 강한 자를 노려 기습을 가했다. 모래 속에서 솟구쳐 오르며 한입에 삼켜버리는 샌드 웜의 공격에 고스란히 당한 먹잇감은 절대 살아날 수가 없다. 샌드 웜의 입 안은 모래를 파고 들어가기 위한 강하고 날카로운 수많은 이빨들로 뒤덮여 있다. 굳이 샌드 웜이 씹지 않아도 위쪽으로 솟구쳐 올랐다가 중력으로 낙하하여 지면과 충돌하는 그 순간, 관성에 따라 샌드 웜의 입속을 뒹굴면서 그 많은 이빨들에 찔려 죽임을 당하게 되는 것이다.

강철보다 더욱 단단한 이빨들 사이로 피와 함께 생명력이 흡수되기 시작하면 샌드 웜은 목구멍을 열고, 조심스레 이빨을 움직여 먹이를 뱃속으로 삼킨다. 생명력을 흡수하는 것뿐이라면 굳이 뱃속에까지 넣을 필요가 없었지만, 지시받은 대로 시체를 온전히 유지한 채 가져가야 알파3에게 칭찬을 받을 수 있는 것이다. 타이탄 탓에 그래듀에이트를 씹어버린 걸 들키는 것이었지만, 그 인과관계를 샌드 웜은 이해하지 못했기에 그저 시키는 대로 하는 것이다.

입 안을 비운 샌드 웜은 그제서야 모래를 삼키며 재빨리 모래 속으로 파고 들어갔다. 거대한 덩치에 비해 놀라울 정도로 빠른 속도였다. 모래 속으로 들어간 샌드 웜은 두 번째로 공격할 대상을 물색하기 시작했다. 모래 위쪽에 있는 것들 중에서 라이놀 다음으로 높은 생명력을 지닌 놈을 특정한 샌드 웜은 모래 속에서 빠른 속도로 이동하기 시작했다. 모래 위쪽에서 느껴지는 먹잇감의 기척은 일곱씩이나 된다. 태어난 이후 처음으로 만난 진수성찬이다. 생각 같아서는 몽땅 다 모래와 함께 꿀꺽꿀꺽 삼켜 가루를 내버리고 싶었다. 그게 훨씬 빠르고 효과적이었지만, 알파3의 엄중한 지시로 인해 그렇게 할 수 없다는 게 원통스러울 뿐이다.

생명의 근원인 마나를 다룰 수 있는 그래듀에이트의 능력이 압도적인 건 사실이지만, 언데드는 그것에 공포를 느끼지 않는다. 오히려 불을 쫓아 달려드는 불나방처럼 그 생명력을 탐해서 무턱대고 달려든다. 언데드들에게 있어서 상대가 자신보다 강하냐 약하냐는 중요하지 않다. 그런 걸 느낄 자아도 없었고.

막강한 초식이 휩쓸고 지나가면서 수많은 언데드들이 박살이 나서 흩어지고 있었지만, 곧이어 새로운 언데드들이 그 공간을 비집고 돌진해 들어온다. 쉴 틈이라고는 전혀 없다. 그리고 단 한 순간의 방심도 허용되지 않는다.

가장 큰 문제는 잠시라도 한 자리에 머뭇거릴 수조차 없다는 것이다. 거대한 언데드와 싸우느라 잠시 한 자리에 지체되는 순간 모래를 뚫고 솟아오른 엄청난 거체! 또다시 기사 한 명이 샌드 웜의 입속으로 사라져 버렸다. 바로 부조장이었다. 두 번째 희생자가 생기자 기사들은 공포에 질리기 시작했다. 이대로 이곳에 있다가는 죽을 수밖에 없다는 걸 눈치챈 것이다.

"모두 도망쳐라!"

하지만 사방에서 덮쳐오는 언데드 떼로 인해 도망치는 것조차 쉬운 일이 아니었다. 모두들 전장에서 탈출하기 위해 사력을 다하고 있을 때, 라이는 자신의 능력에 한껏 취해 주위를 둘러볼 겨를이 없었다. 지금껏 단 한 번도 이렇게 전력을 다해 상대를 공격해 본 적이 없었던 만큼, 사방에서 몰려들고 있는 무수한 언데드 떼는 라이에게 최적의 실험대상이 되어주었다. 사람을 상대로 검격을 날렸을 때는 피떡이 되어 날아가는 바람에 오히려 자신이 혐오감이 깃든 시선을 받았지만 지금은 다르다. 수많은 뼈가 가루가 되어 사방으로 흩어지고 있을 뿐, 끔찍스런 핏덩이도, 비릿한 혈향도 느껴지지 않는다.

라이는 자신의 동료들이 이미 다 도망쳐 버렸다는 것도 모른 채 검술에 깊이 빠져버렸다. 그의 눈앞에서 새로운 세계가 펼쳐지고 있었다. 자신이 검인지 검이 자신인지 알 수가 없었다. 가루가 되어 흩어지고 있는 모래쥐 한 마리, 한 마리까지 다 느껴진다. 커다란 사막늑대가 커다란 주둥이를 벌리고 달려들었지만, 그의 검에 가루가 되어 흩어진다. 라이는 언데드들이 그리 강하지 않다고 생각했다. 자신이 가진 능력이 얼마나 되는지 실험해보기 딱 좋은 상대. 하지만 그건 라이 자신이 강해서 그렇게 느껴지는 것이지 언데드들이 약한 게 아니었다. 그리고 라이가 상대할 수 없을 정도로 강한 언데드들도 부지기수라는 것도 몰랐다.

새로운 세계에 심취해 검을 휘두르고 있을 때 갑자기 주변의 모래가 치솟는가 싶더니 어느 순간, 라이는 시커먼 암흑의 공간 속에 들어가 있는 자신을 발견했다. 그리고 그 암흑의 공간에서는 쇠가 갈리는 듯한 괴이한 금속성이 터져 나오고 있었다. 뭐가 뭔지는 모르겠지만, 가만히 있다가는 죽임을 당할 거라는 걸 본능적으로 느낄 수 있었다. 라이는 발이 채 지면에 닿기도 전에 허공에 뜬 상태에서 전력으로 검을 휘둘렀다.

콰콰콰쾅!!

엄청난 굉음과 함께 불꽃이 번쩍였다.

'맙소사!! 이게 뭐지?'

순간 라이의 눈에 보이는 건 고슴도치처럼 솟아있는 수도 없이 많은 칼날, 아니 위쪽이 뾰족한 쇠기둥 같은 것들이었다. 그리고 그 쇠기둥 같은 것은 머리 위쪽과 발밑 가득 덮여있었다. 쇠기둥의 크기는 언뜻 보아도 라이의 키보다도 더 컸다.

'쇠기둥 사이의 공간으로 뛰어내리면 되겠어!'

순간적으로 판단하고 살짝 몸을 틀었다. 기회는 단 한 번뿐이다. 자칫 잘못해서 조금이라도 위치를 잘못 잡으면 저 뾰족한 쇠기둥에 꿰뚫려 즉사를 당하게 되리라. 라이는 찰나의 순간을 노려 기민한 판단력과 움직임을 발휘하여 겨우 쇠기둥 사이로 내려앉을 수 있었다. 안도의 한숨을 내쉬려는 순간 갑자기 중력의 방향이 변했다. 위로 솟구쳐 올랐던 샌드 웜의 거체가 정점에 도달한 후 아래로 내려오기 시작했기 때문이다.

"헉! 이게 뭐야?!"

위로 솟구쳤던 거체가 얌전하게 내려오는 게 아니다. 거체의 무게 때문에 점점 가속도가 붙어 모랫바닥에 도착할 때쯤이면 엄청난 충돌을 일으키며 바닥과 부딪쳤다. 문제는 라이가 있는 곳이 쇠기둥처럼 뾰족한 것들이 잔뜩 솟아있는 웜의 이빨 사이라는 점이었다. 위아래로 이빨이 촘촘하게 솟아나 있는 공간 속을 관성에 따라 이리저리 구를 수밖에 없었다. 더군다나 빛 한 점조차 없는 입 안은 칠흑처럼 어두워 상황 판단을 전혀 할 수 없다는 점도 라이를 공포에 질리게 만들었다.

"컥!"

갑자기 가슴에서 느껴지는 격렬한 통증, 손을 뻗어보니 굵은 쇠기둥들 중 하나가 자신의 가슴에 깊게 꽂혀 있었다. 엄청난 고통과 함께 몸 안의 기운이 쇠기둥을 타고 어디론가 빠져나가는 듯한 몽롱함으로 정신을 차리기가 힘들다. 발버둥을 칠수록 상처는 더욱 깊어졌고 심한 출혈과 아찔한 고통으로 인해 라이는 곧이어 정신을 잃어버렸다.

샌드 웜 뱃속의 타이탄

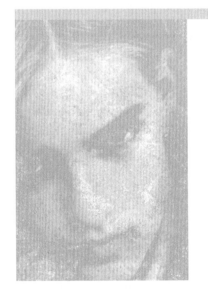

37

사막의 이변

"여기는 어디지?"

칠흑과도 같은 어둠, 단 한 점의 미세한 빛조차 보이지 않는다. 지금 내가 꿈을 꾸고 있는 걸까? 비몽사몽간에 정신을 못 차리고 있던 와중에 갑자기 커다란 쇠기둥에 가슴이 꿰뚫렸던 기억이 떠올랐다.

"헉!"

급히 가슴을 만져보는 라이, 그게 꿈이 아니었던 모양이다. 사막에 오기 전 지급받았던 최고급 경갑옷의 가슴 부위가 너덜너덜해져 있었다. 가슴 부위의 구멍 사이로 손가락을 넣어보자 맨살이 만져진다. 그리고 가슴 부위의 구멍은 손을 전부 넣을 수 있을 정도로 컸다.

그 외에도 옷이 걸레가 될 정도로 수많은 상처들의 흔적이 있었다.

"이번에도 살아났나?"

아무리 자신이 키메라가 되었다고는 하지만, 이 재생력은 정말 적응이 안 된다. 어쩌면 불사신이 된……, 아니다. 생각해 보니 그 당시 키메라들은 머리통을 자르면 죽었다. 그걸 보면 불사신은 절대로 아니었다. 하지만 한 가지는 분명했다. 이 정도 상처로는 죽지 않는다는 것을. 이걸 기뻐해야 하는 걸까?

그런데 주변이 너무 어둡다. 한 치 앞도 보이지 않다 보니 어떻게 움직여야 할지 판단하기가 힘들다. 분명 정신을 잃기 전에는 괴물의 입속에 있었으니, 지금쯤이면 뱃속이지 않을까? 하지만 엉덩이에서 느껴지는 감각은 전혀 뱃속 같지가 않다. 마치 마차나 배 같은 것에 타고 있는 것 같은 기분이다.

"젠장, 뭐가 보여야……."

라이는 등에 맨 배낭으로 손을 뻗어 작은 불꽃을 만드는 마법 도구를 꺼냈다. 모닥불을 피우거나 할 때 쓰라고 지급받은 거였는데, 사용해 보니 여러모로 요긴한 마법도구였다. 마법도구나 컵 같은 건 배낭 옆에 달린 작은 주머니에 들어있었는데, 마법 도구를 꺼내면서 보니 아무래도 배낭의 감촉이 이상했다.

'이렇게 납작하지 않았는데?'

손가락만큼 짤막한 막대형 마법도구를 들고 "화이어!"하고 시동어를 외치자 마나를 조금씩 빨아들이며 불꽃을 일으킨다. 촛불보다 작은 불꽃이었지만 코앞조차 보이지 않던 상황에서는 정말 큰 도움이 된다.

급히 배낭을 벗어보니 커다란 구멍이 뚫려있었고, 안에 들어있던 물건은 하나도 없다. 물통과 간편하게 먹을 수 있는 비상식량 꾸러미조차 남아있는 게 없었다. 현기증이 날 정도로 최악의 상황이다.

그나마 다행이라면 허리에 차고 있던 단검은 남아있다는 것 정도. 샌드 웜에게 삼켜지는 과정에서 검은 잃어버렸기에, 단검이나마 있으니 마음이 든든하다. 마도구가 내뿜는 희미한 불빛에 의지해 주변을 둘러보자 주변의 모습은 가히 충격적이었다. 라이의 키만큼이나 커다란 금속 덩어리들이 수도 없이 울룩불룩 불규칙하게 솟아올라 있고, 그것들은 모두 단순한 동작을 끊임없이 반복하며 움직이고 있었다.

샌드 웜이 살아있을 때는 근육과 연결되어 움직이던 뼈대들이었겠지만, 언데드가 되어 뼈대만이 홀로 움직이다 보니 뭔가 기괴한 장면을 연출하고 있었다. 물론, 생명체의 구조 따위는 알 리가 없었던 라이의 눈에는 이 모든 게 괴이하고 신기하게만 보였지만 말이다.

어쨌거나 자신의 키만큼이나 커다란 돌기들로 뒤덮여 있는 탓에 돌기 뒤편에 뭐가 있는지 전혀 알 수가 없었다.

'저 뒤를 하나하나 살펴봐야 하나?'

라이는 곧이어 고개를 가로저었다. 그건 쓸데없는 짓이다. 만약 적이 저 어둠 속에 숨어있었다면, 자신이 기절해 있을 때 공격해서 끝장을 내버렸을 테니까. 좋게 생각하자. 이 안으로 들어오려면 저 무시무시한 이빨들을 통과해야 한다. 키메라가 된 자신이야 이렇게 생명을 유지할 수 있었겠지만, 일반적인 사람이라면 절대로 살아서 들어올 수 있을 리가 없다. 그리고 그건 밖에 있던 수많은 언데드들 역시 마찬가지일 것이다.

라이는 자신 외에 두 명을 샌드 웜이 더 삼켜버렸다는 걸 몰랐다. 그렇기에 그는 주변을 수색하기보다는 탈출을 우선시할 수밖에 없었다.

라이는 먼저 단검을 꺼내 단단히 움켜쥐고 자신이 할 수 있는 최대한의 공격을 가해봤다. 이곳도 금속질로 된 뼈대로 되어있긴 했지만, 어쩌면 이빨보다는 약할지도 모른다는 희망을 가지고.

카캉!!

순간 불꽃이 번쩍이며 미세한 흠집이 나긴 했지만 놀랍게도 곧이어 흔적도 없이 복구되어버린다. 이런 상황이면 몸체에 구멍을 뚫고 밖으로 탈출하는 건 불가능해 보였다. 구멍을 뚫을 수 없다면, 이미 있는 구멍을 통해 탈출하면 된다.

앞쪽에 있는 구멍은 자신이 끌려 들어온 목구멍일 것이다. 어스름한 불빛의 도움을 받아 자세히 살펴보니, 목구멍일 것이라 짐작되는 구멍이 하나 있을 뿐, 그 외에는 단단하게 닫혀있다. 그 틈을 어떻게 비집고 들어간다고 해도 구멍 저쪽은 무시무시한 이빨들로 뒤덮여 있는 지옥이다.

"앞쪽은 안돼."

진저리를 친 라이는 시커먼 어둠으로 뒤덮여 있는 뒤쪽으로 시선을 돌렸다. 앞쪽에 비해서 뒤쪽은 그래도 가능성이 있어 보였다. 샌드 웜도 살아있을 때는 먹고 그 찌꺼기를 배설했을 테고, 그러자면 항문이 뚫려있을 것이 아니겠는가.

어떻게든 최대한 빨리 이곳에서 빠져나가야만 했다. 라이에게는 시간이 그리 많지 않았다. 쌀 한 톨, 물 한 방울 남아있는 게 없었으니까.

샌드 웜이 계속 움직이고 있는지 울룩불룩 솟아올라 있는 구조물들도 쉬지 않고 움직이고 있었다. 어둠 속에서 눈에 보이는 벽면 전체가 꿈틀꿈틀 움직이는 건 기묘한 기분이 들게 만들었다. 구조물들 중에서 작은 건 라이의 키 정도였지만, 간혹 라이의 몇 배나 될 정도로 커다란 것들도 있었다. 그 사이를 비집고 뒤쪽으로 이동해야 하다 보니, 예상한 것보다 훨씬 느릿하게 움직일 수밖에 없었다.

"정말 신기하네……."

자신이 지금 직접 겪고 있으면서도 도저히 믿을 수가 없는 상황이 이어지고 있었다. 초대형 언데드 뱃속에 들어가, 그 안을 이렇게 구경할 수 있었던 사람이 과연 얼마나 있었을까? 라이는 만약 자신이 키메라가 되지 않았다면 결코 이 안에서 살아 들어올 수 없었을 거라는 걸 잘 알고 있었다. 문제는 과연 살아서 밖으로 나갈 수 있을까 하는 것일 뿐.

이때, 어둠 속에서 뭔가 이질적인 게 그 모습을 드러냈다. 여기까지 오면서 봤던 샌드 웜의 뱃속 기관들과는 확연히 다르다. 더군다나 꼼짝 않고 가만히 있는 게 더욱 이질적이었다.

"저게 뭐지?"

그쪽으로 가까이 다가가 보니 눈에 익은 거대한 강철 덩어리가 어둠 속에서 그 모습을 드러냈다. 거의 5미터쯤 되는 거체였는데, 샌드 웜의 이빨에 갈린 탓인지 표면에는 수많은 상처가 나 있었다. 그중에 몇몇 부분은 속의 1차 장갑까지 보일 정도로 커다란 구멍이 나 있었다.

"타이탄이다! 설마, 이놈이 타이탄까지 삼켰을 줄이야……."

라이는 타이탄의 위쪽을 향해 큰 소리로 외쳤다.

"이봐요! 거기 혹시 살아있는 사람 있나요? 이봐요!"

몇 번이고 커다랗게 외쳐봤지만 아무런 반응도 없었다. 아마 탑승했던 기사는 죽었을 것이다. 어쩌면 기사는 탈출하고, 타이탄만 샌드 웜의 뱃속에 들어온 것인지도 모르겠지만…….

라이는 그렇게 생각했지만, 타이탄의 기본적인 작동기작을 생각하면 그건 있을 수 없는 일이었다. 타이탄이 상처를 입기 시작하면, 그 상처를 수복하기 위해 마나를 급속히 뺏기기 시작하고 그런 이유 때문에 탑승자가 타이탄보다 먼저 사망한다는 걸 라이는 아직 모르고 있었던 것이다.

"젠장, 타이탄까지 저렇게 됐을 정도인데, 과연 탈출이 가능할까?"

박살난 타이탄을 보자 점점 더 회의감이 싹터왔지만, 라이는 애써 고개를 내저으며 마음을 다잡았다. 최악의 상황이지만, 이대로 포기할 수는 없었다. 마도왕국 알카사스의 정규기사가 된 자신의 모습을 아버지에게 보여드리기 전에는 절대 죽을 수가 없는 것이다.

좀 더 뒤쪽으로 들어가자 타이탄이 하나 더 보였다. 방금 전에 봤던 것과 똑같이 생긴 타이탄이었는데, 이건 이전과 달리 상처 하나 없는 아주 새것이었다.

"이렇게 생긴 타이탄이었구나. 굉장히 멋있게 생겼네."

좀 전의 타이탄은 이빨에 갈린 듯한 수많은 흠집들 탓에 가슴에 그려진 문장을 제대로 알아볼 수가 없었다. 하지만 이 타이탄은 공장에서 막 나온 새것처럼 아주 깨끗했다.

"이게 어느 나라 문장이지?"

기사가 되면 각 나라의 문장들에 대한 특별 교육을 받는다. 타이탄에는 소속 국가를 뜻하는 문장과 기사단 문장, 그리고 탑승자 가문의 문장이 기본적으로 그려진다. 그 때문에 수도 없이 많은 문장들을 기억해야 했지만, 아무리 힘들어도 외우는 수밖에 다른 도리가 없었다. 더군다나 정찰조 소속 기사가 각 나라의 문장을 몰라서는 안 되는 것이다.

몸통에 12라는 숫자가 쓰여 있는 시커먼 황소 문장. 아무리 머리를 쥐어짜 봐도 저런 국가 문장은 본 적이 없다. 문제는 그 외에 다른 문장은 그 어디에도 그려져 있지 않다는 점이다.

"이게 어떻게 된 일이지? 왜 교육받은 거와 다른 거야?"

그가 처음이자, 유일하게 봤던 타이탄인 쟈디렌은 가슴 중앙에 국가문장 하나만이 그려져 있었다. 소속 기사단도, 주인도 정해져 있지 않았기에 그 외에 다른 문장이 없었던 것이다. 그때의 기억을 떠올린다면, 쟈디렌에 그려져 있던 것과는 뭔가 화법이 다르다고 할까, 디자인이 다르다고 할까, 아무튼 그랬다. 아무리 생각해도 외국 국적의 타이탄이라는 느낌이다.

샌드 웜의 뱃속에서 탈출해야 한다는 사실조차 잠시 잊어버리게 할 정도로 황소 문장의 타이탄은 멋있었다. 쟈디렌과는 급이 다른 멋진 모습! 라이는 자신도 모르게 타이탄에 더욱 가깝게 다가갔다. 그리고 불빛을 들어 올려 황홀한 듯 타이탄을 구경했다. 언제 이렇듯 타이탄을 자세히 구경할 기회가 있겠는가. 방금 전에 온통 이빨에 갈린 듯한 볼품없는 타이탄을 본 뒤에 봐서 그런지 작은 상처 하나 없이 온전한 모습의 타이탄이 더 멋지게 느껴졌다.

"쟈디렌하고는 비교가 되지를 않네."

덩치도 쟈디렌보다 월등하게 컸다. 그리고 외형도 훨씬 더 강인하게 보인다. 아래위로 길쭉한 형태의 거대한 타원형 방패는 왼손에 부착되어 있었지만, 오른손에는 아무것도 든 게 없었다. 아마도 삼켜지는 과정에서 무기는 놓쳐버린 모양이다.

『희미한 마나의 기척이 느껴지는데……』

"헉!!"

갑작스레 들려온 목소리에 라이는 기절초풍하는 줄 알았다. 사람의 목소리와는 완전히 다른 독특한 음색. 이곳이 샌드 웜의 뱃속이라서 그런지 묘하게 울리고 있긴 했지만, 분명 어디선가 들어본 듯한 목소리였다. 맞다. 그때, 라이놀 조장 덕분에 겪어봤던 상황이었지. 하지만, 그래도 설마 하며 라이는 중얼거렸다.

"설마……, 타이탄 네가 말한 건가?"

『그대는 나와 맹약을 맺기를 원하는가?』

"그럴 수 있는 거야?"

『그대는 자격을 갖추고 있다. 다시 한번 묻겠다. 나와 맹약을 맺기를 원하는가?』

라이는 작금의 상황을 도저히 믿을 수가 없었다. 타이탄의 가치가 워낙 엄청나다 보니 그 주인이 되려면 치열한 경쟁을 통과해야 겨우 된다고 라이놀에게서 들었었다. 그런데 이렇게 쉽게 주인이 된다니 믿기 힘들었던 것이다.

훈련을 하면서 봤던 타이탄의 모습에 언젠가 자신도 그 주인이 될 수 있기를 얼마나 소망했던가. 그런데 이렇게 그 기회가 자신에게 빨리 찾아올 줄이야. 그리고 타이탄의 주인이 될 수 있다면 이곳에서 탈출할 수 있을 가능성이 비약적으로 높아지지 않겠는가. 순간 라이의 가슴속은 희망으로 가득 차기 시작했다.

"네 이름은 뭐지?"

『케이론』

라이는 예전에 라이놀에게 배운 대로 천천히 의지를 담아 말했다.

"케이론, 너하고 주종계약을 맺고 싶다."

『이제부터 그대와 나는 태고적부터 내려오는 골렘의 맹약에 따라 주종이 되었다. 내 이름은 케이론이다. 그대의 이름은?』

"내 이름은 라이, 라이 위너스야. 앞으로 잘 부탁해."

맹약을 맺은 케이론은 현재 등을 기대고 반쯤 누워있는 상태였다. 자신이 예전에 탑승해 봤던 쟈디렌은 탑승할 때 머리통이 뒤쪽으로 젖혀졌었다. 케이론의 머리통도 그런 식으로 열린다고 가정하면, 저런 자세로는 머리가 뒤로 젖혀질 수가 없었다. 그렇다고 자신이 부축해서 저 큰 쇳덩이를 일으킬 수도 없는 노릇이었고.

"케이론, 일어설 수 있어? 아니면 그 자세로 머리를 열어줄 수 있어?"

그 말에 케이론은 천천히 양손을 아래로 뻗어 바닥을 짚으며 힘겹게 상체를 앞으로 일으켰다. 그리고는 머리통을 뒤로 젖혀 탑승석을 드러냈다. 라이는 희망과 기대감에 차 조종석에 올라탔다. 쟈디렌보다 훨씬 더 고성능인 타이탄이라 그런지 탑승석도 많이 다르다. 이런 부분에 기초적인 지식이 없었던 라이로서는 쟈디렌의 조정석과 뭐가 다른지 꼭 집어 말할 수는 없었지만 말이다.

라이가 탑승하자 머리가 제자리로 돌아가며 탑승석을 완벽한 밀실로 만들었다. 그리고 쟈디렌에 탑승했을 때처럼 주변의 광경이 눈에 들어온다. 이걸 가능하게 해주는 게 타이탄과의 교감이라고 라이놀이 말해주었었다. 칠흑과도 같은 어둠 속이긴 했지만, 타이탄의 눈을 통해서 보니 흐릿하긴 해도 약간은 구분할 수가 있었다.

"이 정도라면 그럭저럭 움직일 수는 있겠어."

라이는 라이놀에게 다시 한 번 감사한 마음이 들었다. 만약 그때 타이탄에 대한 기초적인 교육을 받지 않았었다면, 뜻하지 않은 타이탄이 생겼다고 해도 어떻게 다뤄야 할지 전혀 몰랐을 테니 말이다.

만약 여기서 탈출할 수만 있다면 조원들, 특히 조장에게 자신의 새로운 친구를 자랑할 수 있을 것이다. 다른 조원들은 아무도 가지지 못한 타이탄을 가졌다고 생각하니 기분이 너무 좋다.

라이가 조정석에 앉아 마나를 본격적으로 공급하기 시작하자, 그제서야 케이론은 라이의 실력을 정확히 파악할 수 있었다. 처음에는 자신의 첫 주인보다 못한 인물이라 생각했었지만, 그게 아니었다. 라이가 공급하는 마나는 아주 순수해서 전 주인보다 훨씬 더 강한 위력을 내포하고 있었던 것이다. 하지만 케이론은 그에 대한 의문을 라이에게 제기하지 않았다. 왜냐하면 케이론도 이제 겨우 두 번째 주인을 맞이했을 뿐이었기에 대부분의 주인들이 라이 정도의 등급인 것으로 오판했던 것이다.

"자, 가자!"

외침과 동시에, 라이는 자신의 몸에서 엄청난 양의 마나가 빠져나가는 걸 느꼈다. 타이탄이 움직이기 위한 에너지를 빨아들인 거라고 생각했지만, 사실은 잃어버린 검을 복구하기 위해 마나를 흡수한 것이었다. 케이론은 왼손에는 방패, 오른손에는 검을 든 채 천천히 몸을 일으켰다.

뒤쪽으로 움직이려던 라이는 마음을 바꿔 케이론의 몸을 빙글 돌려 앞쪽으로 걸어가게 했다. 바닥이 울퉁불퉁 한데다, 어둠 때문에 앞이 제대로 보이지도 않는다. 더군다나 주위에 솟아있는 돌기들은 아주 단단해서 중심을 잡기가 힘들었다. 그렇기에 걸어간다기보다는 기어간다는 게 옳은 표현일 정도로 엉금엉금 전진했다. 기어가기 시작한 그 시점에서야 라이는 타이탄의 오른손에 장검이 들려있다는 걸 깨달았다.

'있었는데, 내가 못 봤던 모양이네. 하기야, 워낙 어두웠으니까⋯⋯.'

방해가 되는 장검을 일단 타이탄의 허리에 있는 검대에 꽂은 후, 다시 천천히 이동하기 시작했다. 처음에는 타이탄을 제대로 움직이지 못했지만, 얼마 지나지 않아 어느 정도 요령을 터득할 수 있었다.

곧이어 라이가 목표로 했던 위치에 도착했다. 파괴된 타이탄이 있던 자리였다. 라이는 타이탄이 지닌 가치가 얼마나 대단한지 전혀 모른다. 그럼에도 이리로 온 것은 타이탄 안을 뒤지면 혹시 탈출할 때 뭔가 도움이 될 만한 게 있을까? 하는 기대감에 온 것이다.

"어느 나라 타이탄이지? 쯧, 뚜껑을 열어보면 알게 될지도."

기사단에서 정규 교육을 받은 것이 아니라 대충 수박 겉 핥기 식으로만 배운 라이로서는 타이탄의 흉갑에 크게 그려져 있는 문장을 보고도 어느 나라의 타이탄인지 알아보지 못하는 게 당연했다. 타이탄의 머리를 뒤쪽으로 젖히는 건 아주 쉬웠다. 그리고 탑승석에는 라이의 예상대로 시체 한 구가 앉아있었다. 시체의 복장은 라이가 링카 성을 거쳐 오며 흔히 볼 수 있었던 사막민족 특유의 복장이었지만 그것만으로는 어느 나라 사람인지 알 수가 없었다.

"케이론, 머리 좀 열어봐. 아래로 내려가 보게."

시체가 있던 조정석으로 내려간 라이는 순간 코가 마비될 것만 같은 냄새에 눈살을 왈칵 찌푸렸다.

"커억! 와, 냄새 한번 지독하네!!"

시체는 한창 부패되고 있는 중이었다. 악취가 진동을 하긴 했지만, 이대로 포기할 수는 없었기에 코를 움켜잡으면서도 혹시 뭔가 유용한 게 없나 시체의 몸을 뒤져봤다. 하지만 실망스럽게도 시체에서 얻을 수 있는 건 별로 없었다. 라이처럼 필요한 물품을 배낭에 넣고 움직이는 게 아니라, 낙타나 말 같은 것에 싣고 이동하던 중 타이탄에 탑승했던 것 같다. 그렇지 않고서야 이렇게까지 가지고 있는 짐이 없을 리가 없다.

제법 묵직한 돈주머니와 시체 손가락에 끼어 있던 반지, 그리고 어떤 용도로 사용하는지 모를 짤막한 금속성 막대 하나, 시체 품속에서 꽤 비싸 보이는 단검 한 자루를 얻을 수 있었다. 반지나 막대 표면에는 상당히 복잡한 주문이 빽빽이 음각되어 있는 것으로 보아 마법도구인 듯싶었다.

문제는 사막민족 복장 안쪽에 입고 있는 상당히 고급품으로 보이는 가죽갑옷이었다. 시체의 옷까지 벗겨 입어야 하나 잠시 고민했지만 자신의 갑옷은 이미 샌드 웜의 이빨에 씹혀 너덜너덜한 상태였고, 마법진이 깨졌는지 마법도구로서의 기능이 멈춰버린지 오래다. 찝찝한 마음이 들지라도 시체의 가죽갑옷으로 갈아입지 않을 수가 없는 것이다. 코를 찌르는 악취를 참아가며 간신히 가죽갑옷을 벗기다 보니 나중에는 후각이 마비되어 악취가 나는지도 모를 정도가 되었다.

"휴우, 겨우 벗겼네!"

가죽갑옷의 원 주인에게는 미안했지만, 라이로서는 선택의 여지가 없었다. 샌드 웜에게서 탈출하는 도중, 또 어떤 위험한 상황을 겪게 될지 알 수가 없었기 때문이다. 그런 만큼 쓸만해 보이는 가죽갑옷을 도저히 포기할 수 없는 것이다.

벗겨낸 가죽갑옷에는 시체에서 흘러나온 액체와 오물이 잔뜩 묻어있었고, 지독한 악취까지 풍기고 있었지만, 어쩔 수 없었다. 라이는 자신의 갑옷을 벗어던지고 새로 얻은 가죽갑옷으로 갈아입었다. 만약 탈출에 성공한다면, 그때 세척을 하든지 아니면 버리든지 결정하기로 마음먹었다.

"정작 필요한 식량이나 물을 단 한 방울도 얻지 못했으니 이 일을 어쩌면 좋으냐?"

『……』

케이론이 반응해주길 기대했기에 말을 한 건 아니었지만, 아무런 대꾸도 없다 보니 기분이 착 가라앉는다. 여전히 절망적인 상황이라는 건 변하지 않았다. 하지만 한 가지 희망이 생겼다.

라이놀 조장은 타이탄이 최강의 병기라고 했었다. 타이탄을 다루는 법에 대해서 제대로 교육을 받은 건 아니었지만, 그래도 두껍고 튼튼한 철판들로 보호되는 조종석에 앉아 있으니 든든한 기분이 드는 건 사실이다. 문제는 이 타이탄을 제대로 사용할 수 있느냐 하는 것뿐.

라이는 타이탄을 움직여 검을 뽑아 들었다. 그리고 힘껏 휘둘렀다. 목표는 바닥에 돌출되어 있는 거대한 뼈들 중 하나.

캉!

검날이 깨질 정도로 강한 공격이었지만, 번쩍하고 불꽃이 튄 것 이상의 반응은 없었다. 오히려 자신이 검술을 써서 공격한 것보다도 훨씬 공격력이 약한 것처럼 느껴졌다.

"에게? 이게 뭐야?!"

손상됐던 검도, 그리고 웜의 뼈대도 곧바로 복구되어 버렸기에 방금 전 자신이 뭔가 하기는 했던 걸까? 하는 의심마저 들 정도였다. 타이탄의 조정을 잘못한 걸까? 아니면 자신이 뭔가 잘못한 것일까? 고심하던 라이는 타이탄에게 직접 물어보기로 했다.

"내가 검을 쓰는 방법이 틀렸나? 생각보다 너무 위력이 약한 거 같은데……."

『아니다, 전의 주인도 그렇게 했었다』

"네 전 주인도 너를 활용하는 연습을 많이 했겠지? 어떤 연습이었어?"

『타이탄 간의 대전연습을 주로 했었다』

"내게 보여줄 수 있어?"

라이의 부탁에 케이론은 일어서서 자세를 잡았다. 왼쪽 방패를 머리 앞에 바짝 올려 방어를 하는 한편, 오른손에 든 검으로 공격 자세를 잡는다.

『이렇게 방패를 올려 상대의 공격을 막으면서, 오른손의 검으로 공격한다. 바닥이 고르지 못해 자세를 잡기 힘들지만, 이런 방식으로 검을 휘둘러 공격했었다』

그러면서 케이론은 적을 공격하는 방식을 몇 가지인가 보여 줬다.

"한 가지 궁금한 게 있는데, 너와 나는 정신적으로 연결되어 있다고 들었어. 이를테면 네 시각을 통해서 이렇듯 어두운 밖을 볼 수 있듯이, 너 또한 내 시각을 공유한다고 말이야."

『정확하다』

"그 정신적 공유는 계속 이어지는 거야? 그러니까 내 말은, 자신의 타이탄을 평상시에는 공간 저편에 들어가게 했다가 필요할 때만 밖으로 꺼낼 수 있다던데?"

『그렇다』

"그렇다면 공간 저편으로 간 이후에도 나하고 연결되어 있는 거지? 내 말은, 내가 하는 말이나 행동을 네가 인지할 수 있느냐 하는 거야."

『당연하다. 그렇지 않다면 네가 불렀을 때 응답할 수 없지 않겠는가』

"그러네. 내가 너무 당연한 걸 물었네. 그렇다면 너는 전 주인이 너와 함께하지 않을 때, 뭘 했는지도 잘 알고 있겠네?"

『전 주인의 일상은 아주 단조로웠다. 매일 똑같은 일들을 반복했었지. 여러 사람과 대화를 하기도 하고, 샤이하드라는 신에게 기도하는 데 많은 시간을 할애했다. 그리고 때때로 동료들과 검술대련을 하기도 했고』

"전혀 도움이 안 돼……."

너무 뜬구름 잡는 듯한 설명이었기에 내심 실망하던 라이는 혹시나 싶어 케이론에게 다시 물었다.

"너를 만든 나라가 어느 나라인지는 알아?"

『나를 만든 나라?』

"네 주인이 살았던 나라말이야."

『무슨 얘긴지 모르겠다. 나라라는 게 뭔가?』

"나라! 국가, 몰라?"

『모른다』

"이거 나보다도 더 무식한 녀석일세."

타이탄이란 마법 생명체에 있어 모국(母國)이라는 개념은 물론, 나라라는 개념 자체가 없다는 생각이 들었다. 하지만 오랜 세월 살아왔다면 전 주인들에게 뭐라도 들은 게 있을 게 아닌가. 혹시 생각보다 만들어진 지 얼마 되지 않았나? 아니면 주인들과 별로 대화를 나누지 않는 과묵한 타입인가?

"지금까지 주인은 몇 명이나 섬겼어?"

『섬긴다는 게 무슨 말이지?』

"그러니까……, 너하고 계약을 맺은 사람 숫자 말이야."

『네가 두 번째 계약자다』

케이론은 어휘력도 부족한 데다 상식 또한 상당히 부족했다. 자신 외에 주인이 한 명밖에 되지 않았다는 대답에 라이는 케이론이 만들어진 지 얼마 되지 않은 타이탄일지 모른다는 생각이 문득 들었다.

"너, 만들어진 지는…, 아니 태어난 지는 얼마나 됐지?"

『모른다』

좀 더 얘기를 나눠보니 타이탄은 시간이라는 개념 자체가 없다는 걸 알 수 있었다. 하기야 영원한 시간을 살아가는 마법 생명체에게 시간이라는 건 무의미한 개념이리라.

"아, 정말……. 너하고 제대로 된 대화를 하려면 많은 걸 가르쳐야겠군. 똑똑히 기억하고 있어. 내가 속한 나라는 마도왕국이라고 불리는 알카사스 왕국이야. 듣기로는 제국이라 불려도 손색이 없을 정도로 넓은 영토와 강한 국력을 지니고 있는데. 그런데도 스스로 왕국이라고 부르는 건, 무역을 하는 상대 나라에 조금이라도 약한 이미지를 심어주기 위해서라고 하더군. 코린트나 크루마처럼 강대국의 악평이 자자해서는 무역을 하기가 힘드니까 말이야."

『무슨 얘긴지 모르겠다. 모르는 말이 너무 많다』

"나중에 더 자세히 말해줄게. 지금은 그저 그런 게 있다는 것만 알고 있어."

지금 자신의 말 상대라고는 오직 이 타이탄뿐이었다. 얘기를 해보니 워낙에 무식했기에 조금이라도 뭔가를 가르쳐주기 위해서라도 끊임없이 대화를 할 수밖에 없었다. 덕분에 안 좋은 현 상황을 잊어버려 잡생각이 떠오르지 않아 좋았다.

어둠 속에 갇혀 있다 보니 얼마나 많은 시간이 흘렀는지는 모르겠지만, 잡아먹힌 이후로 꽤나 많은 시간이 흐른 게 분명하다.

육안으로 보는 것보다는 타이탄의 눈을 통해 보는 게 약간 좋긴 했지만, 그래도 어두운 건 마찬가지다. 라이는 케이론에게 머리를 열어달라고 한 다음, 마도구의 불빛을 이용해서 주변을 관찰했다. 촛불보다 작은 불빛이긴 했지만 그래도 없는 것보다 백배는 낫다.

샌드 웜의 몸속 움직임을 장시간 관찰하고 있다 보니, 그 움직임에 규칙적인 패턴이 있음을 알 수 있었다. 우둘투둘 솟아올라 있는 샌드 웜의 뼈대들은 마치 시계추처럼 제자리에서 앞뒤로만 움직인다. 그리고 솟아올라 있는 뼈대들 간의 간격이 규칙적으로 줄어들었다가 늘었다가 한다. 샌드 웜의 제일 뒷부분에서 보고 있자니 그 움직임의 파형이 몸 전체에 걸쳐 리드미컬하게 진행된다. 간격이 줄어들었다가 늘었다가 하는 게 저 앞쪽에서부터 시작해서 뒤쪽으로 빠른 속도로 물결친다.

그런 단조로운 움직임을 계속 보고 있자니 졸음이 슬슬 쏟아진다. 하지만 잠들면 안 된다. 지금 샌드 웜은 동료들을 먹잇감으로 쫓아가고 있을 게 틀림없다. 자신의 생각이 최악이라는 건 잘 알고 있었지만, 라이는 그때 외에는 이곳을 탈출할 기회는 없다는 걸 잘 알고 있었다. 그런 만큼 지금은 정신을 바짝 차리고 그때를 기다려야만 했다.

탈출은 항문으로

37

사막의 이변

라이는 타이탄을 이끌고 샌드 웜의 가장 뒤쪽에 도착했다. 샌드 웜의 장갑판들의 크기가 점점 작아지며 한곳에 작은 구멍을 만들고 있었다. 그 구멍이 항문일 가능성이 컸다.

"찾았다!"

하지만 항문을 찾은 게 마냥 기쁘지만은 않았다. 항문을 뚫고 밖으로 나갔을 때 깊은 모래 속이라면 그대로 죽을 게 뻔했으니까. 그래도 이대로 주저앉아 있다 굶어 죽는 것보다는 나을 것이다.

"어쨌거나 탈출하기 가장 좋은 위치에 도달했어. 그런데 얼마나 더 기다려야 할까?"

라이는 조원들 중에서 실력이 뒤떨어지는 자신이 가장 먼저 당했다고 오해하고 있었다. 그렇기에 자신이 당한 것을 본 조원들이 분명 이 괴물을 잡으려고 할 때 탈출하는 게 가장 살아날 가능성이 높다고 생각했다.

"젠장, 하지만 이놈이 그냥 모래 속에 처박혀 있다면 내게 탈출할 기회는 아예 안 온다는 얘기잖아."

그래도 기대를 걸어볼 만한 건 자신보다 실력이 월등한 조장이 어떻게든 해주지 않을까 하는 막연한 기대심뿐이었다. 만약 탈출할 수 있는 기회가 있다면, 샌드 웜이 또 다른 먹이를 잡아먹기 위해서 모래 위로 올라왔을 때뿐이다.

조마조마한 마음으로 뭔가 변화가 있기만을 기다리고 있을 때 갑자기 샌드 웜의 몸이 거칠게 뒤흔들렸다. 울퉁불퉁 솟아있는 돌기들이 맹렬한 속도로 움직이는 거야 변함없었지만, 갑자기 몸이 한쪽으로 확 기울어지는 게 느껴진 것이다. 분명 놈이 급히 방향을 꺾은 것이다. 라이는 어쩌면 자신이 원하는 기회가 생각보다 좀 더 빨리 찾아올지도 모르겠다고 생각했다.

샌드 웜이 모래 속을 움직이는 속도는 그리 빠르지 못하다. 물고기가 물을 삼켜 옆의 아가미를 통해 내뱉듯, 앞쪽의 모래를 입으로 삼켜 옆쪽으로 내뿜어 앞쪽에 공간을 만든다. 그 공간 속으로 몸 전체를 덮고 있는 장갑판 같은 비늘들을 움직여 앞으로 나가기에 속도가 빠를 수가 없다. 지면 위로 올라간다면 상당히 빠른 속도를 낼 수 있긴 했지만, 그건 아주 위험한 행동이었다. 그렇기에 언데드가 된 상태에서도 샌드 웜은 본능대로 모래 속으로만 이동하고 있었다.

조장과 부조장이 샌드 웜에 의해 죽임을 당하자, 그 부하들은 뒤도 돌아보지 않고 도망쳐 버렸다. 그때 동료들이 도망친 것도 모르고 검의 세계에 빠져있던 라이가 마지막으로 놈의 뱃속에 들어가게 된 것이고.

라이까지 잡아먹은 후, 샌드 웜은 또 다른 먹잇감을 물색하며 움직였지만, 이미 먹음직한 먹잇감들은 모두 전력으로 도망쳐 버린 후였다. 기사들과 달리 상대적으로 속도가 느린 탓에 뒤쪽으로 처져있는 용병들이나 사냥하는 수밖에 다른 선택지가 없었다. 말에 탄 용병들은 비교적 빠른 속도로 도망치고 있었지만, 식량이나 물 등을 싣고 있는 마차들은 속도가 느려 뒤로 처질 수밖에 없다.

전속력으로 내달리고 있는 수송부대의 속도조차 샌드 웜이 이동하는 속도보다는 빠르다. 하지만 샌드 웜은 언데드였기에 며칠이고 간에 쉬지 않고 달릴 수 있는 데 반해 마차부대는 그렇지가 못하다. 지금은 언데드들을 피해서 전속력으로 도망치고 있었지만, 그 속도가 영원히 지속될 수는 없는 것이다. 결국에는 가장 뒤에 처진 사람들부터 하나하나 샌드 웜의 먹이가 될 수밖에 없으리라.

수송부대를 노리고 전속력으로 이동하고 있던 샌드 웜의 감각에 더욱 먹음직한 새로운 먹잇감이 포착되었다. 샌드 웜이 언데드로 다시 태어난 이래 이렇게까지 강한 생명의 기운을 뿜어내는 먹잇감은 본 적이 없다. 그렇기에 샌드 웜은 재빨리 방향을 틀어 그쪽으로 이동하기 시작했다. 샌드 웜의 촉각에 걸린 사람은 다름 아닌 브로마네스의 명령을 받고 그 뒤를 따르며 은밀히 호위하고 있던 올란도였다.

다른 언데드들은 샌드 웜만큼 뛰어난 감각을 지니고 있지 못했기에 도망치는 용병들의 뒤를 쫓아 계속 동쪽으로 이동하고 있었지만, 샌드 웜은 방향을 틀어 북쪽으로 달려가기 시작했다.

브로마네스의 뒤를 쫓아 동쪽으로 이동하고 있는 올란도를 포착하고는 그의 앞쪽으로 질러가 기습을 하려는 것이다.

링카 성에 도착한 올란도는 자신의 주인인 아르티어스(?)라는 드래곤과 만날 수 있었다. 밤에 몰래 찾아온 드래곤은 자신이 현재 유희를 즐기고 있다는 것을 밝혔다. 그러면서 그는 자신이 속해있는 용병대가 베이라 성을 기습하기 위해 출동할 것임을 알려줬다. 올란도에게 주어진 임무는 먼 거리에서 주인 뒤를 따르며 보호하다가 위험한 상황이 닥치면 그때 나와서 도와달라는 것이다. 덧붙여 주의할 점도 전달되었다. 용병단 내에 마법사가 몇 명 있으니 그들의 눈에 띄지 않도록 주의할 필요가 있다는 것이다. 가급적 주위 사람들이 눈치채지 못하도록 비밀리에. 비밀리에 돕는 게 불가능하다면 다른 사람들이 의심하지 않게 우연히 만난 것처럼 가장해서 도와달라는 명령이었다.

올란도로서는 이해할 수가 없는 임무였다. 아무리 유희 중이라고는 하지만 천하에 드래곤을 위험에 빠뜨릴 수 있는 존재가 있을 리 없다는 것을 잘 알기 때문이다. 하지만 어쩔 수가 없었다. 드래곤이 하라니 하는 수밖에.

"나에게 위급 시 도와달라는 말을 한 거 보면, 자신이 드래곤이라는 걸 드러내고 싶지 않다는 뜻이라고 생각했었는데……."

하지만 그 뒤로 보여준 드래곤의 행태는 아무리 봐도 조심 따위와는 거리가 멀었다. 골드 드래곤임을 과시라도 하듯 눈에 확 띄는 화려한 긴 금발. 몬스터가 나타나면 앞장서서 목을 베며 실력 과시를 하고 있지 않은가. 저러면서 왜 자신에게 은밀히 도와달라고 한 걸까? 도무지 이해할 수 없는 노릇이었다.

"내가 편히 뒹굴뒹굴 놀고 있는 게 배가 아파 사막에서 고생이나 좀 하라고 부른 건가?"

브로마네스가 그를 부른 건 이곳 사막지대가 실버 드래곤들의 영역이었기 때문이었다. 하지만 그런 사실을 알 리 없는 올란도로서는 황당할 수밖에 없었던 것이다.

어찌 되었든 별 탈 없이 흘러가는 듯하던 주인 놈의 유희가 갑자기 이상하게 꼬인 건 수많은 언데드의 출현 이후부터였다. 작은 토성에 언데드 떼가 득실거리더니, 이제는 거대한 언데드 전갈까지 그 모습을 드러냈다. 주인이 언데드 거대전갈을 어떻게 하지 못해 쩔쩔매는 걸 보고 올란도는 이제 자신이 나설 때가 된 게 아닌가 하는 생각을 했었다. 하지만 곧이어 알카사스의 정규 기사들이 나타나 모든 상황을 정리해 버렸다.

그래듀에이트급 기사들이 용병단에 합류하자 올란도는 쌍방 간의 거리를 더욱 벌렸다. 거리가 멀어질수록 위험에 처했을 때 빠르게 돕기는 힘들어지겠지만, 그게 무슨 문제겠는가. 그래듀에이트급 기사들이 가세했는데 말이다. 물론 제대로 된 기사분대는 아니고 정찰조이기는 했지만, 그것만 해도 충분할 듯 보였다. 이제 며칠만 더 가면 링카 성이었으니까.

"젠장, 이 지긋지긋한 임무도 이제 다 끝나가는군. 두 번 다시 하고 싶지 않은 끔찍한 임무였어."

물을 구하기 힘든 것도 문제였지만, 건조식량만 씹으며 은밀히 따라다니는 게 더욱 큰 고역이었다. 자신의 주인은 은밀히 뒤를 쫓으라는 주문을 내렸다. 더구나 용병단에는 마법사들까지 있다. 그 때문에 올란도는 감히 불을 피울 엄두조차 내지 못한 채 지금까지 뒤따라온 것이다. 이 모든 게 숨을 곳이라고는 전혀 없는 삭막한 사막 지역이다 보니 더욱 고통스러웠다.

기사단이 합류했기에 한숨 놨더니, 최악의 사태는 바로 그날 밤에 벌어졌다. 설마하니 저렇게 엄청난 언데드 떼가 갑자기 모습을 드러내 용병단을 기습할 거라고는 상상조차 해보지 못했었다. 하지만 올란도는 섣불리 뛰어나가지 않고 일단 지켜만 보았다. 아무리 언데드 떼의 숫자가 많다고 해도 그렇게까지 문제될 건 없다는 걸 잘 알고 있었기 때문이다. 언데드 떼를 전멸시키는 것이라면 몰라도, 용병단의 후퇴를 엄호하며 함께 퇴각하는 정도라면 기사들만의 힘으로도 충분하다는 걸 그는 잘 알고 있었으니까. 더군다나 사람들의 관심을 받는 걸 노골적으로 즐기는 자신의 주인도 분명 한몫 끼어 도울 테고 말이다.

올란도는 용병단이 불빛을 밝히며 사막을 질주하는 걸 보고는 정상적인 후퇴라고 판단했다. 적당한 간격을 유지하며 뒤따라가고 싶었지만, 용병단과 그와의 사이에는 언데드 떼가 위치하고 있어 은밀히 따라가는 것이 힘들었다. 그래서 올란도는 용병단과의 거리를 좀 더 멀리 벌렸다. 그래야 자신을 향해 달려드는 언데드들을 해치워도, 그래듀에이트나 마법사에게 들키지 않을 테니까. 그런 이유 때문에 그는 샌드 웜이 나타나 용병단 뒤를 쫓고 있다는 것을 전혀 눈치채지 못하는 엄청난 실수를 저

질렀다.

"젠장, 링카 성에 도착하면 시원한 맥주부터 마실 거야. 지하실에서 갓 꺼낸 차가운 맥주로 꺼칠해진 목구멍을 깔끔하게 씻어내는 거야……."

혼잣말을 중얼거리던 올란도는 순간 머리털이 쭈뼛 서는 듯한 강렬한 공포심을 느꼈다. 뭔가 위험한 존재가 자신을 공격하려 한다는 것을 본능적으로 느낀 것이다. 올란도는 깊이 생각하지 않고 본능에 몸을 맡겼다. 지체하지 않고 낙타 등에서 벌떡일어나 힘껏 위로 도약했다. 그 순간 자신이 타고 있던 낙타 주위로 뭔가 둥근 벽 같은 것이 위로 솟구쳐 오르는 게 보였다. 자신의 위기 감각이 틀리지 않았던 것이다.

"헉! 저게 뭐지?"

솟아오르며 낙타를 집어삼켰던 벽의 윗면이 빠르게 닫히는 것을 보고서야 올란도는 그게 샌드 웜, 그것도 상상을 초월할 정도로 거대한 샌드 웜이라는 것을 알 수 있었다. 사막에 샌드웜이라는 초대형 몬스터가 서식한다는 얘기는 들었지만, 저렇게 클 줄은 몰랐다.

샌드 웜의 기습공격을 간신히 회피한 올란도는 잠시 고민에 빠졌다. 이대로 싸울까? 아니면 굳이 싸울 필요 없이 도망칠까. 저 덩치라면 속도는 당연히 느릴 수밖에 없을 테니 뒤쫓아 올 가능성은 거의 없다고 봐야 했다. 하지만 그렇게 되면 먹잇감을 놓친 샌드 웜이 어디로 갈 것인가가 문제였다. 아마 올란도를 놓치게 되면 그다음은 이동속도가 느린 용병단의 뒤를 쫓아갈

가능성이 가장 컸다.

"어쩔 수 없지. 저놈이 만약 용병단을 따라가 분탕질을 치게 되면 그 망할 놈의 도마뱀이 날 가만히 놔둘 리가 없잖아."

용병단원들 몇 명 정도 잡아먹히는 거야 자신이 신경 쓸 일도 아니지만 혹시라도 그게 망할 놈의 드래곤의 신경을 거슬렸을 때의 후폭풍이 두려운 것이다. 얼마 전에 자신을 뒤따르며 은밀히 호위하라는 명령을 받았을 때는 별 헛소리를 다 한다며 내심 비웃었었다. 드래곤이 뭐 무서울 게 있어서 자신을 호위하라고 명령한단 말인가. 하지만 초대형 샌드 웜을 직접 만나보니 비웃었던 예전 생각이 싹 달아나 버렸다. 아무리 드래곤이라고 해도 저런 거대 몬스터를 죽이려면 자신의 정체를 드러내야만 할 테니까.

올란도는 멀리 도망치는 용병단 쪽을 힐끗 바라봤다. 자신과 거리도 멀리 떨어져 있는 데다 때마침 밤이었다. 더군다나 용병단은 수많은 언데드 떼를 피해 뒤도 돌아보지 않고 도망치고 있는 중이었다. 자신이 타이탄을 꺼낸다 해도 알아볼 수 있는 자는 단 한 명도 없으리라.

"이 녀석을 다시 불러오는 날이 올 거라고는 생각 못 했었는데……."

올란도는 일단 전속력으로 달려 샌드 웜과의 거리를 충분히 벌렸다. 타이탄이 공간을 열고 나오는 데 약간이나마 시간이 필요했고, 자신이 탑승하는데도 시간이 필요하다. 그때 샌드 웜의 공격을 받는다면 답이 없는 것이다.

타이탄을 불러내 간신히 탑승하는 데까지 성공한 올란도는 급히 타이탄의 검부터 뽑아 들었다. 그제서야 안심이 되며, 자신감이 솟아오른다. 저런 괴물은 타이탄 없이 상대가 불가능하다는 것을 본능적으로 느끼고 있었기 때문이다.

　"오랜만이야, 라미루스."

　『……』

　너무 오랫동안 불러내지 않아서 그런지 삐져버린 모양이다. 대답도 않고 있는 라미루스를 향해 올란도는 능청스레 말했다.

　"오랜만에 손 한번 같이 맞춰 보자고. 너를 불러낼 수밖에 없는 손색없는 상대니까."

＊　　＊　　＊

　라이는 있는 힘껏 기지개를 켜며 잠을 쫓아보았다. 그리고 또다시 타이탄에게 말을 걸었다. 아무래도 그냥 이렇게 멍하니 있다가는 그냥 잠들 것만 같았기 때문이다.

　"케이론, 네 전 주인은 어떤 사람이었어?"

　『잘 모르겠다. 마나의 품질은 그럭저럭 괜찮았지만……』

　"성격은 어땠어?"

　『성격이라는 게 뭐냐?』

　케이론의 되물음에 라이는 타이탄과 자신의 생각의 벽이 무지 높지 않을까 하는 생각이 들었다.

　"품성? 뭐, 그런 거 있잖아. 다른 사람한테 잘해준다든지 하는 거."

다른 사람이라고 한 말을 케이론은 다른 타이탄으로 받아들였다. 사실, 그가 주인의 의식과 연결되어 주인이 하는 일을 옆에서 구경하는 건 가능했지만, 태어난 지 얼마 되지 않은 그가 주인이 뭘 하는지 알 수는 없었다. 그가 주인과 제대로 소통한 것은 다른 타이탄과의 전투 때뿐이었다.

『다른 타이탄과의 모의전 실력이 썩 좋지는 못했었다. 나로서는 썩 기분이 좋지 못했다. 주인이 미숙하다는 게……. 너는 어떠냐?』

케이론의 질문에 라이는 얼굴이 화끈 달아오르는 걸 느꼈다. 자신은 그 미숙하다는 평가의 전 주인보다 훨씬 더한 생초보였으니까.

"그, 그러니까…, 네 기대에 부응하기 위해 최선을 다하도록 할게."

『……?』

더 이상 할 말도 없던 차에, 단조로운 움직임만 지속하던 샌드 웜의 움직임이 갑자기 급변했다. 리드미컬하게 간격이 늘었다 줄었다 하던 뼈대 전체가 급격히 간격을 줄인 것이다. 샌드 웜의 앞쪽 머리 부분이 뒤로 빠르게 다가오는 것 같다고 느껴진 그 순간, 다닥다닥 붙었던 모든 뼈대들이 확 벌어지며 샌드 웜의 머리 부분이 위쪽으로 튕겨 나가듯 멀어진다. 보나 마나 뭔가를 공격하고 있는 모양이다.

"지금이야! 머리 닫아!"

그렇다. 기회는 지금뿐이다. 뭔가를 공격했다는 건, 지금 샌드 웜의 머리 부분이 지상 위로 튀어 나가 있다는 소리였다. 시간이 없다. 공격이 끝나면 샌드 웜은 곧바로 지하로 파고 들어가게 된다. 그 전에 반드시 탈출해야만 하는 것이다.

머리가 제대로 닫히기도 전에 라이는 케이론에게 지시부터 내렸다.

"저기를 벌리고 나가야 해! 케이론, 힘 좀 써 봐. 할 수 있겠어? 빨리 움직여!"

항문 쪽 장갑판에 달려들어 손으로 힘껏 밀었다. 다행히도 그리 어렵지는 않았다. 라이는 모르고 있었지만, 이건 샌드 웜이 일부러 항문 쪽을 열어준 것이었다. 샌드 웜도 자신의 뱃속에 살아있는 생명체가 들어있다는 건 진작부터 알고 있었다. 그렇게 강한 생기를 뿜어대고 있는데 모를 수가 없는 것이다.

하지만 자신의 배 안에 있는 먹잇감을 어떻게 할 수단이 없다는 게 샌드 웜으로서는 황당한 일이었다. 그 어떤 공격수단도 없는 것이다. 그렇다면 밖으로 배출했다가 다시 입 안에 넣어 이번에는 좀 더 확실하게 죽여서 삼키면 될 일이다. 그렇기에 샌드 웜은 라이가 밖으로 탈출할 수 있도록 일부러 항문을 활짝 열어줬던 것이다.

항문을 통해 밖으로 나오자 사방은 온통 모래였다. 라이는 케이론에게 급하게 지시를 내렸다. 모래 위쪽으로 올라가라고. 자신은 어디로 가야 지표면인지 그것조차 알 수가 없었다. 눈에 보이는 게 모두 다 모래뿐이었으니까. 호흡을 위해 작게 나 있는 환기 구멍으로 모래가 새들어오고 있었다. 시간이 없는 것이다.

"케이론! 위로 올라가 줘. 제발 빨리! 나 죽을 거 같아!"

케이론이 어떻게 움직였는지는 모른다. 좌석에 앉아있는 라이의 눈에 보이는 거라고는 온통 모래뿐이었으니까. 하지만 곧이어 케이론이 모래 위로 솟구쳐 오른 것은 라이도 알 수 있었다. 시야가 환하게 밝아지며 밤하늘의 별들이 보인 것이다.

"드디어 밖으로 나왔다!! 오, 신이시여. 감사드립니다!"

하지만 라이는 자신이 지금 신께 감사나 드리고 있을 한가한 상황이 아님을 금방 깨달았다. 멀지 않은 곳에 타이탄이 한기 보였고, 샌드 웜은 그 타이탄에게 공격을 당하면서도 모래 속으로 파고 들어가고 있는 중이었다. 타이탄이 휘두르는 검은 엄청나게 컸지만, 샌드 웜은 그보다 더 월등하게 컸다. 거대한 타이탄의 검조차 마치 장난감처럼 보일 정도였다.

순간, 라이는 신기한 장면을 볼 수 있었다. 샌드 웜과 싸우던 타이탄의 검이 갑자기 밝은 빛을 뿜은 것이다. 그건 라이도 익히 알고 있는 기술이었다.

"상승검법?"

타이탄을 탄 상태로 상승검법을 구사할 수 있다니. 라이는 그 사실을 처음 알았다. 그리고 상승검법이 지니는 파괴력이 얼마나 엄청난지도 잘 알고 있었던 라이였기에, 그 엄청난 검격을 당한 상태에서 아무렇지 않은 듯 모래 속으로 파고 들어가는 샌드 웜에 공포를 느끼지 않을 수 없었다.

"저 괴물은 도저히 이길 수 없어."

밖에서 보니 자신이 생각했던 것보다 샌드 웜은 더욱 컸다. 더군다나 저 단단한 맷집! 상승검법의 엄청난 공격을 당했는데도 아무렇지도 않은 듯 모래 속으로 미끄러지듯 파고 들어가고 있다니.

샌드 웜의 두려움에 한기가 느껴지며 온몸이 부르르 떨린다. 저놈의 뱃속에서 살아서 나왔다는 게 도저히 믿어지지 않는다.

"꿀꺽!"

이대로 도망쳐야 하나? 아니면 저 사람과 힘을 합쳐서 싸워야 하나?

재빨리 상황을 판단한 라이는 전력을 다해 도망쳐 버렸다. 타이탄을 조종하는 법도 제대로 모르는 상황에서 저런 거대 언데드와 전투를 한다는 것 자체가 자살행위라는 걸 잘 알고 있었기 때문이다.

샌드 웜의 공격을 피하자마자 올란도는 전력을 다해 공격을 퍼부었다. 한껏 마나를 끌어모은 오러 블레이드 공격에 막강하기 그지없던 샌드 웜의 외피가 엄청난 충격을 받고 들썩였다. 그중 일부는 박살이 나며 떨어져 나갔지만, 순식간에 옆쪽에 있는 다른 외피들이 움직여 대체된다. 이런 식이면 얼마나 많은 공격을 가해야 할지 짐작조차 되지 않는다.

그런데 이때 샌드 웜의 뒤쪽 모래 속에서 웬 타이탄 하나가 불쑥 올라오는 게 보였다.

"저건 또 뭐야?"

'들킨 건가? 용병단에 합류한 건 정찰조뿐이라고 생각했었는데, 오너가 하나 끼어 있었네.'

곧이어 올란도의 시야에 상대 타이탄에 그려져 있는 문장이 들어왔다. 다른 문장은 없고 오로지 검은 황소 하나만 흉갑에 그려져 있을 뿐이다. 자신의 정체를 드러내지 않으려는 타이탄들이 흔히 쓰는 수법이었다. 아마 어딘가의 나라에서 이곳에 언데드가 창궐하고 있다는 정보를 입수하고 살펴보러 온 것이리라.

"어이, 이봐."

올란도가 말을 채 꺼내기도 전에 저 타이탄은 전속력으로 달아나 버렸다. 올란도는 어이가 없었다. 달아나고 싶은 건 자신인데, 그걸 저 망할 놈이 먼저 해버리다니.

"젠장, 내가 먼저 도망쳤어야 하는 건데……."

방금 전의 충돌로 올란도는 정확히 적과 자신의 능력을 파악할 수 있었다. 저건 자신 혼자서 감당할 수 있는 적이 아니다. 정면대결이라면 어떻게든 해볼 만하겠지만, 방금 전처럼 일격을 날리고 재빨리 모래 속으로 숨어버리는 식의 공격이 계속된다면 상대하기가 아주 까다롭다.

정체불명의 타이탄이 샌드 웜의 뒤쪽에서 갑자기 튀어나온 것도 아마 놈에게 삼켜졌다가 항문을 뚫고 탈출한 것으로 추측되었다. 그게 아니라면 모래를 뚫고 샌드 웜의 뒤에서 갑자기 타이탄이 솟아나올 이유가 없는 것이다.

"어쩔 수 없지. 나도 이대로 도망치는 게 좋겠군. 물론, 저 망할 놈이 도마뱀이 있는 곳으로 가지 못하게 적당히 멀리 끌고 가야 하겠지만 말이야."

마음을 정한 올란도는 전장에서 이탈해 달리기 시작했다. 너무 빨리 달리면 샌드 웜이 쫓아오지를 못한다. 그렇다고 너무 느렸다가는 공격을 당한다. 샌드 웜이 쫓아올 수 있을 정도의 적당한 속도로 달려야 했다. 샌드 웜이 전속력으로 따라오고 있는 만큼 소음이 발생하는 건 당연했다. 물론 미세한 소음이긴 했지만, 용병단 쪽에서 눈치챌까 은근히 신경이 쓰였다.

올란도는 샌드 웜과의 거리를 가늠하며 적당한 속도로 달리기 시작했다. 놈을 유인해 용병단이 있는 곳과 전혀 다른 방향으로 끌고 가 떼놓으려는 것이다.

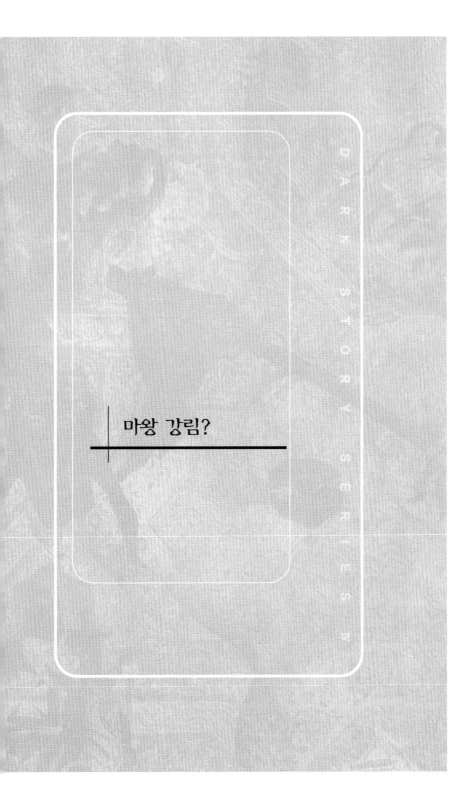

마왕 강림?

37

사막의 이변

전속력으로 타이탄을 질주하게 한 라이는 샌드 웜이 시야에서 완전히 사라지자 급격히 속도를 늦췄다. 자기 혼자 달리는 것에 비해서 타이탄에 탑승한 채 움직이는 쪽이 훨씬 힘들었다. 그건 타이탄이 기동하기 위해 라이의 마나를 쪽쪽 뽑아내어 연료로 쓰기 때문이었다. 타이탄에 탑승해 있는 쪽이 든든한 건 사실이지만, 라이는 급속도로 빠져나가는 마나의 상실감을 버티지 못했다. 지금껏 단 한 번도 이런 상실감을 느껴본 적이 없다. 육체적인 노동을 한 것도 아닌데, 온몸에서 힘이 쭉 빠져나가는 듯한 감각이 느껴지다 보니 당황한 것이다.

일단 위기는 넘겼다고 판단한 라이는 타이탄을 멈춘 뒤 뛰어내렸다. 그리고는 타이탄을 물끄러미 쳐다봤다. 자신의 몸 상태를 이상하게 만든 녀석이긴 했지만, 그냥 이대로 놔두고 가버리기에는 찝찝했던 것이다. 정찰대 조장인 라이놀이 말했지 않았던가. 기사에게 타이탄을 지급받을 수 있다는 건 얼마나 대단한 영광된 일인지. 그리고 작은 왕국에는 기사라 해도 타이탄을 지급받기 힘들 만큼 값비싼 것인지를.

'어떻게 해야 하나?'

고민을 하고 있다 보니 라이놀이 가르쳐줬던 방법이 문득 떠올랐다. 타이탄은 공간의 저편에 보관시키는 게 가능했었다. 그리고 그건 케이론도 가능하다고 말했었고.

"케이론, 공간의 저편에서 날 기다리고 있어 줄 수 있어?"

『알겠다』

공간의 저편이 뭔지 라이는 이때 처음 봤다. 그게 뭔지는 모르겠지만, 정말로 허공이 쩍 갈라지며 시커먼 공간이 그 모습을 드러냈다. 케이론은 천천히 움직여 그 공간 안쪽으로 들어가고 있었다.

자신의 지시에 따라 공간을 열고 모습을 감추는 타이탄을 향해 라이는 다급하게 큰 소리로 외쳤다.

"케이론, 내가 부르면 꼭 와줘야 돼. 알았지?"

『알겠다』

말이 끝남과 동시에 놀랍게도 그 엄청난 덩치의 타이탄이 눈앞에서 깨끗이 사라져 버렸다. 방금 전까지 자신의 앞에 서 있던 케이론이 남겨놓은 깊은 발자국만 아니라면 이 모든 게 꿈이라고 느껴질 정도다. 그렇다고 자신의 의문을 풀기 위해 잠시 나왔다 다시 들어가라고 한다면 케이론이 화내지 않을까? 하는 생각에 재소환을 하는 건 망설여진다.

"그건 그렇고, 조원들을 찾아서 어디로 가야 하는 거지?"

주위는 아직 짙은 어둠으로 뒤덮여 있었다. 하늘에 뜬 달 하나와 수많은 별들이 밤하늘을 밝히고 있었지만, 아쉽게도 별자리를 보고 방향을 찾는 요령을 라이는 알지 못했다. 더군다나

라이가 아는 몇몇 별자리는 저 북쪽 하늘의 별자리들뿐이다. 식수도 식량도 전혀 없는 만큼, 최대한 빠르게 다른 조원들을 찾으려면 해가 뜨기 전에 움직여야 한다는 걸 라이 역시 잘 알고 있었다. 하지만 지금 당장 움직이기 힘들다는 게 안타까울 뿐이다.

해가 뜨면 대략적인 방향을 알 수 있었다. 주변 지리에 대해서는 제대로 알지 못했지만, 대사막에서 동쪽으로 가면 알카사스 왕국이 있다는 것쯤은 알고 있다. 해가 뜨기 전까지 잠시 휴식을 취할 생각에 모래에 몸을 눕힌 라이였지만, 곧이어 깊은 잠에 빠져버렸다. 샌드 웜과의 격전과 탈출 과정에서 극심한 정신적 피로를 겪었기 때문이었다.

하지만 잠에 빠진 라이는 꿈에도 몰랐다. 만약 올란도가 샌드 웜을 유인해 저 멀리로 달려가지 않았다면, 그는 또다시 쫓아온 샌드 웜의 입속으로 직행해 갈가리 찢겨 죽었을 것임을. 하지만 이런 쪽으로는 경험이 전혀 없던 라이는 이 정도 거리를 벌려서는 샌드 웜의 탐지권에서 벗어날 수 없다는 것을 전혀 몰랐던 것이다.

✳   ✳   ✳

홉킨스가 거느린 용병단의 시야에 지평선 저 멀리 링카 성의 첨탑들이 보이기 시작할 무렵, 323정찰조는 이미 링카 성에 도착해 있었다. 링카 성 인근에 대규모 언데드 집단이 존재하고 있다는 것도 큰 문제였지만, 그보다 더 큰 문제는 323정찰조에 치명적 타격을 가한 언데드 샌드 웜의 존재였다. 샌드 웜과의 조우 후, 그 짧은 시간 동안에 조장 및 부조장, 그리고 라이 위너스라는 신참 조원을 잃었다. 만약 즉시 탈출하지 않았다면 정찰조 전체가 궤멸당했을 거라는 게 조원들의 일치된 의견이었다.

"긴급 상황이다."

콘도르 기사단의 작전을 총 책임지는 작전관은 링카 성에 둥지를 틀고 있었다. 기사단장이 타이탄에 탑승해 최전선에서 적과 싸워야 하는 이상, 기사단 전체 전력이 매끄럽게 움직일 수 있도록 조율해 나가는 건 오로지 작전관의 몫이다.

생환한 323정찰조 기사들의 보고를 접한 작전관은 골치가 아플 수밖에 없었다. 지금 기사단의 전체 전력은 그루시아 후작의 지휘하에 6만 대군이 행방불명된 지역 주위를 샅샅이 훑고 있는 중이었다. 그런데 난데없이 언데드 대군이 링카 영지에서 그리 멀지 않은 위치에 모습을 드러낸 것이다.

"새로운 언데드 대군이 포착된 지역을 지금부터 『B지구』라고 칭하도록 한다."

작전관의 지시에 따라 커다란 지도에 B지구라는 표시가 그려진다.

"후작 각하로부터의 연락은 없었나?"

이미 정보를 접수한 즉시 후작에게 연락을 했었다. 그렇기에 그 결과를 묻는 것이다.

"분견대의 도움을 받아 최대한 빨리 『B지구』로 가시겠다는 답신이셨습니다."

"와이번이라……."

작전관은 지도상에 표시된 『A지구』와 『B지구』를 번갈아 살펴 보며 그 거리를 가늠해 본다. 지금 그루시아 후작이 전체 기사단 전력을 이끌고 샅샅이 훑고 있는 게 『A지구』였다. 그루시아 후 작은 『A지구』를 수색하러 갈 때, 이곳 팔콘 기사단 링카 분견대 에서 용기사 전력 전부를 데리고 갔다. 공간이동 마법의 사용이 불가능한 지역인 만큼, 원활한 수송과 정찰을 위해서였다.

이곳 링카 분견대가 보유하고 있는 와이번의 숫자는 20마리. 다른 지역의 분견대와 비교한다면 엄청난 수였지만, 이곳 지역 의 특수성과 정찰을 해야 하는 면적을 생각한다면 터무니없을 정도로 적은 숫자였다. 그 때문에 그루시아 후작은 각 와이번에 할당되어 있던 저급한 마법사들을 모두 내리도록 하고, 그 자리 에 콘도르 기사단의 마법사들을 탑승시켜 강력한 탐색마법으로 그 일대를 훑고 있는 중이었다.

그런 상황에 다른 지역에서 갑자기 새로운 적의 무리가 나타 났다. 그것도 링카 성과 지척인 위치에. 그루시아 후작이 기사 단 이동에 와이번을 쓴다고 해도 그리 많은 숫자의 기사단원을 이동시킬 수는 없다. 한 번에 옮길 수 있는 숫자가 20명밖에 되 지 않기 때문이다. 현재 시간을 생각한다면 잘하면 두 번 정도 수송이 가능할지도 모른다. 그 정도라면 기사단 전력의 1/3에 조금 못 미치는 숫자였다. 그럭저럭 오늘 바로 탐색작업이 시작 될지도 모르겠다.

그래도 불의의 사태에 이곳 링카 성에 대한 방어에 신경을 쓰지 않아도 된다는 게 그나마 다행이었다. 링카 성에는 와이번을 뺏겨버려 기동력을 완전히 상실해 버린 분견대의 오너 전력이 고스란히 남아있었다. 1개 분대, 타이탄 5기.

"젠장! 기사단의 생명은 기동력인데, 이렇게 원시적인 이동수 단밖에 쓸 수가 없다니……."

투덜거리는 작전관을 달래듯이 수석마법사가 입을 열었다.

"어쩔 수 없지 않나, 작전관."

"수석마법사님, 마법탑 쪽에서 새로 입수된 정보는 없었습니 까?"

콘도르 기사단 수석마법사는 이곳 마법탑을 비롯, 링카의 마법사 세력을 통제하기 위해 성에 남아있었다. 그는 아니라는 듯 고개를 가로저으며 대답했다.

"그날 밤 대규모 마법 반응이 포착된 거 외에는 별다른 반응이 없었다고 하더군. 워낙 먼 곳에서 발동된 마법이었던 만큼, 그 위치를 특정할 수 있었던 것도 마법탑이 아니었으면 힘들었을 걸세."

"허, 사막에서 언데드의 창궐이라니. 세상이 어떻게 되려고 이러는 것인지, 정말."

잠시 생각을 정리하던 작전관이 수석마법사에게 다시 물었다.

"보고된 언데드의 규모로 봐서는 마왕의 강림이 맞겠지요? 수석마법사님의 생각은 어떠십니까?"

"나도 그렇게 생각해. A지구 일대를 용기사들이 샅샅이 훑었지만, 시체 하나 발견되지 않았다고 하지 않던가. 마법탑에 포착된 강력한 마법 반응은 아마도 시체들을 언데드화 한 것이라 추론하는 게 타당하겠지. 그 위치에서 수백 킬로 떨어진 이곳 성에서도 포착될 정도로 엄청난 흑마법을 구사할 수 있는 존재라면 마왕 외에 더 있겠나?"

"흐음……."

자신의 추측이 맞을 거라는 수석마법사의 대답에 머리를 움켜잡던 작전관은 다시 입을 열어 질문을 던졌다.

"혹시 마왕이 본국을 침공해 들어올 가능성이 있다고 생각하십니까?"

뜻밖에도 수석마법사는 즉답으로 딱 잘라 말했다.

"그건 힘들걸."

단호한 대답에도 작전관은 머리를 긁적거리며 다시 물었다.

"생환한 정찰조의 보고로는 언데드화 된 초대형 샌드 웜까지 있다고 했습니다. 그래듀에이트 셋을 그냥 삼켜버렸을 정도의 엄청난 마물인 데다, 그게 한 마리만 있을 거라는 보장도 없지 않습니까?"

반론을 제기했지만 수석마법사의 결론은 변하지 않았다.

"설사 그런 마물이 열댓 마리 더 있다고 해도 내 생각에는 변함이 없네. 자네는 샌드 웜에 대해서 잘 모르는 모양인데, 샌드 웜은 기본적으로 사막에 최적화된 몬스터야. 부드러운 모래사막이라면 몰라도, 링카 성의 기반암(基盤巖)을 뚫고 올라오지는 못하지. 이빨이 길고 성긴 탓에 바위는 고사하고 흙조차 뚫고 들어가지 못하는 것으로 알려져 있어. 그리고 그건 언데드화 된 샌드 웜도 마찬가지일 것이라는 게 내 생각일세."

샌드 웜이 사막을 벗어나 본국을 공격해 들어올 수 없다는 수석마법사의 말에 작전관은 안도의 한숨을 내쉬며 말했다.

"그나마 다행이로군요."

생각을 정리한 작전관은 통신 마법사에게 지시를 내렸다.

"지금까지 수집된 정보를 왕실에 보고하도록 하게."

그러면서 작전관은 방금 전 수석마법사에게서 들었던 얘기도 덧붙여 말해줬다.

"예, 작전관님."

지시를 끝낸 작전관은 수석마법사의 눈치를 힐끗 보며 물었다.

"원로원에도 보고하는 게 좋지 않을까요?"

"그럴 필요까지는 없네. 그건 여기 분견대 쪽에서 알아서 보고하겠지. 약간의 정보만 주어져도 이곳 상황을 손바닥 보듯 꿰뚫어 보고 판단을 내릴 테니까 말이야. 뭐라고 해도 원로원은 본국에서 가장 뛰어난 마법사들의 집합체니까."

그로부터 3시간 후, 작전관은 상부에서 내려온 뜻밖의 지시에 의아함을 감추기 힘들었다.

"다시 한번 더 말해보게. 내가 잘못 들은 게 아닌가?"

작전관의 물음에 통신 마법사는 다시 한번 상부에서 내려온 지시를 보고했다.

"언데드의 침공에 대비하되, 선제공격은 불허한다는 지시였습니다."

"흐음…, 도대체 이해를 할 수가 없군."

고개를 갸웃거리는 작전관에게 통신 마법사가 옆으로 바짝 접근하더니 은밀히 속삭였다.

"제게 지시를 전달한 마법사의 말로는 원로원의 강력한 요청이 있었다고 했습니다."

"원로원이?"

원로원이 그런 요청을 한 이유를 알 수가 없었던 작전관은 수석마법사를 향해 시선을 돌렸다.

"이 말도 안 되는 지시를 수석마법사님께서는 어떻게 생각하십니까?"

위쪽의 지휘석에 앉아있는 건 수석마법사와 작전관 둘뿐이었다. 나머지 지휘부는 아래쪽에 앉아있었다. 방금 전에 통신 마법사가 은밀히 건넨 말을 옆에 앉아 있던 수석마법사는 들었을 것이기에 의견을 묻는 것이다.

머리가 좋지 않으면 마법사가 될 수 없다는 걸 증명이라도 하듯 수석마법사는 이미 감을 잡은 모양이었다. 수석마법사는 사이런스 마법을 사용해 두 사람의 대화 내용이 밖으로 새 나가지 않도록 철저히 막은 다음 대답했다.

"뻔한 거 아닌가."

그 말에 작전관은 고개를 갸웃하며 다시 물었다.

"제가 이해를 못해서 죄송합니다. 그런데 뻔한 거……, 라니요?"

"원로원은 언데드를 이용해 사막 민족을 소탕해 버릴 생각인 거야. 솔직히 말해서 최근 사막 민족의 세력이 급격히 커진 게 사실이니까 말이지."

"예? 그건 무슨……?"

여기까지 말하던 작전관의 뇌리를 스쳐 지나가는 게 있었다. 그렇다. 언데드들의 숫자가 아무리 많다고 해도, 타이탄까지 보유한 막강한 전력을 지닌 왕국의 정규 기사단들을 상대한다는 건 불가능했다. 물론 아직까지 샌드 웜의 전력이 얼마나 되느냐가 베일에 감춰져 있긴 했지만, 수석마법사의 말 대로라면 그 숫자가 아무리 많다고 해도 알카사스 왕국으로의 침공은 불가능했다.

그렇다면 언데드들을 그냥 놔두면, 치명타를 입게 되는 건 결국 사막 민족뿐이라는 얘기가 된다. 언데드들을 소탕하는 건 사막 민족의 뿌리가 뽑힌 다음에 천천히 생각해도 된다. 혹여, 드래곤이 이번 일과 어떤 연관이 있는지 모르는 상황에서 곧바로 기사단을 투입해 전면전을 치르는 건 잠재적 위험이 너무 높다고 판단한 것일까?

"허…, 그런 수가 있었군요. 하지만 이게 외부에 밝혀지면 본국은 막대한 오명을 뒤집어쓰게 될 겁니다."

사막 민족의 대부분은 얄팍한 토성에 의지해 생활하고 있다. 그런 곳에 언데드 대군이 들이닥친다면 그 결과는 안 봐도 뻔하다. 극소수의 제대로 된 성곽도시를 제외하고는 모두 언데드의 먹이가 되리라.

최소 수백만의 사막 민족이 죽을 게 뻔함에도 수석마법사는 냉정하게 딱 잘라 말했다.

"그건 자네가 걱정하지 않아도 될 걸세. 이 모든 건 극비리에 진행될 테니까. 사실, 사막에 언데드가 대량 발생했다는 걸 알고 있는 건 아직까지 본국밖에 없지 않은가."

"그건 그렇습니다만……."

"후작 각하께 기별을 넣도록 하게. 빨리 성으로 돌아오시라고."

"알겠습니다, 수석마법사님."

＊　　＊　　＊

그날 저녁때쯤 되었을 때, 죽은 줄만 알았던 라이가 생환하는 데 성공했다. 기진맥진해서 쓰러져 있는 것을 양을 치던 목동이 우연히 발견했다고 한다. 목동은 모르고 있었지만 라이는 엄청나게 질긴 생명력의 소유자다. 물만 먹여줘도 알아서 살아난다. 하지만 그 보고를 접한 기사단 쪽에서는 목동이 응급처치법을 어느 정도 알고 있었지 않을까 생각하고 넘어갔다. 사막에서는 그런 일이 왕왕 벌어지는 게 사실이었으니까.

어쨌거나 목동 덕분에 살아난 라이가 국경 경비대의 도움을 받아 링카 성으로 돌아온 것이다. 국경 경비대 쪽의 보고로는 링카 영지 북단에서 그의 구조요청을 접수했다고 했다.

무역 통제 등 여러 이유 때문에 링카 영지는 폭은 좁지만 아래위로 길게 늘어져 사막 쪽과 접하는 알카사스 국토의 거의 대부분의 땅을 그 영지로 하고 있었다. 만약 이곳 서부 국경지대를 여러 영지로 쪼개놓으면, 각 영주들이 밀무역에 나설 게 뻔하기에 취해진 조치였다. 그 때문에 링카 영지는 알카사스 왕국의 모든 영지들 중 가장 컸고, 가장 강력한 군사력을 보유하고 있었다.

무역로를 독점함으로써 발생하는 막대한 자금을 바탕으로 강력한 세력을 키울 위험성이 있긴 했지만, 그래봐야 국왕이나 원로원이 보유하고 있는 기사단 전력이 출동하면 하루아침에 박살이 날 수밖에 없었다. 그렇기에 효율을 중시하여 링카 영지를 기형적인 크기로 만드는 데 있어서 원로원이 반대표를 던지지 않았던 것이다.

알카사스 국왕은 이곳 변경백을 자신의 사람으로 임명하는 대신, 링카 성에 주둔하게 될 기사단 분견대를 원로원 쪽에서 선택하는 것으로 합의를 봤다. 그렇게 서로가 서로를 견제하는 데 최적의 구조가 현재의 링카 영지였던 것이다.

샌드 웜에게 잡아먹혀 전사한 것으로 알려진 라이가 살아온 것에 대해 수석마법사는 강한 의문을 표시했다. 그가 알고 있는 샌드 웜의 해부학적 지식에 따르면, 놈에게 먹힌 생명체가 절대로 살아서 나올 수가 없는 구조였기 때문이다. 포식된 생명체는 무수한 이빨에 의해 가루가 되어 위장 속으로 들어간다. 비록 언데드가 되었다고 해도 샌드 웜의 포식 습성이 바뀌었을 수는 없었다. 살아있을 때나 언데드가 되었을 때나 놈의 뱃속에 들어가려면 결국 무수한 이빨들이 돋아있는 입을 거쳐야만 할 테니까.

"도저히 믿을 수가 없군. 그는 지금 어디에 있나?"

"국경 경비대를 출발해 이쪽으로 오고 있다고 하더군요. 아마 늦어도 내일 아침까지는 도착할 수 있지 않을까요?"

국경 경비대 쪽에서 링카 성까지의 안내 및 호위를 해주겠다고 제안을 했음에도 라이는 거절했다고 한다. 자력으로 달려가는 편이 훨씬 더 빠르다며 그저 방향만 가르쳐 달라고 했다고 했다.

작전관의 대답에 아직 시간적 여유가 꽤 있음을 알게 된 수석 마법사는 직접 본부로 돌아가 라이에 관련된 서류를 확인하는 수고를 아끼지 않았다. 다른 사람에게 지시를 내려 맡기는 것보다는 자신이 직접 확인하는 편이 실수가 없을 것이기에 그렇게 한 것이다. 물론 공간이동 마법진이 있기에 가능한 일이었다.

라이의 인적사항이 적혀있는 서류를 살펴보자 뜻밖에도 그의 과거는 복잡하기 짝이 없었다. 백작가의 장남으로 태어나긴 했지만, 그가 태어났을 무렵에는 이미 가문은 절단이 나 있었다. 그의 아버지였던 제랄드 폰 로티넨 백작의 뒤를 봐주고 있던 드미트리 폰 란프리아 후작이 실각한 탓이다. 라이는 그의 아버지가 일가를 이끌고 타국으로 피신하던 도중에 태어났다고 적혀 있었다.

"흠, 꽤나 잘 짜여진 얘기로군. 그리고 이 모든 기록들을 의심 없이 받아들일 수밖에 없게 만든 게, 그 자신이 무명의 검객으로부터 상승검법을 배웠다는 것이고."

라이에게 검술을 가르친 스승의 이름이나 그 신분을 알 수 없다는 게 문제이긴 했지만, 검술을 본 사람들은 크라레스의 검술임에 틀림없다고 모두들 증언했다. 현재는 라이놀 조장을 중심으로 그가 익힌 검술을 검법서로 만들고 있는 중이라고 했다. 그로 인해 라이에 관한 모든 자료는 특급기밀로 분류되어 있었기에, 수석마법사 자신이 직접 본부로 달려오지 않았다면 알아낼 수 없었을 것이다.

라이놀의 보고서에 따르면 라이가 검술 전수에 매우 협조적이라고 되어 있었다. 고급검술의 유출이라니, 그런 특수성이 아니라면 있을 수 없는 일이었다.

'내가 잘못 짚었나?'

아무리 살펴봐도 수상쩍은 부분은 거의 없었지만, 그래도 샌드 웜의 입속에서 멀쩡히 살아 나왔다는 건 말이 되지를 않는다. 처음부터 그가 언데드 세력과 뭔가 연관이 있는 게 아니라면 말이다.

하지만 그걸 의심하기에는 라이의 기록은 너무 깨끗했다. 그의 아버지는 크라레스의 귀족이고, 스승도 크라레스 사람이고, 검법도 크라레스의 것이라고 했다. 가문이 쫄딱 망한 후, 우연히 스승을 만나 둘이서만 산에 들어가 수련을 하다 갑자기 스승이 죽어버렸기에 하산하게 되었는데, 이 와중에 산적집단에 몸을 의탁하게 되었다고 한다. 그를 우연히 찾아낸 정보부 쪽의 얘기로는 시민권이 없다 보니 시민권을 구하기 위해 산적집단에 포섭되어 잡일을 처리해주고 있었다고 한다. 그러다가 정보부 쪽에 포섭되어 콘도르 기사단에 입단하게 되었다고 기록되어 있었다.

정말이지 잘 짜인 한 편의 소설과도 같은 얘기였다. 작위적인 느낌이 물씬 풍기는 게 사실이다. 하지만 그가 정말 타국의 첩자라면 제법 그럴듯하게 날조를 하지, 이렇게까지 티가 나게는 하지 않았을 것이다.

허접한 놈들이 만든 타이탄

37

사막의 이변

다음날, 사막에 나갔던 콘도르 기사단의 철수가 완료되었다. 그리고 그에 맞추기라도 한 듯 라이도 링카 성에 도착했다. 링카 성으로 귀환하자마자 라이는 수석마법사의 호출을 받고, 그를 만나야만 했다. 심하게 악취가 풍기는 가죽갑옷만큼은 대장간에 수선을 맡기고 수석마법사에게 가려 했지만 전령역으로 온 마법사는 단호했다.

"수석마법사님께서는 사막에서 돌아온 복장 그대로 데려오라 하셨습니다."

전령을 따라 수석마법사에게로 가자 그는 라이가 입고 있는 가죽갑옷을 수상쩍은 눈으로 바라보았다. 왜냐하면 자국 기사단에서 지급해준 갑옷이 아니었기 때문이다. 물론 자국 기사단에서 지급해 주는 것도 상당한 품질의 마도구였지만, 현재 라이가 착용하고 있는 가죽갑옷은 그보다 훨씬 비싸 보이는 물건이었던 것이다.

수석마법사는 악취에 인상을 찡그리며 말했다.

"호오, 기사단 신입 주제에 꽤 괜찮은 가죽갑옷을 입고 있구만. 냄새는 좀 심하게 나지만……."

라이는 민망함에 머리를 긁적거리며 대답했다.

"그래서 이건 대장간에 수선을 맡기고, 수석마법사님을 만나러 오겠다고 했었습니다. 하지만 수석마법사님께서 이 복장 그대로 오라 하셨다고 해서……."

"그래, 내가 그렇게 하라고 시켰지. 그나저나 일단 자네 그 갑옷부터 벗어서 내게 주게. 냄새가 너무 심해서 견딜 수가 없구만."

"예?"

혹시나 갑옷을 뺏기는 게 아닌가 해서 불안한 표정으로 자신을 바라보는 라이에게 수석마법사는 부드러운 미소를 지으며 말했다.

"자네 갑옷을 압수하려는 게 아니네. 마도구를 수리하는 건 대장간에서 할 수 있는 게 아니라 우리 마법사들이 하는 거지. 내가 깨끗하게 만들어서 돌려주도록 하겠네. 한 며칠 시간이 걸리긴 하겠지만 말이야."

수석마법사의 생각이 행여 바뀌기라도 할까 라이는 급히 갑옷을 벗었다. 피와 온갖 오물이 잔뜩 묻어있는 갑옷을 계속 입고 있기에는 자신도 찝찝했었으니까.

"배려해 주셔서 정말 감사합니다. 여기 있습니다."

"그래, 그건 그렇고 최근 며칠 동안 귀관의 행방이 묘연했기에 규정상 어쩔 수 없이 소지품 검사를 해야 하는데, 협조해 주겠나? 기사단에서 지급받은 거 외에는 모두 다 내 앞에 꺼내놓게."

누구의 말이라고 감히 거절하겠는가. 라이는 재빨리 주머니를 탈탈 털어서 가지고 있는 모든 걸 다 꺼내놨다. 시체를 뒤져 챙긴 물건들을 꺼내놓을 때는 찝찝한 마음이 좀 들긴 했지만, 어쩔 수 없었다. 만약 검사라도 한다면 바로 발각될 테니 말이다. 도착하자마자 바로 이곳에 끌려오지만 않았다면, 그런 물건들은 자신의 짐 속 깊숙이 숨긴 뒤 왔을 것이다.

"호오, 꽤나 묵직하군."

묵직한 돈주머니를 열어본 수석마법사의 눈매가 일순 날카로워졌다. 돈주머니 안에 들어있는 건 모두 금화뿐이었다. 정찰조에 소속된 하급 기사가 지니고 있을 만한 액수가 아닌 것이다.

눈치를 보던 라이도 수석마법사가 돈주머니에 대한 의구심을 가졌다는 걸 금방 알아챘다. 그랬기에 황급히 변명을 늘어놓았다.

"그, 그 돈주머니는 원래 제게 아닙니다. 주, 주웠다고 해야 하나……."

"뭐? 이렇게 많은 돈주머니를 주웠다고? 말이 되는 소리를 하게."

"사, 사실 거기엔 그럴만한 이유가 있는데……."

"내가 납득할 수 있도록 그 이유란 걸 한번 말해보게. 제대로 설명해야 될 걸세. 오해를 사기 싫다면 말일세."

"절대 훔친 돈주머니는 아닙니다. 단지 아, 이걸 어떻게 설명해야 하나? 돈주머니를 습득하기까지의 과정이 좀 복잡한데……."

"복잡하게 생각할 거 없네. 정리가 되지 않아서 힘들다면 그냥 시간 순서대로 차근차근 설명하면 되니까."

결국 라이는 자신이 전투 중에 갑작스러운 샌드 웜의 습격으로 그 뱃속에 들어간 것부터 말하기 시작했다. 자신이 어떻게 살았는지는 모른다. 그저 기절해 있다가 눈을 떠보니 샌드 웜의 뱃속이었다고 했다. 그리고 자신이 본 샌드 웜의 뱃속의 광경에 대해서도 자세히 설명했다. 그동안 수석마법사는 아무런 이의도 제기하지 않고 상당히 흥미롭다는 표정으로 경청만 했다. 그만큼 라이가 겪은 상황은 마법사로서 흥미를 가질 수밖에 없는 이야기였다.

물론 라이가 언데드 쪽 첩자일지도 모른다는 의심이 지워진 것은 아니다. 그렇기에 수석마법사는 더욱 귀를 기울여 라이의 얘기를 듣고 있었다. 혹시라도 얘기 도중에 뭔가 어긋나는 점이 있을지도 몰랐으니까.

"파괴된 타이탄의 조종석을 열어보니 거기에 시체가 있었습니다. 저로서는 샌드 웜에게 삼켜질 때 지니고 있던 모든 보급품을 잃어버렸기에 혹여나 쓸만한 게 있을까 싶어서 시체의 몸을 뒤졌습니다. 그때 찾아낸 게 바로 저 물건들입니다. 제가 조금 전에 벗어드린 가죽갑옷도 그 시체가 입고 있던 걸 벗겨서 입고 있던 거죠."

말을 듣던 수석마법사는 도저히 믿을 수가 없었다. 마법사이기에 타이탄이라는 게 얼마나 막강한 전투력을 지닌 마법병기인지 너무나도 잘 알고 있었다. 그런데 한낱 언데드 따위가, 아무리 그게 덩치가 좀 크다고 하지만 타이탄을 파괴할 정도로 강할 거라고는 상상조차 해본 적이 없었다. 지금껏 타이탄의 상대는 타이탄 외에는 불가능하다고 굳게 믿고 있었던 그의 믿음을 저버릴 만한 진술이었으니까.

하지만 라이가 내놓은 소지품을 보자 그 말을 무조건 불신할 수도 없는 노릇이었다. 상당히 고급품으로 보이는 마법반지와 짤막한 막대기 하나. 특이한 게 있다면 거기에 빽빽이 새겨져 있는 문자였는데 그건 룬 문자가 아니었다. 놀랍게도 그건 신성문자였다. 성기사가 사용하는 신성도구(神聖道具 : 줄여서 '신구' 라고도 함)였던 것이다. 마도구가 마나를 필요로 한다면, 이건 신성력을 지니고 있지 않은 사람은 쓸 수도 없는 물건이다.

물론 진짜처럼 보이는 허접한 짝퉁일 확률도 배제할 수는 없다. 하지만 새겨진 신성문자가 아주 정밀한 것으로 봤을 때 진품임이 틀림없어 보였다. 라이가 가진 소지품을 얻기까지의 설명이 모두 끝났음에도, 수석마법사는 한동안 말없이 앉아 그 증언을 하나씩 다시금 곱씹어보았다.

믿기 힘든 내용의 연속이었지만 그렇다고 믿지 않기에는 그 내용이나 묘사가 너무나도 충실하고 허점이 보이지 않았다. 언데드 샌드 웜의 뱃속 광경이라든지, 그 속에 들어있던 타이탄들의 모습, 그리고 그중 하나와 계약한 뒤 샌드 웜의 항문을 열고 탈출한 것까지.

수석마법사가 오랜 연륜을 지니고 있는 건 사실이었지만, 그가 언제 언데드 샌드 웜의 뱃속에 들어가 보았겠는가. 그리고 그런 경험을 한 사람이 세상에 몇 사람이나 있겠는가. 당연히 라이의 말이 진실인지 거짓인지 가릴 방법이 없는 것이다.

"좀 전에 그곳에서 타이탄과 계약을 맺었다고 했었지?"

"예."

"내게 그 타이탄을 보여줄 수 있겠나?"

수석마법사의 제안에 라이는 흔쾌히 답했다.

"어렵지는 않은데 여기는 너무 좁아서 안 될 것 같습니다. 밖으로 나가시죠."

수석마법사는 라이를 데리고 밖으로 나가면서 기사 한 명을 불렀다. 그 기사는 만일의 사태를 대비해 수석마법사를 보호할 오너급의 기사였다. 사실, 수석마법사의 능력이 아무리 뛰어나다 하더라도 그래듀에이트가 근접에서 갑작스럽게 기습을 해오면 당해낼 방법이 없기 때문이다.

"자, 이제 타이탄을 꺼내 보게나."

"예, 케이론, 나와 봐."

그 말이 끝남과 동시에 육중한 타이탄이 공간을 가르며 그 모습을 드러냈다. 라이가 지금까지 했던 모든 얘기가 진실이 되는 순간이었다. 만약 타국의 첩자였다면 이렇게 순순히 타이탄을 불러내지 않았을 것이다. 일개 첩자에게 타이탄을 지급한다? 타이탄이 가지는 엄청난 가치를 생각한다면 그건 아무리 부유한 알카사스 왕국이라고 해도 불가능한 얘기였다.

수석마법사는 일단 의심은 접어두고 공간을 가르며 나온 타이탄을 자세히 살펴보기 시작했다. 전체적인 모습이나 팔다리의 길이, 그리고 어깨까지의 높이까지…… 대체적으로 표준 수

치인 것 같았지만 왠지 이질적이라는 느낌을 버리기 힘들었다.

"저도 처음 보는 형태의 타이탄입니다. 흠, 가슴에 그려진 이 문장은 과연 어느 나라의 타이탄일까요?"

따라온 기사의 질문에 수석마법사는 타이탄을 다시 한번 꼼꼼히 살펴보다 입을 열었다.

"아무리 봐도 기존 형태의 타이탄이 아냐. 외관이 너무 이상해. 이걸 보게. 끝마무리가 너무 대충이잖나. 본국의 수출용 저가 타이탄도 이 정도로 허접하게 만들지는 않아."

"이 타이탄을 만든 국가에서 정체를 숨기기 위해 일부러 그렇게 만든 게 아닐까요?"

"그보다는 제철 기술이 그것밖에 되지 않았기 때문일 수도 있지. 내 예상대로라면 이 타이탄은 아마 아르곤에서 제작했을 가능성이 아주 높아."

그 말에 깜짝 놀란 기사는 다급히 되물었다.

"신성 아르곤 제국이라고요? 거긴 타이탄을 만들 수 있는 능력이 없지 않습니까?"

"엑스시온을 제작할 능력이 안 되는 거지, 타이탄을 못 만드는 건 아니야. 쇠를 다룰 수만 있다면 어떻게든 몸뚱이는 만들수 있는 거니까. 게다가 소량이긴 하지만 엑스시온을 수입해 자체적으로 실험용 타이탄을 제작하는 걸로 알고 있거든. 아무래도 그쪽이 완성품을 수입하는 것보다는 저렴할뿐더러, 그 과정에서 타이탄 제작 기술 또한 발전할 수 있을 테니까."

수석마법사의 대답에도 기사는 여전히 의구심을 감추지 못했다. 그만큼 눈앞의 타이탄이 신성 아르곤 제국에서 만들어졌다는 걸 믿기 힘들었던 것이다.

"하지만 외관이 거칠게 처리된 몇몇 부분만 보고 아르곤 제국에서 만든 거라고 단정 짓는 건 너무 무리가 아닐까요?"

"후후, 사실 타이탄만 보고 이렇게 단정 지은 건 아닐세. 내가 그렇게 예측할 수 있었던 건 이 안에서 발견되었다던 오러 소드 때문이야."

"성기사들이 쓴다는 그 오러 소드 말씀이십니까?"

오러 소드는 신성 아르곤 제국의 성기사들이 사용하는 무기였다. 짤막한 막대 형태의 신성도구였는데, 막대에 신성력을 부여하면 막대 끝에서 빛으로 된 검날이 튀어나온다고 한다. 그 위력은 기사들의 오러 블레이드급이라고 했다. 따라서 오러 소드를 사용하는 것 하나만으로 어지간한 실력의 그래듀에이트는 모두 참살이 가능할 정도의 사기적인 아이템이었다.

"그래. 반지나 목걸이, 팔찌 같은 형태의 신구는 여러 교단에서 만들고 있네만, 오러 소드를 생산할 수 있는 건 오직 아르곤 제국뿐이거든."

말을 마친 수석마법사는 라이를 향해 시선을 돌리며 입을 열었다.

"내가 조종석을 살펴봐도 괜찮겠나?"

"물론이죠, 수석마법사님."

라이는 타이탄을 바라보며 지시했다.

"케이론, 머리를 열어줘. 여기 수석마법사님이 보실 수 있도록 말이야."

그 순간, 철컹하며 뒤로 젖혀지는 타이탄의 두부. 그리고 이중 장갑에 의해 철저히 보호되고 있는 조종석이 드러났다. 조종석을 내려다보던 수석마법사의 표정이 심각하게 바뀌었다. 타이탄 생산에 관여해 본 적은 없었지만, 기사단에 오랜 세월 근무해오며 수많은 타이탄을 보았고, 그 방면에 대해서는 꽤나 많은 지식을 쌓았다고 자부할 수 있었다. 그런데 그런 그가 오늘 접한 타이탄은 지금껏 봐왔던 그 어떤 타이탄과도 조종석의 형태가 달랐다. 좌석 아래쪽에 엑스시온이 하나 장착해 있는 방식이 아닌, 아래쪽의 좌우에 각 1개씩이 V자형으로 배치해서 장착되어 있었다. 즉, 이 타이탄에는 엑스시온이 2개나 들어 있었던 것이다.

"허어, 아르곤 놈들, 아주 재미있는 짓을 해놨군. 엑스시온을 두 개나 넣을 생각을 하다니……. 그런데 이렇게 해도 타이탄이 동작할 수나 있는 거였나?"

수석마법사의 중얼거림에 궁금증을 참지 못한 오너급 기사가 타이탄의 어깨 위쪽으로 따라 올라왔다. 그도 신기한 걸 보는 듯한 표정으로 이리저리 살펴보더니 입을 열었다.

"엑스시온을 둘이나 넣은 타이탄은 저도 처음 봤습니다, 수석마법사님."

"아무래도 마르코에게 한번 물어봐야겠어. 이런 제작 기법에 대해서 아는 게 있는지 말이야."

한눈에 봐도 알카사스에서 제작된 출력 0.8짜리 표준형 엑스시온이었다. 요즘은 이런 저급형은 수출용으로도 거의 제작되지 않는 것으로 알고 있었다. 고객들이 필요로 하는 것에 비해 성능이 너무 떨어지기 때문이다. 그런 저급 엑스시온 두 개를 붙여 정규급 이상의 출력을 낼 수 있는 타이탄을 만들 생각을 할 수 있다니. 아마도 고출력 엑스시온을 구입할 수 없었기에 찾아낸 그들 나름대로의 해법인지도 모른다.

"문제는 0.8짜리를 두 개 붙인다고 해서 1.6의 출력을 안정적으로 낼 수 있느냐 하는 거겠지. 만약에 그게 된다면 이건 획기적인 발명이라고 봐도 과언이 아니야. 고출력 엑스시온을 개발하는 건 그만큼 어려운 문제니까."

알카사스 왕국은 엑스시온 및 타이탄을 타국에 대량으로 판매함으로써 마도왕국이라는 명성을 얻었다. 하지만 2.0을 상회하는 고출력의 엑스시온 개발에는 번번이 실패하고 있었다. 기사들의 실력까지 뒤떨어지다 보니 요 근래에 이르러서는 코린트, 크라레스, 크루마의 삼대 강국에 비해서 한 수 뒤처지는 전력을 지니고 있다며 폄하되고 있을 정도였다. 그런 상황이니 차세대 초고성능 타이탄의 개발에 있어 두 개의 엑스시온 장착을 하는 기법은 새로운 돌파구를 제공해 줄지도 모른다.

"저…, 대화 중에 죄송합니다만, 엑스시온이라는 게 뭡니까? 수석마법사님."

"간단하게 타이탄의 심장이라고 알고 있으면 될 걸세."

"아…, 예."

수석마법사와의 대화를 통해 자신의 타이탄이 뭔가 특별한 것이라는 것을 알게 된 라이였다. 수석마법사는 다른 타이탄들과 달리 케이론에는 심장이 두 개 달려 있다고 했다. 지금껏 의식하지 않았었지만 케이론의 목소리가 뭔가 두 사람이 동시에 얘기하는 것처럼 묘하게 울리는 게 아마도 그 때문인 모양이다. 하지만 그런 부분에 대한 생각은 곧이어 라이의 뇌리에서 사라져 버렸다. 심장이 둘이건, 셋이건 그게 무슨 상관이겠는가. 자신이 사용하는 데 아무런 문제가 없는데 말이다.

라이에게 자신이 호위로 데리고 갔던 오너와 타이탄 모의전까지 시켜본 후, 수석마법사는 통신실로 달려가 자신의 오랜 친구에게 오랜만에 연락을 넣었다. 마르코는 마법진에 탁월한 재능을 보여 지금은 알카사스 왕국의 타이탄 생산 쪽에 종사하고 있는 마법사였다.

"마르코, 잘 있었나?"

「어? 자네가 웬일인가?」

"오랜만에 이런 걸 물어봐서 미안하긴 한데, 내 주위에 자네 말고는 물어볼 만한 사람이 있어야 말이지."

「호오, 대단하신 기사단 수석마법사님의 부탁인데, 기밀사항이 아니라면 도와줘야겠지. 그래, 대체 알고 싶은 게 뭔가?」

인사를 나누자마자 곧바로 본론으로 들어가 버리는 마르코. 두 사람이 무척 친했기에 스스럼이 없는 걸 수도 있었지만, 마르코가 워낙 바쁘기에 붙은 습관이기도 했다. 오랜만에 보는 익숙한 친구의 모습에 수석마법사는 피식 웃으며 입을 열었다.

"이번에 아르곤 제국에서 만든 걸로 추정되는 타이탄을 한 기 입수하게 되었는데 말이지…….."

아르곤 제국의 타이탄이라는 말에 마르코의 흥미가 급격히 떨어지는 게 표정에서 고스란히 보였다. 그럴 수밖에 없는 게, 아르곤 제국에 수출되는 타이탄이라고 해봐야 2선급의 타이탄뿐이었기 때문이다.

"쯧쯧, 아직 내 말 끝나지 않았으니 그런 표정 짓지 말게. 자네에게도 꽤나 흥미가 있을 만한 주제니까 말이야."

지금껏 오랜 친구인 수석마법사가 빈말은 결코 하지 않는다는 걸 잘 알기에 마르코는 애써 표정을 갈무리하며 입을 열었다.

「알았어, 계속 말해봐.」

"자네, 혹시 아르곤 제국이 우리 왕국에서 엑스시온을 수입하고 있다는 걸 알고 있나?"

「우리 공장이야 차구려 엑스시온은 생산하지 않기에 그쪽과 거래가 없지만, 들리는 소문으로는 조금씩 수입해가고 있는 모양이더군. 뭐, 타이탄 생산이 가능한지 시험해보고 있는 거겠지. 완성체를 수입하는 것보다는 엑스시온만 수입하고, 나머지는 자신들이 만드는 쪽이 훨씬 싸게 먹히니까.」

"흐흐, 그건 그렇지. 그러면 최근 아르곤에서 어느 정도 수량의 엑스시온을 수입해 갔는지 전체적인 수량을 알아봐 줄 수 있나?"

「그런 건 알아서 뭐 하려고?」

"그러지 말고 좀 알아봐 줘. 곧 재미있는 사실을 알려줄 테니까 말이야."

「쳇, 별 쓸데없는 데 호기심이 발동한 모양이군.」

그렇게 투덜거리면서도 마르코는 수정구 옆쪽으로 고개를 돌려 누군가에게 지시를 내렸다. 몇몇 공장들의 이름을 나열하며 그곳에 연락을 넣어 아르곤에 판매한 엑스시온의 수량을 집계해 오라고 말이다.

지시를 다 내린 후, 마르코는 수정구 쪽으로 시선을 돌리며 입을 열었다.

「아르곤에 수출이 허용되는 건 3급 엑스시온 뿐이야. 그런 걸로 타이탄을 만들어봐야 훈련용으로나 쓸까, 제대로 된 타이탄은 만들 수 없다고.」

"나도 그 정도쯤은 알고 있다네. 하지만 이번에 아르곤에서 꽤 쓸만한 걸 만들어낸 모양이야."

「아르곤 놈들이 어떤 쓰레기 같은 타이탄을 만들어냈건 내가 알 게 뭐야. 전혀 궁금하지 않으니 빨리 진짜 용건이나 말해. 안 그럼, 나 통신 끊는다.」

이때, 수정구로 마르코에게 쪽지 하나가 전달되는 게 보였고, 그걸 읽던 마르코의 두 눈이 일순 휘둥그레졌다.

「이, 이게 어떻게 된 일이지? 3급 엑스시온의 수입량이 왜 이렇게 많아?! 0.7짜리 84개, 0.8짜리 145개, 0.9짜리가 74개씩이나 되잖아. 이 정도 양이면 국내에 남은 3급 엑스시온 재고를 몽땅 다 긁어갔다는 말인데……」

놀라운 일이었다. 그 짧은 시간에 다른 공장에 연락을 넣어 수출량에 대한 정보를 집계한 모양이다. 마르코는 수석마법사를 쏘아보며 급하게 물었다.

「자네 뭔가 알고 있는 게 있지? 빨리 말해보게. 왜 이렇게 많은 저급 엑스시온을 아르곤 놈들이 수입해 간 거지?」

"이번에 내가 입수한 타이탄에는 특이하게도 엑스시온이 두 개나 장착되어 있더군. 0.8짜리로 말이야."

그 말에 마르코는 머리를 긁적거리며 생각에 잠겼다. 타이탄 한 기에 엑스시온을 두 개씩 넣는다면 그렇게 엄청난 수량의 저급 엑스시온을 수입해 갔다는 게 납득이 된다. 하지만 자신이 알고 있는 지식으로는 그건 말도 안 되는 짓이었다.

「엑스시온을 두 개씩이나 장착한다고? 그게 가능하기나 한 일인가?」

수석마법사는 빙긋 웃으며 대답했다.

"가능하니까 자네한테 말을 꺼낸 거지. 내게 그 증거물이 있거든."

「증거물이 있다고? 어디에?」

"처음에 내가 말했었잖나. 아르곤 제국에서 만든 걸로 추정되는 타이탄을 한 기 입수했다고 말이야."

그제서야 통신 초반에 그 말을 했다는 걸 기억해 낸 마르코는 뒤통수를 긁적거리며 수긍했다.

「참, 그랬었지.」

"좀 전에 타이탄끼리 모의전까지 치르도록 하고 자세히 살펴봤네. 그럭저럭 잘 움직이는 것처럼 보이더군. 물론, 0.8짜리

두 개를 넣었다고 해서, 1.6의 출력이 나오는 것 같지는 않았네. 그보다는 훨씬 출력이 낮은 것처럼 보였거든. 뭐, 조종하는 기사의 실력이 떨어져서 그런 것처럼 보인 것인지도 모르겠지만 말이야."

엑스시온 2개를 장착하고도 잘 움직인다는 수석마법사의 말에 마르코의 호기심이 급상승한 모양이었다.

「내가 그쪽으로 가면 자세히 살펴볼 수 있도록 힘을 좀 써 주겠나?」

"누구의 부탁인데 거절하겠나. 시간 날 때 언제든 오게. 참, 지금 내가 있는 곳은 링카 성일세. 당분간 여기에서 주둔하게 될 거야."

「링카 성? 알았어. 장비 챙겨서 그쪽으로 가도록 하지.」

그 말이 끝나자마자 통신은 뚝 끊겨버렸다.

"거, 급한 성질머리하고는……."

자신이 원하던 것을 모두 얻은 수석마법사는 집무실로 돌아가며 환하게 웃었다. 친구인 마르코의 타이탄에 대한 탐구욕을 알기에 이 정도 떡밥이면 친구가 절대 가만히 앉아있지 못할 거라는 걸 잘 알기 때문이다.

"흐흐, 궁금해서 미치겠지? 더군다나 시간을 낼 수 없으니 더 미치겠을 걸? 킥킥."

마르코는 굉장히 바쁜 사람이었다. 시간을 내서 그를 찾아가도 느긋하게 얘기를 나누기조차 힘들 정도였다. 그걸 미루어 생각한다면 링카 성에 있을 때 만날 수 없을지도 모른다. 이 임무가 끝나면 바로 연락을 해주는 게 좋을 것 같다. 그래야 이쪽으로 쫓아오는 헛걸음을 방지할 수 있을 테니까.

＊　　＊　　＊

월터와 다이아나는 각자 본국으로 돌아오라는 지시를 받았다. 타이탄을 삼켜버릴 수 있을 정도의 거대한 언데드 몬스터의 존재에 상부는 충격을 받았던 것이다. 월터나 다이아나 둘 다 손꼽힐 만큼 강한 기사들이다. 그런 둘에서, 그것도 둘 다 타이탄을 꺼내야만 상대가 가능할 정도의 괴물이 존재할 거라고 그 누가 상상이나 할 수 있었겠는가.

"어떻게 할 거야?"

"명령을 받았으니 어쩔 수 없지."

다이아나야 부모에게 욕을 들을 각오를 하고 강행할 수 있겠지만, 월터는 입장이 다르다. 상부의 지시를 어기는 그 순간 명령 불복종이 되는 것이다. 자칫 처형당할 위험성마저 있었다. 월터가 돌아가겠다고 하자 다이아나도 어쩔 수 없이 꼬리를 내렸다. 그녀 혼자서는 아무래도 자신이 없었던 것이다. 만약 샌드 웜을 그녀 혼자 상대해야 했다면, 놈의 뱃속에서 빠져나오지 못하고 죽었을 가능성도 있었다. 월터가 밖에서 협공해줬기에 그나마 샌드 웜을 제압할 수 있었던 것이라고 그녀는 생각하고 있었다.

"레이디, 돌아가셔야 합니다."

라디아의 채근에 다이아나는 어쩔 수 없이 말했다.

"돌아가자. 링카 성으로 가려면 어느 방향으로 가야 하지?"

알카사스의 서쪽 국경 전체가 링카 영지로 할당되어 있다. 수비의 편리성은 물론이고 밀무역 등을 방지하기 위한 조치였다. 서쪽 국경 전체를 자신의 지휘하에 둔 링카 변경백은 출입국은 오로지 링카 성을 통해서만 허용했다. 그쪽이 관리하기 편리하니까. 그렇기에 링카 성으로 가야 하는 것이다.

링카 성으로 돌아가는 길은 뜻밖에도 아무 일 없이 평온했다. 그럴 수밖에 없었다. 그들이 지나가기 전에 그 일대에 있던 모든 언데드들이 알파17에 의해 북쪽으로 이동배치 되었기 때문이다.

링카 성에 도착한 월터 일행은 예전에 이곳을 떠날 때와는 분위기가 많이 바뀌었다는 것을 눈치챌 수 있었다. 가장 큰 변화는 성내 수비군의 변화다. 그전에는 나른한 듯 하품을 하고 있는 병사도 눈에 띄었었지만, 지금은 경계병들의 눈빛에서 긴장감이 넘친다. 사막 저편에서 모습을 드러낸 행인들을 모두들 노려보듯 세심히 살펴보고 있다. 아무래도 이들도 사막에서 언데드 떼가 발생했다는 것을 알아챈 듯 느껴졌다.

"떠났을 때와는 뭔가 분위기가 다르네."

링카 성으로 들어가는 사람이 하나도 없었기에 월터 일행은 곧바로 병사들 앞에 도착했다. 병사들 중에서 가장 지위가 높아 보이는 듯한 사람이 앞으로 나서며 일행을 제지한다.

"멈추시오. 사막을 건너왔소?"

"그렇습니다."

월터 일행의 짐은 거의 없다. 낙타 등에 실린 거라고는 담요하고 약간의 식량, 물통 정도다. 무역상이 아님을 알아본 병사들이 더욱 수상쩍게 볼 수밖에 없는 상황이다.

"서쪽 대륙에서 오는 길이오?"

"서쪽 대륙으로 가려다가 언데드가 나타났다는 얘기를 듣고 되돌아오는 길입니다. 그 고생을 하고, 막대한 돈까지 썼는데도 건진 건 하나도 없다니……, 에휴~."

"아, 그러셨군요. 간단한 검문을 해야겠으니 협조 부탁드립니다. 전원, 신분증을 주십시오."

각자 지니고 있는 신분증을 꺼내 병사에게 내준다. 진짜 신분증은 아니었지만, 각 국에서 정식으로 발행된 것이기에 위조 신분증은 아니었다. 월터는 자작, 다이아나는 남작. 그런 식으로 하급 귀족으로 되어있었다. 예전에 이곳을 통과해서 사막으로 나갈 때도 이 신분증을 썼었기에, 출국한 사람들의 명부를 확인해 봐도 아무런 문제가 없다. 다이아나는 여성이라고 하면 오히려 눈에 띄므로 남자라고 되어 있었다.

상대가 하급이긴 하지만 귀족이라는 걸 안 병사의 태도가 정중하게 바뀐다.

"이쪽은 코린트, 그리고 이쪽은 크라레스 제국 분들이셨습니까."

"우연히 사막에서 만나 동행하게 된 사입니다. 언데드 떼와 만난다면 사람 숫자가 많은 게 유리하니까 함께 동행하게 된 거죠."

"아, 그러셨군요. 언데드와 접전은 하셨습니까?"

모두가 무장을 갖추고 있는 데다, 사내 둘은 특히나 강해 보였기에 묻는 말이다.

"아뇨. 얘기는 들었지만 만나지는 못했습니다."

여행객의 행색을 보면 전혀 전투를 한 흔적 따위 찾아볼 수가 없다. 쓱 훑어보며 일행의 행색을 확인한 병사는 고개를 끄덕이며 말했다.

"운이 좋으신 분들이군요. 자, 들어가십쇼. 알카사스 왕국에 돌아오신 걸 환영합니다."

검문을 통과하자마자 다이아나가 제안했다.

"맥주 마시러 가자. 시원한 맥주가 정말 마시고 싶었어."

하지만 월터는 그런 다이아나를 제지했다.

"아니, 일단은 링카 성을 빨리 벗어나는 게 좋을 것 같아."

"왜?"

월터는 살짝 턱짓으로 한쪽 방향을 가리키며 말했다.

"저 위를 봐봐."

성문 쪽이 잘 보이는 전망탑 위에 서 있는 세 사람. 마법사 둘과 그들을 호위하고 있는 병사 한 명. 월터는 제2근위대라 마법사의 탐지 마법에 대한 대책이 다 되어 있겠지만, 그건 다이아나 일행 또한 마찬가지다. 그렇기에 다이아나는 월터가 괜한 걱정을 한다고 생각하며 대꾸했다.

"저 사람이 왜? 이런 중요한 길목인데, 마법사들이 감시하고 있는 건 당연하잖아."

"마법사가 아니라 그 뒤의 기사를 말하는 거야."

투구도 쓰지 않았고, 간단하게 칼 한 자루 허리에 차고 있는 모습이다. 일반적인 병사들이 착용하고 있는 갑옷보다 훨씬 방어력이 뒤떨어져 보이는 가죽갑옷만 입고 있다. 마법사들이 인식저해 마법을 펼쳐놔서 그런지 마나의 기척은 전혀 느껴지지 않았기에, 일반적인 호위병 정도로만 보였던 것이다.

"뭐, 기사일 수도 있지. 여기에는 팔콘 분견대가 주둔하고 있잖아."

"갑옷을 잘 봐봐. 저 갑옷에 그려진 문장은 팔콘이 아니라 콘도르야."

다이아나는 눈을 실쭉하게 뜨고 자세히 살펴보더니 감탄사를 터트렸다.

"저 작은 걸 잘도 알아봤네."

월터는 어깨를 으쓱하며 말했다.

"뭐, 이 정도야 보통이지."

문득 떠올랐다는 듯 다이아나는 급히 말했다.

"콘도르 기사가 저 한 사람뿐일 가능성은 없으니까 빨리 링카 성을 빠져나가는 게 좋겠어."

코린트 제국의 제2근위대원인 월터를 알아볼 사람은 없겠지만, 다이아나라면 얘기가 다르다. 치레아 대공가의 영애가 오우거만큼이나 몸집이 우람하다는 건 널리 알려져 있는 사실이었으니까. 정규기사단 소속이라면 무도회 따위를 통해 멀리서 다이아나를 훔쳐본 사람이 있을지도 모른다.

"조심해서 나쁠 건 없겠지. 그럼 바로 공간이동 마법진이 있는 곳으로 가자."

"맞아. 공간이동 끝내고 거기서 한잔하기로 하자. 시간이 많이 걸리는 것도 아니고."

*　　*　　*

언데드의 공격권을 벗어난 후에도 홉킨스는 부하들을 닦달하여 밤새 달린 것은 물론이고, 뜨거운 햇볕이 내리쬐는 한낮에도 쉬지 않고 도망쳤다. 죽을힘을 다해 언데드의 공격권에서 조금이라도 더 멀리 벗어나기를 원했지만, 밤새 지쳐버린 말은 제대로 걸음조차 옮기지 못했다. 억지로 말을 끌며 강행군을 하고 있었지만, 그는 이 모든 게 쓸모없는 짓이라는 걸 모르고 있었다. 그는 언데드 떼가 뒤따라와 공격해 올 거라고 생각했지만, 알파17이 지정한 곳을 언데드 떼가 벗어날 수는 없었던 것이다.

어쨌거나 그 탓에 리오 프라이스는 첫 모험의 마지막의 마지막까지 죽을 고생을 해야만 했다. 드디어 저 멀리 하늘을 찌를 듯 높이 솟아올라 있는 링카 성의 첨탑들이 시야에 들어오자, 그는 너무나도 감격스러워 눈물을 줄줄 흘려야 했다. 사막으로 가기 전에 통과했었던 링카 성을 멀리서 봤다는 것 하나만으로도 이렇게까지 안심이 될 수 있다는 게 도저히 믿어지지 않을 정도였다.

"드디어 끝이 났구나. 정말 힘든, 힘든 여행이었어."

환희에 가득 차 있는 프라이스의 모습을 옆에서 희미한 미소를 머금은 얼굴로 바라보고 있던 아르티어스가 말했다.

"처음부터 빡센 모험을 하게 해드릴 생각은 없었지만 본의 아니게 그렇게 되고 말았네요, 스승님, 하지만 안심하십쇼. 이런 고난도의 모험은 평생에 한 번 얻어걸리기도 힘듭니다. 어떠십니까? 다음에 다시 한 번……?"

프라이스가 꿈꿔왔던 건 이런 현실적인 모험이 아니었다. 멋진 마법과 웅장한 타이탄의 전투, 그리고 신화에 나올법한 멋진 몬스터들. 특히 아름답기 그지없다는 드래곤을 먼발치에서라도 꼭 한 번 보고 싶었었다.

프라이스는 모르고 있었지만 그의 첫 모험에 그 모든 것들이 등장했었다. 드래곤을 비롯한 평생 가도 한 번 만나기 힘든 각종 몬스터들은 물론이고 타이탄들까지. 아르티어스 말마따나 평생에 한 번 얻어걸리기도 힘든 모험을 하고도 살아남았던 것이다.

"아니, 배려는 고맙지만 정중히 사양하겠네. 늙어버린 내 몸으로는 너무나도 과한 꿈이었다는 것을 분명하게 깨달았으니까. 딴 건 몰라도 도저히 내 체력이……."

"아닙니다, 스승님. 스승님께서는 늙지 않으셨습니다. 이번에야말로 확실하게……."

정중한 목소리에 말의 내용은 분명 배려가 분명한데도, 이상하게 마치 자신을 놀리는 것만 같은 기분이 들어 프라이스는 기분이 무척이나 더러웠다.

"아니야, 이젠 그만하고 싶어. 그렇게 평생을 간절히 원했던 모험이, 이제는 꿈에 나올까 두려운 것이 된 것만 해도 나로서는 충분해."

"뭐, 그만둘 때 그만두시더라도 제 제안을 한번 생각은 해보십쇼. 이번 사막 행은 전혀 예정에 없었던 것이었기에 착오가 있었습니다만, 지금껏 제가 해오던 고블린 사냥이라면 편안하게 모험을 즐기실 수 있을 겁니다. 이 더러운 사막은 뒤로 하고 저와 함께 고블린 사냥이나 즐기시는 건 어떻습니까?"

"고블린이라……?"

직접 상대해 본 적은 없었지만, 고블린이라면 아주 손쉬운 사냥감으로 널리 알려져 있었다. 모험담에서도 초반에만 살짝 등장하고 끝날 정도로 형편없이 약한 몬스터가 아니었던가. 위험도 적고 손맛도 짭짤하게 볼 수 있는 고블린 사냥이라면……?

하마터면 아르티어스의 꾐에 넘어갈 뻔했지만, 프라이스는 곧 그 함정에서 빠져나갈 수 있었다. 왜냐하면 지금의 그는 모험이라면 치가 떨릴 정도로 피곤했기 때문이다. 며칠 전에 마법진에서 기력을 쪽쪽 빨린 게 아직까지도 회복되지 않은 덕분이다.

"제안은 고맙네만 당분간은 집에서 푹 쉬고 싶군. 피곤해서 죽을 것만 같아."

그러자 아르티어스는 씨익 미소 지으며 쾌활하게 말했다.

"마음이 바뀐다면 언제든 연락 주십쇼. 또다시…, 아니 이번에는 안락하고 즐거운 모험을 할 수 있도록 해드릴 테니까요."

자, 어서 가시죠.”

“아닐세. 자네도 바쁜 몸이지 않은가. 집으로 가는 것쯤이야 나 혼자서도 충분하네.”

프라이스로서는 한시라도 빨리 이 망할 놈과 헤어지고 싶었기에 그의 배웅을 단호하게 거절했다. 그러자 아르티어스는 프라이스의 옆으로 다가서더니 귀에 바짝 입을 대고 작은 목소리로 속삭였다.

“쯧, 명색이 스승님이신데 제가 배웅은 해드려야 하지 않겠습니까?”

그제서야 프라이스는 뒤쪽에 아르티어스의 호위병들이 따라오고 있었다는 것을 깨달았다. 제자 놈이 말조심을 하고 있는 것도 다 그 때문이었던 것이다.

“그, 그렇게까지 하지 않아도…….”

“아닙니다, 스승님. 자, 가시죠. 용병단에 소속된 몸이라 멀리는 어렵지만, 제자 된 몸으로 공간이동 마법진이 있는 곳까지는 배웅해야 하지 않겠습니까.”

아르티어스가 호위병들과 함께 프라이스를 배웅하러 가고 있을 때, 브로마네스는 아르티어스의 모습으로 변신한 뒤 올란도와 만나고 있었다. 올란도의 얘기를 모두 들은 후에야 브로마네스는 그때 초대형 샌드 웜이 모래 속을 배회하고 있었다는 걸 알았다. 목걸이로 정령과의 소통을 차단하지만 않았다면 정령들이 바로 알려줬었겠지만, 지금은 자신이 직접 마법을 써서 주위를 탐색해야만 알 수 있다. 그 때문에 그런 위험한 존재가 자신의 주위를 배회했음에도 미처 파악하지 못하는 실수를 저지르게 된 것이다.

"그걸 다른 놈들도 알고 있을까?"

올란도는 슬쩍 브로마네스의 눈치를 살피고는 조심스레 대답했다.

"아마 모르고 있지 않을까요? 그놈이 주인님이 계신 쪽으로 가다, 저를 포착했는지 방향을 바꿔 공격해온 것을 보면 그럴 가능성이 크니까요."

그때의 상황을 잠시 떠올려보던 브로마네스는 지금껏 잊고 있었던 뭔가가 생각났다. 그건 당시 지원을 왔던 기사단원들이 언데드 무리의 습격을 당한 후 어디론가 사라져 버렸다는 점이다. 그들은 어디로 갔을까?

"아니, 어쩌면 이미 알고 있을 가능성이 크다. 그렇지 않다면 그때 기사들이 갑자기 사라졌을 리가 없으니까. 전원 그래듀에이트였던 만큼 설마 모두 샌드 웜에 잡아먹혔을 리는 없을 거야. 분명 몇 놈인가는 도주해서 그 사실을 상부에 알렸겠지. 흠, 그렇다면 당분간은 널 은밀하게 호위로 쓸 일은 없겠군. 좋아, 이번에는 꽤 고생했으니 새로운 명령을 내릴 때까지 푹 쉬고 있도록 해라."

"명령에 따르겠습니다, 주인님."

'젠장, 당분간은 자유로군. 정말 힘든 임무였어.'

브로마네스와 헤어진 올란도는 곧장 술집을 향해 달려갔다. 시원한 맥주를 배터지게 마시려고.

전장의 향방을 바꿀 힘

37

사막의 이변

"1차 목표는 충분히 달성한 것 같습니다, 소장님."

로므렌이 자랑스러운 표정으로 건넨 보고서였지만, 그걸 읽고 있는 연구소장의 표정은 왠지 떨떠름하기 짝이 없었다. 그동안 엄청난 돈과 시간을 퍼부은 만큼, 지금쯤은 뭔가 결과가 나와야만 했는데, 결국 로므렌이 해낸 것이다. 로므렌 덕분에 실험 결과가 나와 자신의 자리가 더욱 굳건해지기는 했지만, 연구소장은 전혀 기쁘지가 않았다. 왜냐하면 이건 그가 원하던 결과물이 아니었으니까.

"생존율 향상을 위해서 혈청의 순도를 대폭 낮췄는데, 그 덕분인지 실험체의 혈액을 식물에 투여해도 마물화가 되지 않았습니다."

그 말에 연구소장은 심드렁한 어조로 물었다.

"그렇다면 오크 키메라를 생산할 때도 혈청의 순도를 대폭 낮추면 괜찮을지 모른다는 얘기로군."

로므렌은 은근히 연구소장의 눈치를 보며 급히 대답했다.

"제법 가능성이 크긴 합니다만, 그 방법은 예전에 제가 실험했을 때 실험체의 파워가 급격히 떨어지는 문제 때문에 포기했었습니다.”

그러자 연구소장은 인상을 한껏 찡그리며 물었다.

“그렇다면 그 문제는 인간 키메라에도 동일한 현상으로 나타 날 게 아닌가?”

“아마 그럴 겁니다.”

주저하지 않고 튀어나오는 로므렌의 대답에 연구소장의 인상 이 왈칵 일그러졌다.

“흠, 그건 그냥 넘기긴 어려운 문제로군. 안 그래도 나약한 암 컷 쪽의 생존율이 높은데, 문제해결을 위해 파워까지 하향시켜 야 한다니……”

잠시 뭔가 궁리하는 듯하던 소장이 문득 질문을 던졌다.

“수컷 쪽의 생존율을 높일 방법은 찾아냈나?”

“예, 실험 결과 일전에 보고드렸던 가설이 맞는 것 같습니다. 지방질이 높은 쪽의 생존율이 높다는 거 말입니다. 지방질이 높 은 실험체에 혈청을 투입한 결과, 낮은 실험체보다 비약적인 생 존율 향상을 확인할 수 있었습니다. 아마 키메라화에 소모되는 에너지가 너무 많기에 초래된 결과인 것 같습니다.”

“흐음…, 그건 좀 의외의 실험 결과로군. 살이 뒤룩뒤룩 찐 둔 해 빠진 것들이 오히려 생존율이 높다니……”

“예. 그렇기에 요즘 조건에 맞는 실험체를 구하기가 아주 힘 들어졌습니다. 지방질이 높은 수컷 노예는 그리 흔한 게 아니니 까요.”

음식을 잔뜩 처먹으면서도 활동을 제대로 하지 않아야 살이 찐다. 물론 물만 마셔도 찌는 체질이 있긴 하지만 그건 예외적 경우고 대체적인 사람들은 그렇다. 연구소에서 실험에 필요한 실험체는 보통 전쟁포로나 노예를 사와 실험에 쓰인다. 전쟁포로는 활용도가 높기에 입찰 경쟁이 치열했고 노예의 경우, 살이 뒤룩뒤룩 찌도록 주인이 절대 내버려 두지를 않기에 수급에 곤란을 겪고 있었다. 물론 비만인 노예들이 어쩌다 있기는 했지만 정쟁에서 패하거나 가문이 쫄딱 망해 경매에 나오는 경우가 대부분이라 그 숫자가 얼마 되지 않았다.

"그렇다면 지금까지 생산한 개체의 숫자는 얼마나 되지? 대충 100마리는 넘었나?"

"예, 소장님. 정확하게는 106마리입니다. 수컷이 35마리, 나머지는 암컷입니다."

"그 정도 숫자면 어느 정도 실험체 확보가 된 셈이군. 앞으로는 더 이상 숫자를 늘리지 말고, 정신제어 술식이 안정적으로 작동하는지에 대한 확인에 집중하도록 하게."

연구소장의 말에 로므렌은 의아하다는 표정으로 대꾸했다.

"그렇게까지 할 필요가 있겠습니까? 집단생활을 하는 몬스터의 경우, 아직까지 정신제어 술식이 깨진 적이 없었습니다만……."

"그건 그렇지만 몬스터처럼 인간에게도 정신제어 술식이 안정적일 거라고 단정할 수는 없네. 명심하게. 만약 인간 키메라의 정신제어 술식이 깨지게 되면, 몬스터와는 비교도 안 될 정도로 골치가 아파지게 될 거라는 걸 말이야. 트롤이나 오크와 같은 몬스터는 술식이 깨졌을 때 본능적으로 발광이라도 했지만, 인간도 그럴 거라는 보장은 전혀 없어. 어쩌면 눈치를 보느라 아무런 내색도 하지 않을 수도 있지. 만약 그런 경우라면 어떻게 정신제어 술식이 깨졌는지 확인할 수 있겠나?"

연구소장의 말을 듣고 난 후에야 로므렌은 자신의 실험에서 약간의 문제가 있다는 것을 깨달았다. 정신제어 술식이 정상 작동하는 한 키메라는 주인의 명령을 따라야만 한다. 즉, 거짓말을 할 수 없다는 거다. 하지만 정신제어 술식이 깨져버렸다면? 능청스럽게 거짓말을 하며 뒤로 무슨 짓을 할지 알 수 없다고 봐야 했다. 그건 아주 위험했다. 연구원들은 마법사들이다. 경계심이 없는 상태에서 갑작스러운 기습을 당하게 된다면 살아남을 수 있는 사람은 거의 없으리라.

실험하던 인간 키메라에 문제가 있다는 걸 깨닫는 순간 골치가 아파진 로므렌은 인상을 찡그리지 않을 수 없었다. 정신제어 술식이 정상 작동하고 있는지를 어떻게 점검할 수 있지?

그런 로므렌을 바라보던 소장이 심드렁한 말투로 물었다.

"표정이 왜 그렇게 엉망이지?"

속마음이야 '네놈이 자꾸 일을 만드니 그렇지!' 하며 소리치고 싶었지만, 직속상관에게 차마 그렇게 말은 못 하고 로므렌은 억지로 웃음 지으며 대답했다.

"그런 문제가 있다는 걸 생각조차 해본 적이 없다 보니, 어떻게 술식이 깨졌는지 테스트를 해야 할지 난감해서 말입니다."

그러자 연구소장은 마치 별것 아니라는 듯 곧바로 입을 열었다.

"뭘 그렇게 어렵게 생각하나? 실험체를 정신적으로나 육체적으로 극한까지 몰아붙여 보면 금방 드러날 텐데 말이야. 예를 들면 고문을 하던지, 잠을 재우지 않고 뭔가를 시켜보던지……. 만약 술식이 깨지지 않은 정상적인 키메라라면 무슨 짓이든 태연하게 시키는 대로 하겠지."

그 말에 침울하던 로므렌의 안색이 금방 환하게 바뀌었다. 그런 기발한 방법이 있을 줄이야…….

"아, 그런 방법이 있었군요. 이 정도 문제쯤은 금방 해결책을 내놓으실 정도로 소장님은 역시 현명하십니다."

"그건 네가 멍청해서 그런 거지! 이런 사소한 문제까지 내가 일일이 가르쳐 줘야 하나! 빨리 인간 키메라의 정신제어 술식의 안정성을 확인하도록 해. 참, 그건 그렇고 일전에 나한테 실험 삼아 몇몇 개체에 무술을 가르쳐 봤는데, 꽤 효과가 좋았다고 보고했었지?"

"예, 소장님."

"아직도 무술 교육을 시키고 있나?"

"아닙니다. 다른 것도 실험할 게 많은 데다, 실력 있는 무술 교관도 없고 해서 지금은 그만둔 상태입니다."

각 무기술의 기본기는 정신제어 술식을 통해 키메라의 뇌에 각인시킬 수 있었다. 하지만 기본기를 응용하는 고급 부분은 따로 가르칠 교관이 필요한 것이다.

심드렁한 로므렌의 대답과 달리 연구소장은 아주 만족스러운 안색으로 고개까지 주억거리며 말했다.

"그건 잘했군. 무술 쪽은 키메라의 안정성이 입증된 후에야 하는 게 좋을 테니까 말이야. 일단, 안정성을 입증하는 걸 최우선 과제로 삼고 철저하게 쥐어짜 봐. 참, 기왕에 실험체들을 쥐어짜는 김에 어느 정도까지 근육을 강화할 수 있는지 그것도 함께 알아보는 게 좋겠군."

"그렇게 하겠습니다, 소장님."

자신의 연구실로 돌아가며 로므렌은 소장의 유연한 사고에 다시 한 번 감탄할 수밖에 없었다. 혼자 연구를 진행하다 보면 사고가 편협된 방향으로 흐를 수밖에 없었다. 특히 소장처럼 나이가 많아지면 일단 형성된 편견은 쉽게 바뀌지 않는 것이다. 자신조차 어떻게 문제를 해결해야 할지 몰라 머릿속이 멍했었는데, 즉시 해결책을 생각해 내다니. 과연 이런 독립 연구소를 꿰차고 있을 만큼 충분히 능력 있는 사람이었다.

하긴 오랜 세월 키메라 연구를 한 사람이라면 실험체의 정신적인 문제에 대해서는 신경조차 쓰지 않게 된다. 정신제어 술식이 워낙에 막강한 탓에 주인의 명령 한 마디라면 목숨까지도 서슴없이 던져버릴 정도이기 때문이다.

그렇기에 연구소장의 말은 충분히 이 문제를 해결할 수 있는 묘책이었다.

로므렌이 집무실 밖으로 나가자마자 방금 전까지 딱딱하게 굳어있던 소장의 얼굴에 음흉한 미소가 피어올랐다. 로므렌이 좀 맹한 구석이 있긴 했지만 항상 밤을 새워가며 열심히 연구하더니, 결국 근사한 결과물을 만들어 낸 것이다. 문제는 자신이 예상한 것과는 완전히 다른 결과가 도출되었다는 점이었지만.

"흠, 보고서를 어떻게 써야 할까?"

로므렌의 보고대로라면, 몬스터를 군이 키메라로 만들 필요가 없을지도 모른다. 능력 향상률이 그리 높지 않았기 때문이다. 하지만 이걸 인간인 병사들이 쓸 수 있는 강화약물과 같은 형식으로 발전시킬 수만 있다면 엄청난 능력 향상률을 보여주지 않을까? 그렇게 생각하니 이번에는 능력 향상률이 너무 과하다는 게 문제였다. 능력 향상률이 높으면 정신제어 술식이 깨질 가능성 또한 비례하여 증가하게 된다는 게 밝혀졌으니까.

"그래. 성능을 약간 낮추고, 대신 안정성을 대폭 높이는 방향으로 나가는 게 좋겠어. 강화물약으로 능력이 강화된 10만 명의 병사와 전투마! 그 정도면 전장을 지배하는 건 일도 아니지. 혹시 그래듀에이트를 강화하는 것도 가능할까? 정말 필요한 건 그쪽인데 말이야. 흠, 문제는 이딴 약물로는 마나 운용력을 강화할 수가 없다는 거지. 그것만 가능하다면 원로원에 진입하는 것도 꿈은 아닐 텐데 말이야."

마나에 관계된 능력을 강화할 수 없다는 게 안타깝긴 했지만, 그렇다고 해서 완성된 약물을 써먹을 곳이 없는 건 아니었다. 가장 먼저 실험대상으로 써먹어 볼 만한 건 소규모 용병단이 적합할 것이다. 효과가 좋으면 원로원에 보고하고, 그렇지 않으면 깨끗하게 증거를 인멸해버리면 그만이다. 그 정도쯤 그리 어려운 일도 아니었으니까.

최근, 링카 변경백이 사막민족들을 정벌하고 무역로의 주도권을 쥐려고 한다는 소문은 들었다. 상당히 대규모 전쟁이 벌어질 듯싶은 만큼, 2차적인 테스트는 거기에서 진행하는 것도 좋을 듯싶었다. 소규모 인원 동원으로는 알아낼 수 없었던 데이터를 많이 확보할 수 있을 것이다. 그리고 사막인 만큼, 증거인멸이 용이할 것이라는 것도 마음에 든다.

2차 마도대전이 끝난 지도 벌써 수십 년. 당시 입은 막대한 피해를 복구하기 위해 각 나라마다 정신이 없다 보니 대륙은 어쩔 수 없이 평온함을 유지할 수 있었다. 하지만 전후 복구는 이미 다 끝났고, 그동안 쌓여왔던 막강한 국방력은 흘러넘치기 일보 직전이었다.

만약 어떤 일이든 작은 계기만 생긴다면 거대한 전쟁의 소용돌이가 거칠게 불 거라고 연구소장은 예측하고 있었다. 그런 의미로 본다면 로므렌이 개발한 약물은 뜻밖에도 쓸만할지도 모른다. 소수의 초강력 키메라보다는 대량의 병사들의 능력을 획기적으로 강화할 수 있게 되는 것이니까.

두려움도 모르고, 상관의 명령에 절대복종하는 엄청난 신체 능력을 가진 막강한 병사들. 그야말로 전쟁의 향방을 일순간에 바꿀 수 있는 최강의 병사들이 될 것이다. 그렇다면 그런 약물을 개발해 낸 자신은 단숨에 원로원에 입성할 수 있을 것이다.

"우선 용병대부터 시작해볼까?"

* * *

드래곤이 적일 가능성이 있는 이상, 한 곳에 모든 전력을 집중시켜두는 건 좋지 않다. 그걸 잘 알고 있는 그루시아 후작은 자신의 호위분대를 제외한 모든 전력을 링카 영지 여기저기로 분산하여 배치했다. 그리고 휘하의 정찰조들도 그건 마찬가지였다.

사막에 대한 장거리 정찰은 팔콘 기사단 분견대의 용기사들이 맡고 있었기에, 굳이 위험을 무릅쓰면서까지 사막 깊은 곳까지 강행정찰은 하지 않고 있었다. 무엇보다 초대형 샌드 웜이 무서웠기 때문이다.

이렇게 어느 정도 배치를 해둔 뒤 상부의 새로운 지시를 기다렸다. 언제쯤 공격 지시가 내려올까? 그건 누구도 알 수가 없었다.

라이가 속한 정찰조는 362정찰조와 함께 141분대를 서포트하라는 지시를 받고 작은 요새에 배치되었다. 1개 분대당 2개 정찰조. 이게 타이탄 분대의 표준적인 조합이었다. 141분대는 작은 요새에 둥지를 틀고는, 2개 정찰조를 주위에 포진시켜 주변의 탐색에 집중하고 있었다. 초대형 언데드 샌드 웜이 타이탄마저도 삼켜버릴 수 있다는 정보가 하달된 이상, 대비에 만전을 기할 수밖에 없었기 때문이다.

수석마법사는 친구의 호기심에 불을 지피긴 했지만, 설마하니 마르코가 이렇게 빨리 자신을 찾아올 줄은 몰랐다. 마르코는 한 공장의 수석책임자였다. 그것도 상급 타이탄만을 제작·생산하는 그런 공장을 총괄하는 마법사였던 것이다. 그런 그가 자리를 비운다는 게 쉬운 일은 아니었을 텐데, 조수 여덟 명까지 함께 대동하고 달려온 것이다. 그것도 각종 고가의 장비들까지 잔뜩 짊어지고서.

"어서 오게나. 연락하고 겨우 1주일밖에 지나지 않았는데……, 내 생각보다 빨리 왔군."

"궁금해서 도저히 참을 수가 있어야지. 아르곤 놈들이 당최 타이탄에 어떤 짓을 해놨는지 말이야. 그 타이탄과 계약을 맺은 기사를 빨리 이리로 데려오게."

일전에 마르코와 말할 때, 그 타이탄과 모의전을 했다는 얘기를 해줬었다. 모의전을 하려면 누군가가 계약을 하지 않으면 안 되니, 그 타이탄의 주인을 찾고 있는 것이다.

오랜만에 처음 만나서 하는 얘기가 타이탄 얘기라니. 친구의 급한 성격을 뻔히 알고 있었으면서도 한숨을 푹 내쉬는 수석마법사였다.

"이봐, 가서 라이를 데려오게."

아르곤의 신형 타이탄에 대한 실험은 사막에서 진행됐다. 사막 쪽으로 조금만 나가면 사람이 아무도 살지 않는 지역을 쉽게 찾을 수 있다. 마르코 일행은 자신들이 가져온 각종 장비들을 라이의 타이탄 조종석에 설치했다.

"그럼 한 번 움직여보게."

그리고는 약간 떨어진 곳에서 다양한 동작들을 취해보라며 계속 주문을 넣었고, 라이는 그 요청에 맞춰 타이탄을 움직였다. 마르코 일행이 없는 시간을 쪼개서 링카 성까지 쫓아온 만큼, 테스트는 자잘한 건 패스하고 핵심적 요소만 강도 높게 진행되었다. 그중에는 대 타이탄 간의 전투도 포함되어 있었다.

1시간 정도 쉴 틈도 없이 진행되던 테스트가 얼추 끝났을까? 마르코는 흡족한 미소를 지으며 라이에게 소리쳤다.

"수고했네. 일단 이 정도면 충분해. 이제 조정석에서 내려와도 좋네."

타이탄에서 내리는 라이에게 마르코가 가까이 다가와 제안을 던졌다.

"이 타이탄을 나에게 양도해 줄 수는 없겠는가? 물론 공짜로 달라는 소리는 아닐세."

마르코는 지금까지 라이와 연습전을 했던 타이탄을 손가락으로 가리키며 말했다.

"방금 전까지 싸워봤으니, 자네 타이탄보다는 저 타이탄이 훨씬 더 좋다는 것쯤은 잘 알겠지?"

라이는 자신과 연습전을 펼쳤던 카르마2급 타이탄을 힐끗 바라봤다. 자신의 타이탄보다 훨씬 덩치도 크고 무거웠다. 기사 간의 실력 차이도 큰 데다, 타이탄의 성능까지 차이가 나다 보니 연습전은 일방적으로 밀렸었다.

"예. 충분히 공감합니다."

"자네 타이탄을 저 카르마2급과 교환해 주겠다는 말일세."

카르마급은 국가의 얼굴이라 할 수 있는 근위용으로 제작된 만큼 아주 멋지게 제작된 타이탄이었다. 근위대의 타이탄이 최신형인 카오스급으로 대체되며, 카르마급은 전량 레드 이글 기사단으로 보내졌다. 카르마급은 단 50기만 제작되었기에 남은 3개 기사단에 보급되려면 더 만들어야 했다. 카르마2급은 카르마급의 생산단가를 줄이기 위해 외형을 단순화시킨 모델이었다. 하지만 아무리 외형을 단순화시켰다고 해도 기본 뼈대가 근위대 납품용이었던 카르마2와 실험용으로 대충 디자인된 라이의 타이탄은 외형에서조차 비교 자체가 될 수가 없었다.

타이탄에 대해 거의 지식이 없었던 라이는 이 제안이 얼마나 파격적인 것인지 몰랐다. 하지만 겉모양만 봐도 저쪽 타이탄이 자신의 것보다는 훨씬 멋있다는 것 정도는 알고 있었다.

"정말이십니까?"

"물론일세."

"……."

너무 형평이 맞지 않는 거래 조건이다 보니 의심이 덜컥 생기지 않을 수 없었다. 겉모습은 저쪽이 훨씬 멋지지만, 알맹이는 자신의 타이탄 쪽이 훨씬 더 좋을지도 모른다. 그렇지 않다면 이런 밑지는 교환 얘기를 꺼냈을 리가 없지 않은가.

라이가 자신을 의심스러운 눈으로 바라보는 걸 느낀 마르코는 쓴웃음을 지으며 말했다.

"그런 눈으로 쳐다볼 필요가 없네. 내가 자네 타이탄을 원하는 건, 저게 성능이 뛰어나서가 아니라는 것을 미리 말해주지. 단지 지금까지의 타이탄은 엑스시온이 한 개 장착되어 있는 데 반해 자네의 타이탄은 두 개를 장착해 넣은 것일세. 두 개를 넣은 이유는 고성능 엑스시온을 구할 수가 없었기에 저성능 두 개를 장착해 그만큼의 성능 확대를 노린 것이라네."

마르코는 설명을 하다 보니 목이 타는지 잠시 쉬었다가 다시 설명을 이어 나갔다.

"하지만 자네의 타이탄은 아주 커다란 결함이 있어. 엑스시온 두 개가 완벽하게 일치해 움직이지 못하고 있다 보니 약간의 공명을 일으키고 있었네. 그 때문에 출력이 안정적이지를 못하고 낮았다가 높았다가 출렁이는 걸 반복하고 있었지. 자네가 그걸 느꼈는지는 모르겠지만 말이야. 물론 지금 같은 연습전이라면 문제가 되지 않겠지만, 찰나의 순간에 생사가 오가는 실전이 된다면 그건 치명적인 결점으로 다가올 걸세. 그리고 출력이 출렁이는 와중에 손실되는 분량도 클 테니, 일반적인 타이탄에 비해 마나 소모도 훨씬 클 것이 분명해. 그 수치가 어느 정도인지는 좀 더 정밀하게 실험을 해봐야 알 수 있겠지만 말이야."

설명을 끝까지 들은 라이는 힐끗 수석마법사를 바라봤다. 비록 자신이 계약을 했다고는 하지만 자기 마음대로 교환을 해도 되나 싶었기 때문이다. 물론 자신이 전투 중에 습득한 타이탄이기는 했지만 타이탄이 가지고 있는 가치는 그런 일반 관례를 가볍게 생략할 수 있을 정도로 엄청난 가치를 가지고 있었기 때문이다.

그런 라이의 눈길을 알았는지 수석마법사는 피식 웃으며 괜찮다는 듯 고개를 끄덕였다. 어차피 콘도르 기사단 소속의 기사가 습득한 타이탄이었고, 적국의 타이탄을 연구하기 위해 교환해 준다는 훌륭한 명분까지 있었다. 게다가 자신은 콘도르 기사단의 수석마법사이다. 이 정도 일쯤은 쉽게 처리할 수 있는 힘이 있었다.

수석마법사의 승낙이 떨어지자 라이는 마르코의 유혹에 마음이 흔들리지 않을 수 없었다. 교환을 제의한 상대는 수석마법사의 친구인데다, 아주 고위급의 마법사처럼 보였다. 입고 있는 옷이 아주 고급스럽게 보였기 때문이다. 그렇다면 절대 자신에게 사기를 치려는 게 아닐 것이다. 당연히 이 제안을 승낙하는 게 좋다는 걸 라이는 알고 있었지만, 이것 하나만큼은 묻지 않을 수 없었다.

"한 가지 묻고 싶은 게 있습니다."

"뭔가?"

"만약 교환하게 되면 케이론은 어떻게 되는 겁니까?"

"당연히 분해해서……."

여기까지 말하던 마르코는 황급히 말을 멈췄다. 듣고 있던 라이의 표정이 확 변했기 때문이다. 아무리 성능이 좋은 타이탄과 교환해 준다고 해도 처음 계약을 맺은 타이탄에게 애정을 갖는 기사를 수없이 보아왔기 때문이다.

그런 마르코의 짐작은 정확했다. 라이는 마르코의 대답에 교환을 원하던 마음이 순식간에 사라짐을 느꼈다. 좀 더 성능이 좋은 타이탄을 얻기 위해 케이론을 죽음으로 내몰기 싫었기 때문이다.

라이가 샌드 웜의 뱃속에서 정신을 차렸을 때 느꼈던 감정은 이젠 죽었구나 하는 암담함이었다. 그때 우연히 케이론을 만나 영혼의 맹약을 맺었고, 그와 함께 샌드 웜의 항문을 통해 밖으로 나옴으로써 겨우 살아날 수 있었다. 따지고 보면 케이론은 라이의 생명의 은인이나 마찬가지라고 해도 과언이 아닌 것이다. 그런데 조금 성능이 뛰어난 타이탄을 얻기 위해서 케이론을 죽음으로 내몬다는 것이 라이로서는 받아들이기 힘들었던 것이다.

물론 그건 라이가 타이탄에 대해 잘 알지 못하기에 내린 감정적인 판단이다. 카르마2급의 진정한 가치를 알고 있었다면 결코 내릴 수 없는 결론인 것이다. 그만큼 둘의 성능 차이는 절대적이었으니까.

"죄송하지만, 그 제안을 받아들이기 어려울 것 같습니다. 제가 샌드 웜의 뱃속에서 탈출할 수 있었던 것은 전적으로 케이론 덕분이었습니다. 그런 생명의 은인을 죽음으로 내몰 수는 없지 않겠습니까?"

조심스럽게 건넨 거절의 말이었지만, 뜻밖에도 마르코는 흔쾌히 받아들였다. 라이로서는 의외의 상황이었다. 제의가 아닌 상부의 명령으로 타이탄을 뺏어가도 아무 소리 못 할 정도로 마르코는 높은 위치의 사람으로 보였기 때문이다.

"뭐, 자네 생각이 그렇다면 어쩔 수 없지."

"이해해 주셔서 감사합니다, 어르신."

"생각이 바뀐다면 언제든지 연락하게나. 참, 혹시 내가 필요로 할 때 자네 타이탄을 살펴볼 수 있도록 도와줬으면 좋겠구먼."

"알겠습니다, 어르신. 그 정도는 얼마든지 도와드리도록 하겠습니다."

마르코가 강압적으로 나가지 않은 건, 아르곤의 타이탄을 분해한다고 해서 저 안쪽에 감춰져 있는 마법진을 분석해 낼 수 있을 거라는 보장이 없었기 때문이다. 아르곤 제국에서 새로운 형태의 타이탄을 생산하기 시작했다는 것을 알아냈다는 것만 해도 대단한 성과였다. 그리고 오늘 행해진 실험으로 인해 그 타이탄의 기본적인 성능은 이미 충분하게 알아낸 상태였고.

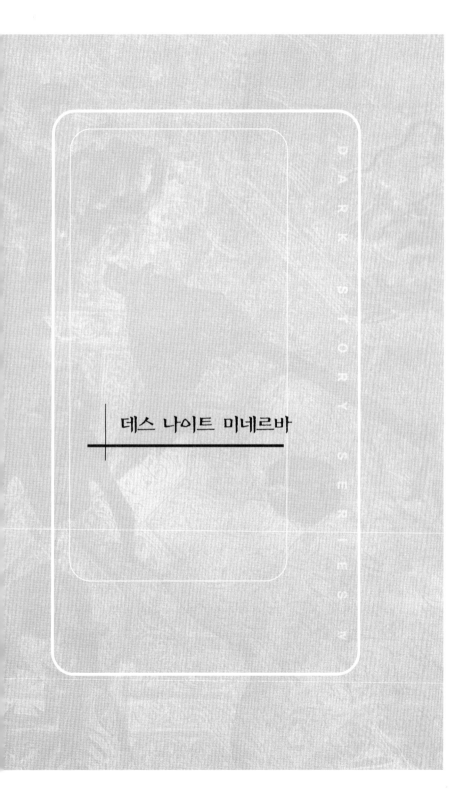

데스 나이트 미네르바

37

사막의 이변

기사단 정찰조와 페가수스 용병단 1개 연대가 언데드 군단이 잠복하고 있던 지역을 관통하고 있을 때, 정작 그곳을 관리하고 있어야 할 알파17은 다른 일 때문에 본부에 가 있었다.

샌드 웜을 지휘하는 알파3이 상당량의 그래듀에이트 시체 및 타이탄을 거둬들인 후, 알파5의 데스 나이트 생산 작업은 점점 더 활기를 띠고 있었다. 일반적으로 데스 나이트는 죽은 그래듀에이트의 영혼과의 계약에 의해 만들어진다. 계약이라는 게 네 소원을 들어줄 테니 평생을 나에게 복종하라는 노예계약이었기에, 그걸 받아들이는 정신 나간 영혼은 극히 드물었다. 뼈에 사무치는 원한이나 집착이 있지 않은 한 계약을 받아들이는 자는 없다. 더군다나 그 영혼 계약은 그야말로 사기였다. 새로이 태어난 데스 나이트는 자아를 지니지 못하고 있기에, 그의 소원을 들어준다는 조항을 이행해 주지 않아도 끝이었기 때문이다.

하지만 그래듀에이트의 시체가 있고, 또 절대적인 신물인 마신의 은혜가 있다면 얘기는 달라진다. 마신의 은혜 옆에 시체를 놔두고 장시간 암흑의 기운으로 유골의 정기를 타락시키는 것만으로도 데스 나이트로 만들 수가 있는 것이다.

물론, 얻는 게 있는 만큼 잃는 것 또한 있었다. 영혼이 제외되기에 데스 나이트의 성능은 순수하게 뼈의 품질만으로 결정된다는 것이다.

　영혼과의 계약을 한 데스 나이트는 오랜 세월 정기를 축적하면 과거의 자아를 회복하게 된다. 그 말은 곧 자신이 예전에 익혔던 기술들을 다시금 쓸 수 있게 된다는 얘기였다. 그에 비해 유골을 마신의 은혜로 타락시켜 만든 데스 나이트는 영혼이 애초에 빠졌기에 성장에 한계가 있을 수밖에 없었다. 그렇기에 나중에 자아를 가지게 된다고 해도 과거에 익혔던 기술 따위가 있을 리 없기에 새로이 자신이 익혀 나가야 한다는 어려움이 있었다.

　장기적인 안목으로 본다면 정상적인 방법으로 데스 나이트를 포섭하는 게 좋겠지만, 그들에게 그렇게 많은 시간이 있는 게 아니었다. 그들의 주인인 드래곤이 그렇게 성격이 느긋한 생명체가 아니었기 때문이다. 일단 주인의 명령이 떨어졌으면 무조건 해야만 하는 것이다. 죽고 싶지 않다면……

　그렇기에 데스 나이트 생산을 책임지고 있는 알파5는 포섭을 해보고 안 되면 무덤을 파헤쳐 뼈를 가져와 강제적으로 데스 나이트로 만들고 있었다.

　《저를 찾으셨다고요?》

　알파17의 물음에 알파2는 느긋한 어조로 대답했다.

　《주인님께서 새로운 실험을 해볼 것을 지시하셨다. 모든 준비가 다 갖춰졌는데, 거기에 쓸만한 실험체가 없어서 자네를 부른 거지.》

《제 데스 나이트가 필요하십니까?》

《자네가 제법 마음에 들어 한다는 걸 잘 알고 있었기에 손대지 않으려 했지만 어쩔 수가 없구만. 웬만한 데스 나이트는 이미 다 실험에 소모했어. 심지어 자네 것보다 더 우수한 것들까지도……》

《그렇게까지 배려해 주셔서 감사합니다.》

《너무 아까워할 필요는 없다네. 새로운 데스 나이트를 지급받게 되면 왜 저런 쓰레기를 지금까지 아끼고 있었나 하는 생각이 들 테니까 말이야.》

알파3이 완벽한 상태의 타이탄을 가져온 후부터 그들의 주인인 실버 드래곤은 그걸 운용할 수 있는 기사를 원하고 있었다. 그 때문에 주인의 지시를 받은 심부름꾼 몇 명이 서쪽 대륙으로 파견되어 용병기사의 고용을 타진하고 있는 중이었다. 그런데 문제는 언데드의 편리함을 알아차린 드래곤이 데스 나이트를 이용해 타이탄을 조종할 수는 없는지에 대한 연구를 하라는 지시를 알파2에게 내렸다는 데 있었다.

데스 나이트가 가슴에 품고 있는 베슬에는 죽음의 기운이 가득 차 있었고, 그것은 데스 나이트의 생명의 원동력이었다. 하지만 타이탄을 움직일 수 있는 원동력은 죽음의 기운과 정반대인 생명의 기운, 마나라는 점이다. 데스 나이트가 생명의 기운을 뿜어내야 한다는 모순이 발생해야만 타이탄의 조종이 가능하게 되니, 알파2를 비롯하여 그 연구에 참여하고 있는 리치들이 골머리를 앓을 수밖에 없었던 것이다.

지금까지 조금씩 방법을 개량해오며 수많은 실험을 했지만, 그중 살아남은 데스 나이트는 단 1기도 없었다. 하지만 그들은 실험을 멈출 수가 없었다. 그들의 주인에게 불가능하다는 말을 할 수가 없었기 때문이다.

'이 녀석은 상당히 특별한 녀석이라 될 수 있으면 보존해 두고 싶었는데……'

하지만 알파2의 요청을 거부할 수는 없었다. 드래곤이 귀찮아서 대충 지어준 이름일지라도 순번이 정해진 이상 그에 따라 계급서열이 정해져 버린 것이다. 아무리 공을 세운다고 해도 그 순서는 바뀔 수가 없는 것이다.

뿐만 아니라 알파2는 주인님의 지시에 따라 실험을 진행하고 있다는 명분까지 지니고 있었다. 그의 지시를 거부했다가는 자칫 주인의 지시를 거부했다는 모함으로 연결될 수도 있었다. 괜히 데스 나이트 하나 살리려다가 잘못하면 자신이 처분당할 수도 있다는 얘기였다.

그걸 잘 아는 알파17은 억울한 마음을 애써 감추며 당연하다는 듯 고개를 끄덕였다.

《주인님의 지시인데 그깟 데스 나이트가 뭐라고 제가 아끼겠습니까. 필요하시다면 언제든 가져가셔도 괜찮습니다.》

《클클, 적극적인 협조, 고맙구먼.》

알파2는 전혀 고맙지 않은 어조로 말했다. 그리고 알파2는 데스 나이트를 향해 손짓하며 지시했다.

《따라와라.》

알파 17의 데스 나이트는 자신에게 어떤 일이 닥칠지 모르는지 아무런 망설임 없이 뚜벅뚜벅 그의 뒤를 따라갔다.

* * *

어느 순간 미네르바는 정신을 차렸다. 정신을 혼탁하게 만들고 있던 시커먼 기운이 갑자기 사라져 버린 것이다.

《이건?》

갑자기 뇌리에 떠오르는 장면 하나. 그렇다. 누군가와 계약을 맺었었다. 데스 나이트가 되어준다면 자신의 소원을 들어주겠다는 것이었다. 데스 나이트가 뭔지는 그녀도 잘 알고 있었다. 그건 추악하기 짝이 없는 언데드 마물이었다! 하지만, 매력적인 제안이기도 했다. 지금 자신의 눈앞에 서서 흥정을 걸고 있는 리치와 대등한 존재로 알려져 있는 언데드의 정점들 중의 하나가 데스 나이트였으니까.

소원을 들어주겠다는 제안 따위는 아무래도 상관없었다. 데스 나이트가 됐던 뭐가 됐건 다시 살아날 수만 있다면 그것만으로도 족했다. 그녀는 자신의 죽음을 도저히 받아들일 수가 없었다. 자신이 이대로 죽어버리면 그토록 온 힘을 다해 소중히 키워왔던 조국 크루마는 어떻게 될 것인가?

만약 자신의 죽음이 알려진다면 주변 강대국들이 가만히 있을 리가 없다. 그뿐만이 아니었다. 제국에 조금의 도움도 되지 않는 고위귀족들이 자신의 탐욕을 채우기 위해 얼마나 발광을 하겠는가. 그동안은 자신의 힘으로 그들을 강제로 억눌렀지만 만약 자신이 죽었다는 걸 알게 되면 곧바로 탐욕의 이빨을 들이대 크루마 제국을 갈기갈기 찢어놓을 게 분명했다.

그만큼 그녀는 국가와 황제를 위한다는 미명하에 거의 독재자와 같은 권력을 휘두르며 크루마 제국을 지탱해 왔었다. 그러는 와중에 양지에서 차마 밝힐 수 없는 나쁜 짓을 얼마나 많이 저질러왔는지 모른다. 물론 그 모든 것이 국가를 위한다는 변명으로 다 치부해 버렸지만 말이다. 어쩌면 레드 드래곤의 브래스에 죽음을 당한 게 세인들이 말하는 천벌이라는 것을 받은 것인지도…….

그 모든 것을 총명한 그녀가 모를 리가 없다. 하지만 그녀는 도저히 새로운 생명을 포기할 수 없었다. 내가 지금껏 왜 세인들의 손가락질을 받으면서도 그렇게 살아왔는데!

"계약을 받아들이겠다."

그녀는 데스 나이트가 되면, 기회를 봐서 리치를 없애버리고 자신이 하고 싶은 일을 할 생각이었다. 언데드가 되면 어떤가. 자신의 충성스러운 부하들은 자신의 겉모습이 어떻게 바뀌건 상관없이 계속 충성을 바쳐줄 것이다. 그리고 그들과 함께 새로운 역사를 쓰는 것이다. 대크루마 제국의 찬란한 역사를! 할 일이 너무나도 많다. 너무 많아. 그렇게 생각한다면 불사의 마물이라는 것도 그리 나쁘지 않게 느껴졌다.

계약을 하겠다는 말이 끝남과 동시에 갑자기 눈앞이 캄캄해지며 모든 게 암흑에 삼켜지기 시작한다.

'이게 데스 나이트가 되는 과정인가?'

하지만 그녀의 생각은 더 이상 이어지지 않고 멈춰버렸다. 그 다음에 무슨 일이 있었는지 아무것도 떠오르지 않는다. 그러다가 어떻게 된 일인지 극심한 고통과 함께 갑자기 정신이 든 것이다. 절로 비명이 터져 나왔다.

《끄으으윽!》

자신에게서 토해져 나온 소리는 기괴하기 짝이 없었다. 이건 사람이 낼 수 있는 소리 따위가 아니다.

'그렇지. 나는 데스 나이트가 된 거였지. 그런데 가슴이 왜 이렇게 아프지? 이런 극심한 통증이라니……'

뭔가 상황이 묘했다. 구속 틀 위에 눕혀진 채, 손과 발은 물론이고 목과 허리까지 단단히 묶여있어 꼼짝도 할 수 없는 상태다. 목이 묶여있어 머리조차 움직이기 힘들었지만, 이상하게도 방안의 모든 게 훤히 보인다. 아니 느껴진다. 신기한 건 자신의 턱은 물론이고 눈으로 절대 볼 수 없는 입 안의 이빨들까지도 하나하나 다 느껴진다는 점이다. 각종 기운들만이 뚜렷이 느껴지는 듯한 괴상한 색깔들. 신기하게도 꼭 눈에 보이는 것처럼 뇌리에 들어오고 있었다. 그 감각 하나만으로도 자신이 언데드가 되었다는 것을 새삼 깨닫게 된다.

'이제부터는 이렇게 느끼면서 살아야 하는 건가……'

곧이어 그녀는 가슴에서 느껴지고 있는 지독한 통증의 원인을 찾아냈다. 갈비뼈의 중심에 구형의 시커먼 구슬이 위치해 있는 게 보인다. 그 구슬을 향해 각 몸의 뼈대와 연결된 암흑의 기운이 연결되어 있었다. 그녀는 이것이 자신의 생명의 중심이라는 것을 본능적으로 느꼈다.

그런데 그 생명의 중심인 소중한 베슬에 굵은 주삿바늘처럼 생긴 것이 깊숙이 박혀있었고, 그 바늘에서 불의 기운을 띤 마나가 끊임없이 밀려 들어오고 있었다. 지금 그녀의 생명의 핵인 베슬 안은 전쟁터나 마찬가지였다. 죽음의 기운과 생명의 기운이 무시무시한 충돌을 일으키고 있는 중인 것이다.

만약 평범한 인간이었다면 당장 정신줄을 놓을 정도로 지독한 고통이었다. 하지만 뭔가 자신이 당하는 것 같지 않은 이상스러운 고통의 감각이다. 아마도 언데드가 된 탓에 전신의 신경이 사라졌기에 진정한 고통은 느낄 수가 없는 모양이다. 그 덕분에 이런 극심한 고통 속에서도 제정신을 유지할 수 있는 것이고.

고통이야 어떻건, 극성인 기운이 베슬 안에서 서로 충돌하고 있는 건 언데드인 그녀에게 있어서 치명적이었다. 그럼에도 그녀의 생명이 이어지고 있었던 것은 밀려 들어오고 있는 마나의 양이 그리 많지 않았던 덕분이었다. 그동안 수많은 실험을 통해 알파2는 데스 나이트가 가급적 오랜 시간 생존할 수 있도록 투입하는 마나의 적정량을 찾아냈던 것이다. 물론, 그건 데스 나이트가 받는 고통을 더욱 길게 연장시키는 역할만 했지만 말이다.

불행인지 다행인지, 그녀는 의식을 혼탁하게 만들고 있던 죽음의 기운이 밀려난 덕분에 간신히 의식을 회복할 수 있었다. 하지만 그와 함께 그녀는 자신의 죽음을, 아니 소멸을 직감했다. 왜냐하면 생명의 기운에 점유 당한 쪽의 베슬의 두께가 급격히 깎여나가고 있었기 때문이다.

어떤 미친놈이 이런 상황을 만든 것인지는 알 수 없다. 하지만 이것 하나는 분명했다. 이 상태라면 몇 분 지나지 않아 언데드인 자신의 몸은 붕괴될 수밖에 없다. 더구나 주변 상황이 어떻게 돌아가고 있는지 인식할 수 있는 여유조차 없다.

'젠장, 정신을 차리자마자 이런 뭣 같은 상황이냐!?'

데스 나이트인 그녀가 마나를 조작할 생각을 감히 할 수 있었던 건, 살아생전에 마나를 극한까지 다뤄봤던 존재였기 때문이다. 그리고 현재 그거 외에 다른 방법이 전혀 없기도 했고.

그녀는 먼저 의식을 집중해 베슬 안의 마나를 유도해봤다. 그런데 놀랍게도 그녀가 마음먹은 대로 마나가 움직이는 게 느껴졌다. 소량을 제어하는 데 성공한 그녀는 곧장 베슬 안에 들어와 있는 모든 마나를 제어하여 회전시키기 시작했다. 베슬을 붕괴시키지 않도록 극도로 조심하면서.

그녀가 찾아낸 방법은 마나를 베슬의 중심부에 집중시켜 베슬이나 암흑 기운과 충돌하지 않도록 하는 것이었다. 그녀의 제어에 따라 마나는 회전의 속도를 천천히 올리며 베슬의 중심부에 모여 압축되기 시작했다. 그와 동시에 암흑기운은 베슬의 표면 쪽으로 바짝 붙여 손상된 베슬을 수복하게 하는 한편, 마나와는 충돌하지 않도록 유도했다.

'휴우~, 일단 시간은 벌었다. 이제 어떻게 해야 하지?'

적은 양이긴 했지만 마나가 외부에서 끊임없이 흘러들어오고 있는 만큼, 베슬의 중심부에 모으는 것에도 한계가 올 게 뻔했다.

그때는 어떻게 해야 할까? 암흑기운과 부딪치는 순간, 그 둘은 충돌을 일으킬 거다. 더구나 그때쯤 마나는 더욱 고농도가 되어 있을 테니 암흑기운이 마나를 막을 수 있을 리 없다. 분명 순식간에 무너져버릴 게 분명했다.

'방법을 생각해 내야 해. 어떻게 해야 하지?'

떠오르는 좋은 방안이 없었다. 데스 나이트로 계속 살아오며 여러 경험을 쌓은 것도 아니고, 뼈대 안을 충만하게 채우고 있는 암흑기운에 대해서는 그야말로 백지인 상태다. 오히려 지금 자신의 목숨을 위협하고 있는 마나에 대한 지식이 더 많다. 하지만 한가지는 분명했다. 이 두 기운이 충돌을 일으키고 있었던 것만 봐도, 마나를 어떻게 하지 못한다면 자신은 죽은 목숨이라는 것을.

'미치겠네! 이게 다 그 미친 드래곤하고, 망할 년 때문이야!'

미네르바는 정신을 되찾자마자 드래곤조차도 풀지 못한 난제를 풀어야 했다. 실패는 죽음, 아니 영원한 소멸이었기에.

『〈묵향〉 38권에 계속』